魔宗 하오문 금소

김시우 新무협 판타지 소설

FANTASTIC ORIENTAL HEROES

하오문 금오 1

김시우 新무협 판타지 소설

초판 1쇄 찍은 날 § 2008년 1월 9일
초판 1쇄 펴낸 날 § 2008년 1월 19일

지은이 § 김시우
펴낸이 § 서경석

편집장 § 문혜영
편집 § 서지현 · 유혜림

펴낸곳 § 도서출판 청어람
등록번호 § 제1081-1-89호
등록일자 § 1999. 5. 31
어람번호 § 제2-1389호

주소 § 경기도 부천시 원미구 심곡1동 350-1 남성B/D 3F (우) 420-011
전화 § 032-656-4452 팩스 § 032-656-4453
http://www.chungeoram.com
E-mail § eoram99@chollian.net

ISBN 978-89-251-1123-0 04810
ISBN 978-89-251-1122-3 (세트)

魔宗 하오문 금마

1

김시우 新 무협 판타지 소설

FANTASTIC ORIENTAL HEROES

도서출판 청어람

目次

서장

인생의 밑바닥을 훑으며 살아가는 자들의 집단, 하오문.

누구든 원하면 들어올 수 있고, 언제든 제약없이 나갈 수 있는 곳이니 문파라고 하기는 어렵다.

하지만 그들도 나름대로 살아가는 방법이 있고, 불문율을 지니고 있으니 문파가 아니라고 잘라 말하기도 힘들다.

분명한 것은 인생의 하류를 살아가는 자들의 모임이라는 사실이다.

"응애, 응애!!"

하오문 패거리들이 살아가는 낙양 외각의 판자촌에 때 아닌 아기의 울음소리가 울려 퍼졌다. 집이 아닌 공터 한가운데

서 들려오는 울음소리다.

하오문에서 보기 쉽지 않은 비단 재질의 강보에 어여쁜 아기가 싸여 있다. 강보는 피로 젖어 원래의 색을 알아볼 수가 없을 지경이다. 아기의 피는 아닌 것 같다.

이른 새벽에 울려 퍼진 아기의 울음으로 잠을 깬 하오문 무리들이 하나둘 공터로 모여든다.

아기가 힘주어 울 때마다 미간에서 은은한 황금빛이 감돌고 있었지만, 아직 잠이 덜 깬 하오문 사람들이 그것을 보았는지는 알 수 없는 일이었다.

사람들은 이 일을 어떻게 해야 할지 당황해하는 표정이다. 그때 한 여인이 달려나와 아기를 안아 들고 젖을 물렸다.

아기의 울음이 끊겼다. 허겁지겁 젖을 빠는 아기의 모습이 참으로 귀엽다. 모두들 그렇게 생각했다. 하오문에 새로운 식구가 하나 늘어난 날이었다.

第一章

하오문의 해결사

조금 전까지만 해도 정찬(鄭鑽)은 아주 기분이 좋았었다.
낙양(洛陽) 최고 반점으로 이름난 미왕루(味王樓)에서 미각을
돋우고 반주까지 한잔 걸쳤을 때까지만 해도 말이다.

그런데 지금은 최악의 기분이다. 어디서 돼먹지 않은 놈이
나타나 가소로운 협박을 해왔기 때문이다.

놈은 자신의 이름이 금오(金烏)이며, 하오문의 해결사라고
했다. 반반한 얼굴—정찬의 눈에는 뺀질거리게 생긴 모습이었지
만—을 지닌 이 녀석은 건방지게도 돈을 내놓으라고 협박했
다. 그것도 무려 은자 이십 냥을 말이다.

"네놈이 아직 내 소문을 못 들은 모양인데, 나는……."

정찬이 자신의 훌륭한(?) 출신 내력을 읊어주려는데 금오가 중간에 말을 가로채 버렸다.

"아, 씨바… 댁이 한 달 전에 이사 온 정 부자 집 아들이라는 건 이미 알아. 그러니까 여러 말 말고 돈이나 내놓으라고."

"이 자식이 어디서……."

"듣는 자식 기분 나쁘니까 이 자식, 저 자식 하지 말고, 어서 돈이나 내놔. 이렇게 좋은 요릿집에서 배를 채우는 인간이 치사하게 창기 화대를 떼먹냐? 그것도 한 달이나 데리고 뒹군 애 것을 말이야."

"내가 무슨 돈을 떼먹었다는 거야? 나는 처음 계약했던 대로 했을 뿐이야!!"

"한 달 동안 말 잘 들으면 은자 이십 냥을 주기로 해놓고, 실컷 놀다가 마지막 날 트집 잡아서 쫓아내고 계약대로 했다고 우기는 거냐, 지금?"

"억울하면 그 계집이 내 비위를 잘 맞추었으면 될 거 아니냐?"

"그래서 못 주시겠다?"

"못 줘!!!"

"그러면 어쩔 수 없지. 댁과 혼사가 오가고 있는 황 어른 댁에 가서라도 대신 받아내는 수밖에."

"뭐야?"

"댁 아버지도 모르겠다고 버티니 그 수밖에 없잖아? 어차피 혼인을 하면 사위도 자식이니 은자 스무 냥 정도야 대신 줄 수도 있는 일 아니겠어?"

"보는 눈이 많아서 좋게 타이르려 했더니 아주 개망나니로구나."

"개망나니는 그쪽 아닌가?"

"네놈이 끝까지 해보겠다는 거냐?!!"

"자꾸 소리만 지르지 말고 뭘 어쩔 건지 한번 해봐."

"얘들아!!"

정찬이 아래층을 향해 소리치자 미왕루 일층에서 대기하고 있던 두 명의 대한이 득달같이 달려 올라왔다. 호위로 데리고 다니는 자들인 듯 근골이 장대하여 힘깨나 쓸 것 같은 위인들이었음에도 불구하고 금오는 그다지 겁나지 않는다는 표정이다.

"이 자식이 다시는 나불거리지 못하도록 녹신하게 두들겨 줘라!!"

정찬의 명이 떨어지기 무섭게 대한 하나가 금오의 복부에 주먹을 꽂아 넣었다.

"어윽!!"

자신만만하던 표정과 달리 금오는 한 주먹에 허리를 꺾었고, 이어지는 대한들의 주먹 세례를 받더니 바닥에 쓰러지고 말았다.

"아주 밟아버려!!"

기세가 오른 정찬이 소리쳤고, 대한들은 명을 충실히 이행하기 위하여 금오를 지근지근 밟아댔다. 그 모습을 보며 미왕루의 주인은 안절부절못하는 표정으로 중얼거렸다.

"아이구, 저 사람들 저러다 큰일 나지……."

그가 걱정하는 것은 금오가 아닌 정찬 일행이었다. 정찬은 낙양에 이사 온 지 얼마 안 돼서 잘 모르고 있었지만, 그는 금오가 어떤 인물인지 너무나도 잘 알고 있기 때문이다.

약 일각 정도의 시간이 흘렀다.

"그만!"

정찬이 소리치자 대한들이 뒤로 물러나며 숨을 헐떡였다. 일각이 긴 시간은 아니지만, 쉬지 않고 손발을 휘둘러 대면 충분히 지칠 수 있는 시간이다.

"자, 이제 다시 한 번 떠들어봐라. 이 쓰레기 같은 자식!!"

정찬이 득의양양하게 소리쳤다.

스윽!

바닥에 잔뜩 웅크리고 있던 금오가 고개를 들어 올렸다. 그런데 어찌 된 일인지 조금도 타격을 받은 표정이 아니다. 보통 사람이 그만큼 맞았으면 반쯤 죽어 있어야 정상이건만 그 흔한 코피 한 줄기 비치지 않는다. 게다가 뭔지 알 수 없는 음흉한 미소마저 매달려 있다. 정말 기분 나쁜 미소다.

"다 때린 거냐?"

금오가 툭툭, 털고 일어나며 물었다. 신나게 두들겨 팬 상대가 이렇게 나오면 때린 쪽의 기가 꺾이게 마련이다.

"너란 놈은 대체……."

"오랜만에 안마를 받았더니 온몸의 기혈이 아주 잘 도는군."

그가 사지를 이리저리 움직이며 몸을 푸는 동작을 하자 정찬은 물론 그를 때렸던 대한들도 안색이 해쓱하게 변했다. 이번에는 자신들이 당할 차례라는 생각이 든 것이다. 이런 사람이 마음을 먹는다면 자신들을 때려눕히는 건 식은 죽 먹기일 터였다. 그때 금오가 갑자기 자신의 가슴 어림을 더듬으며 놀란 표정을 지었다.

"어? 어디 갔지?"

뭘 찾는 것인지 주변을 두리번거리는 금오의 표정이 매우 심각했다.

"마지막 남은 걸 사 온 건데… 그게 없으면 큰일 나는데……."

그 표정이 얼마나 실감나던지 정찬 일행도 지금까지의 사건을 까맣게 잊고 주변을 두리번거렸다.

"으악!! 저, 저……."

금오가 한쪽 대한의 발을 바라보며 비명을 질렀다. 그 소리가 얼마나 크던지 주변사람들이 다 화들짝 놀랄 지경이었다.

대한의 발에는 뭔가 잔뜩 뭉개진 채 들러붙어 있었는데, 종

이에 싼 채 짓이겨져 있어서 무엇인지는 확실치 않았다. 아마
도 화과자인 것 같았는데…….

"난 몰라. 감히 그 화과자를 발로 짓이겨 버리다니… 이제
너희나 나나 다 죽었어."

"겨우 화과자 가지고 웬 엄살을 그렇게 부리는 거냐?"

정찬이 말하자 금오가 도끼눈을 뜨며 쏘아붙였다.

"겨우 화과자라고? 저건 풍미원에서만 만들 수 있는 특제
화과자야. 하루에 딱 열 개만 한정 생산하는 거라 오늘은 더
이상 구할 수도 없는 거라고."

"그래 봐야 화과자일 뿐이지."

"댁이 아직 뭘 모르나 본데, 같은 화과자라도 누가 먹을 것
이냐에 따라 달라지는 거야. 저건 왕대인께서 밤참으로 드실
화과자였단 말이야."

"왕대인?"

정찬도 흠칫 놀라는 표정이다. 지금은 비록 낙향해 있지만,
왕대인은 그의 파벌이 아직도 중앙의 고위 관직을 꿰차고 있
는 터라, 낙양 지부대인은 물론이고 하남 도지휘사사조차도
때가 되면 인사를 하러 오는 유명 인물이기 때문이다.

자신의 부친도 낙양에서는 한가락 하는 위인이지만, 왕대
인과 비교할 바는 아니다. 금오를 건드린 것이 문득 후회가
되었지만, 다른 한편으로는 의구심이 들고일어났다.

"왕대인 같은 분이 왜 너 같은 하오문 무뢰배에게 심부름

을 시키신단 말이냐?"

"허풍이라고? 좋아, 왕대인께 가서 지금 있었던 일을 그대로 말씀 드리지. 왕대인은 풍미원의 화과자 드시는 것을 말년의 낙으로 삼고 계신 분인데, 댁이 나를 붙잡아 늘씬하게 두들겨 팬 것으로도 모자라 화과자까지 발로 짓이겨 버렸다고 하면 어떤 반응을 보이실지 궁금하군, 아주 궁금해."

정찬의 안색이 해쓱하게 가라앉았고, 금오는 그때를 놓치지 않고 결정타를 날렸다.

"왕대인 성격이 불같다는 건 댁도 소문을 들어 알고 있을 거야. 작년에도 그분 심부름으로 화과자를 사러 나왔다가 어떤 망나니 녀석이 시비를 하는 바람에 늦은 적이 있었거든? 그 다음날 그 자식은 낙양 현청에 불려가서 곤장 오십 대를 맞았지. 죄목이 무엇이었는지는 기억이 잘 나지 않지만, 그 자식이 현청을 기어서 나온 것만큼은 확실해. 겨우 늦은 것으로 오십 대였는데, 그걸 짓이겨 버렸다고 하면 대체 몇 대나 맞아야 하려나? 백 대? 아니, 아니… 오백 대쯤 때리라고 할지도 몰라. 어휴… 사람이 곤장 오백 대 맞고도 살 수 있으려나 몰라……."

이죽이죽 웃으며 떠들어대는 금오와 달리 정찬의 안색은 썩은 사과빛으로 물들어갔다.

"허풍 치지 마라! 네놈의 말 따위는 믿지 않아!"

정찬이 악을 쓰듯 소리치자 저만치에서 보고 있던 미왕루 주인이 얼른 달려와서 그의 귀에 대고 속삭였다.

"정 도련님, 저 녀석이 왕대인의 심부름을 종종 하는 건 사실입니다요. 작년의 일도 거짓이 아니고요."

"왕대인 같은 분이 왜……??"

정찬은 아직도 믿을 수 없다는 표정이다.

"저 녀석이 왕대인의 고민거리를 한 번 해결해 드린 적이 있습지요. 그 이후로 왕대인께서 녀석을 종종 부르신다고 합니다요."

정찬은 눈앞이 캄캄해지는 느낌이었다. 거기 대고 미왕루 주인이 다시 속삭였다.

"낙양에서 저 녀석에게 신세 한 번 안 진 사람이 거의 없습니다요. 물론 돈을 뜯기지 않은 사람도 거의 없습지요. 비싼 경험 한 셈치고 달라는 대로 주십시오. 그게 가장 손해가 적은 방법일 겁니다요. 저 녀석과 상대하는 시간이 길어질수록 손해도 늘어난다는 걸 명심하셔야 합니다."

미왕루 주인이 이렇게까지 일러주었음에도 불구하고 정찬은 아직 그의 충고를 받아들일 생각이 없는 듯했다.

"조, 좋아. 화과자 값은 내가 물어주겠다. 열 배로 물어줄 테니 왕대인께 다시 사다 드려라. 남는 건 네놈이 가져도 좋고."

금오가 어이없다는 표정으로 콧방귀를 뀌었다.

"댁 눈에는 내가 땅에 떨어진 과자 부스러기나 주워 먹는 거지새끼처럼 보이는 모양이지?"

"그럼, 뭘 더 바라는 거냐?"

"화대 스무 냥. 그리고 사람을 이렇게 망가뜨렸으면 수리비도 당근 내야 하는 거 아냐? 계산하기 좋게 수리비는 은자서른 냥으로 하자고. 그러면 도합 오십 냥이 되겠군."

"어림도 없는 소리! 왕대인이 드실 화과자 값은 내겠지만, 다른 건 한 푼도 줄 수 없어!!"

"뭐, 그럼 할 수 없지. 어이구구 삭신이야……."

금오는 갑자기 엄살을 부리기 시작했다.

"나는 왕대인 심부름을 왔을 뿐인데, 이렇게 죽도록 패고화과자까지 짓이겨 놓다니… 이 억울함을 풀어주십시오, 왕대인 어른!!!"

마치 왕대인이 앞에 있기라도 한 듯 금오는 구슬프게 소리를 질렀다. 정말 왕대인 앞에서 저런 엄살을 떤다면 그가 마음 좋은 사람이라 할지라도 분노가 치솟을 만큼 훌륭한 연기였다.

몸을 잔뜩 웅크린 채 발까지 절룩거리는 금오의 모습은 누가 보아도 불쌍한 피해자였다. 비록 부상은 없었지만 의복 여기저기에 찍혀 있는 발자국만으로도 동정심을 불러일으키기에는 충분했다. 저대로 왕대인에게 보냈다가는 치도곤을 면치 못한다는 생각이 정찬의 뇌리를 퍼뜩 스쳤다.

"자, 잠깐만!"

그가 다급히 부르자 일부러 절룩거리며 걸어가던 금오가 뒤를 흘깃 돌아보았다.

　"조, 좋다. 화대 스무 냥에 네 치료비 열 냥을 더해 서른 냥을 주마. 더 이상은 안 된다."

　"아이고, 왕대인 어른!! 이놈 심부름 잘못 나왔다 죽습니다요!!!"

　금오가 더욱 구슬픈 음성으로 소리쳤다.

　"그래. 알았어! 네 요구대로 해주마."

　정찬이 드디어 백기를 들자, 금오는 언제 엄살을 피웠냐는 듯 허리를 꼿꼿하게 펴며 그의 곁으로 다가왔다.

　"내 요구대로 해주겠다고?"

　"그래. 쉰 냥 다 주마."

　"쉰 냥? 그건 아까 얘기였지."

　"뭐야? 그럼 더 내란 얘기냐?"

　"당근이지. 아까 저 아저씨가 하는 얘기 못 들었어? 나는 시간이 흐를수록 가격이 비싸지는 사람이야. 댁이 빡빡하게 나왔으니 나도 내 방식대로 계산을 다시 해주지. 댁 종 놈들이 주먹으로 열일곱 대를 때렸고, 발로 쉰여덟 번 밟았어. 주먹이 조금 더 아프기는 했지만 기분이 더러운 것은 발이었으니까, 주먹은 한 냥, 발은 두 냥으로 하지. 물론 은자로 말이야."

　"무, 무슨 말을 하는 거야?"

정찬이 황당한 음성으로 소리쳤지만 금오는 신경도 쓰지 않았다.

"정확히 계산하면 은자 백서른세 냥이지만, 계산하기 편하게 백오십 냥으로 하고. 거기에 원래 줄 돈 스무 냥을 얹으면 백칠십 냥이 되겠지?"

정찬은 입만 쩍 벌린 채 아예 대꾸도 하지 못했고, 금오는 '내가 결심한 이상 당신은 줄 수밖에 없을걸?' 하는 표정으로 그를 바라보았다.

아는 사람은 안다. 정찬이 결국은 줘야 할 것이란 사실을. 지금까지 금오에게 찍혀서 돈을 주지 않고 버틴 사람은 낙양에서 아무도 없었으니까.

2

창기들이 몸을 팔아 삶을 영위해 나가는 곳, 청루.

십여 곳의 청루가 줄지어 늘어선 거리에 흐드러진 노랫가락이 울려 퍼지기 시작했다.

"돈에 파는 사랑이라 남들은 욕하지만~ 너희도 사랑을 사고팔지 않더냐~? 대감네들 가문으로 사랑을 사고팔고~ 부자네들 돈으로 사랑을 사고팔며~ 그 나머지 너희들은 미모 따라 값 매기지~ 마음은 뒷전이고 얼굴만 예쁘다면~ 사람 됨도 뒷전이고 가진 것만 많다면~ 평생 가는 혼사조차 그런

조건 따지면서~ 정당히 사고파는 우리 사랑 어떻다고~ 이
러쿵저러쿵 입방아질 해대느냐~? 좋은 혼사 맞이하려 요염
떠는 계집이나~ 먹고살기 힘들어서 옷을 벗는 우리네나~
무에 그리 다르다고 입방아들 찧는단가~?'

청루 기녀들의 한이 담긴 듯한 노랫가락이다. 하지만 노랫
소리의 주인공은 기녀가 아닌 사내였다. 청루 기녀들의 골칫
덩이이자 사랑둥이이기도 한 사내. 그 이름은 금오다.

그가 나타나자 여기저기서 창문이 열리며 영업 준비를 하
고 있던 기녀들이 고개를 내밀었다.

"오빠, 성공했어?"

"자기야, 나 오늘 한가한데……"

"이 웬수야, 너 하룻밤 받았다가 사흘이나 공쳤어!!!"

여기저기서 기녀들의 외침이 터져 나왔다. 유혹하는 음성
도 있고, 나무라는 음성도 있지만, 한 가지 공통점은 끈끈한
정이 묻어난다는 사실이다.

개선장군처럼 손을 흔들어 화답을 한 금오는 이화루(梨花
樓)라는 편액이 걸려 있는 대문 안으로 들어섰다. 정찬에게
화대를 물린 기녀가 기거하고 있는 청루였다.

"왔느냐?"

그가 오기만을 기다리고 있었다는 듯 루주 노류화(路柳花)
가 나와 맞이했다. 사십대 중반의 여인이었지만, 한때 청루제
일을 구가하던 그녀의 미모는 아직도 건장했다.

"어이구, 웬일로 마중까지 나오시나? 뭐, 내가 아니라 이놈이 그리워서 나온 것이겠지만……."

금오가 은자 스무 냥이 들어 있는 묵직한 전낭을 꺼내서 흔들어 보이자 노류화의 입가에 함박웃음이 피어났다.

"하여간 돈 받는 데는 네 녀석 이상이 없다니까?"

그녀가 전낭으로 손을 뻗자 금오가 얼른 회수하며 대꾸했다.

"몸을 판 건 수련인데 왜 누님이 설치시오?"

"화대 중 절반은 기방 수입이란 걸 몰라서 그러는 거야?"

"어쨌든 수련 몫이 먼저니 기다리쇼."

"그 아이 몫을 제하고 주면 되잖아."

"자꾸 여러 말 하게 만드네… 장사 보름쯤 쉬고 싶소?"

금오가 눈빛을 이상하게 물들이며 인상을 쓰자 노류화는 흠칫하여 입을 다물었다. 그가 마음만 먹으면 보름이 아니라 석 달 열흘이라도 쉬게 만들 수 있다는 걸 아는 까닭이다. 주먹을 사용하는 것은 아니다. 그의 무기는 사내만의 그것이다.

어떤 기녀든 그와 하룻밤을 보내고 나면 사흘 동안은 손님을 받지 못할 정도로 진이 빠지고 만다. 그러면서도 청루의 기녀들은 그러면 사족을 쓰지 못한다. 게다가 이놈의 정력은 고갈될 줄을 몰라서 열 명의 기녀라도 하룻밤이면 녹초가 되어버린다.

"드, 들어가 봐… 수련이 기다리고 있을 테니……."

"고맙소."

금오는 언제 인상을 썼냐는 듯 환한 미소를 지어 보이고는 수련의 방으로 향하였다. 미소 하나만큼은 정말 넋이 나갈 만큼 황홀하다. 산전수전 다 겪은 노류화의 가슴을 쿵쾅거리게 만들 만큼.

금오가 들어서자 수련이 자리에서 일어나 맞이하였다. 이화루 최고의 창기인 만큼, 남다른 미모를 지닌 여인이다.

"어서 와요, 오라버니……."

그녀의 나이는 금오와 같은 열일곱이었지만, 금오가 생일이 빠르다는 이유로 박박 우겨서 오라버니라 부르고 있다. 하지만 불만은 없다. 그는 오라버니란 소리를 들을 자격이 충분한 사내니까.

"네 몫이 절반이라고?"

"네……."

"한 푼도 받지 않고 한 달이나 놀아주다니… 그놈 어딜 믿고 그렇게 멍청한 짓을 한 거냐?"

"아버지 병환이 점점 깊어지셔서 목돈이 필요했어요."

"앞으로는 사람 좀 봐가면서 믿어라. 자, 이거 받아."

금오가 전낭에서 은자 열 냥을 꺼내 주자, 수련이 의아한 표정으로 물었다.

"다 주시는 거예요?"

"뭐가 이상해? 절반이 네 몫이잖아."

"그게 아니라 오라버니 수고비를 빼지 않았잖아요."

금오가 피식 웃으며 대꾸했다.

"너 혹시 순진하다는 소리가 듣고 싶은 거냐?"

"그게 무슨……?"

"내 걱정 말고, 네 몫이나 잘 챙기란 얘기다. 멍청한 짓 좀 그만 하고."

금오는 수련의 어깨를 툭툭 쳐주고는 노류화가 기다리고 있는 마당으로 향하였다.

"누님 몫이오."

금오가 전낭을 통째로 넘겨주자, 노류화는 얼른 받아서 금액을 확인하더니 날 선 음성으로 소리쳤다.

"어째서 은자가 여섯 냥뿐이냐?"

"내 수고비가 이 할이란 걸 몰라서 묻는 거요?"

"열 냥에서 이 할을 빼면 여덟 냥이어야지, 왜 여섯 냥이냐고!!"

"왜 열 냥이오? 스무 냥이지."

"내 몫은 열 냥뿐이잖아."

노류화가 계속 따지고 들자 금오가 귀찮다는 표정으로 대꾸했다.

"이번 건을 의뢰한 게 누구요?"

"물론 나지."

"얼마를 의뢰했소?"

"그야 스무 냥을……."

"계산 맞네 뭐. 안녕히 계시오. 필요하면 언제든 또 부르시고."

금오가 손을 흔들며 대문으로 향하자, 잠시 멀뚱하게 서 있던 노류화가 그의 등에 대고 소리쳤다.

"야, 이 나쁜 자식아!!! 수련에게 생색은 네가 다 내놓고, 손해는 왜 내가 봐야 하는데?"

"수련이 아버지까지 아프다는데, 조금 더 버는 사람이 좀 양보하쇼. 그래야 세상이 살기 좋아지는 거 아니겠소?"

"뭐야? 너 말 한번 잘했다. 낙양에서 너보다 돈 잘 버는 놈이 또 있냐? 그런데 지난 달 술값은 왜 아직 안 갚아?"

"청산~!!"

금오가 갑자기 목청 높여 노래를 부르기 시작했다.

"할 말 없으면 청산이지, 이 웬수야!!!"

노류화가 방방 뛰며 소리를 질러댔지만, 금오의 모습은 이미 사라지고 난 뒤였다. 골목 저편에서 노랫소리만 구성지게 들려올 뿐이다.

땅거미가 내려앉는 시각.

낙양의 빈민가에 한 노인이 모습을 나타냈다. 하얀 수염과 백발이 사자 갈기처럼 뻗어 있는 모습이다. 활활 타오르는 듯한 눈빛 또한 사자와 같다. 하지만 지금의 행색은 결코 백수의 왕 사자와 같다고 할 수 없다. 여기저기 상처를 입은 데다 각혈까지 심하게 한 듯 앞섶도 온통 선혈로 물들어 있는 모습이기 때문이다.

"태극검가 놈들… 오늘의 수모는 반드시 백배로 되돌려 주마."

노인은 낮은 음성으로 으르렁거리더니 미로와도 같은 빈민촌 골목길로 빠르게 스며들어 갔다.

대체 무슨 일로 쫓기고 있는 것일까? 빈민촌에 한바탕 소란이 일 듯한 예감이 든다.

청루 골목을 빠져나온 금오는 낙양의 하류인생들이 모여드는 하오문으로 향하였다.

하오문이란 어떤 특정 방파를 가리키는 말이 아니다. 좀도둑, 창기, 삼류살수 등 인생의 밑바닥을 사는 사람들이 모여들어 서로 정보를 교환하고 일거리를 주고받는 장소라면 어디든 하오문이라 부르며, 사람이 모여 사는 곳이라면 천하 어디든 하오문이 존재한다.

그중에서도 낙양의 하오문은 규모가 제법 큰 편이다. 그만큼 많은 사람이 모여 사는 도읍이며, 천하인들의 왕래가 빈번한 곳이기 때문이다.

이층 건물로 이루어진 낙양 하오문은 언제나 수많은 삼류인생으로 바글거린다. 일층에서는 하류인생들이 적은 돈으로 먹고 마실 수 있는 싸구려 술과 음식을 판매하며, 이층에서는 천하에 존재하는 갖가지 도박이 노름꾼들을 유혹한다.

그렇게 서로 어울려 가며 정보도 교환하고, 싸구려 일거리들을 자유롭게 흥정하기도 한다. 그렇게 해서 수익이 발생하게 되면 그들은 자발적으로 하오문에 일 할의 수수료를 떼어 준다. 누구도 강요하는 사람이 없음에도 불구하고 그 불문율을 지키지 않는 자는 아무도 없다.

간혹 욕심을 부려서 입을 닦는 사람이 없었던 것은 아니다. 하지만 그런 사실은 오래가지 않아 모두에게 알려지게 마련이고, 그는 저절로 하오문에서 방출된다. 아무도 그에게 정보를 제공하지 않으며, 일거리도 흥정하려 들지 않기 때문에 그는 이곳에 발을 붙일 수가 없게 되는 것이다.

그런 자를 그대로 둔다면 하오문은 점점 경영이 어려워질 것이고, 그러면 결국 그들 모두의 삶터가 사라지게 될 수도 있었기에 얌체 행동에 대한 응징은 아주 단호했다.

그러나 세상 어느 곳이든 예외란 반드시 존재하게 마련이다. 낙양 하오문에서도 유일한 예외가 있으니 그가 바로 금오였다. 그는 단 한 번도 수수료를 낸 적이 없지만, 그 누구도 불만을 토로한 적이 없으며, 방출이란 말은 아예 입에 담지도 않았다.

"아빠, 엄마들!!! 나 왔소!!!"

금오가 문 안으로 들어서며 소리치자 모두의 시선이 그에게 쏠렸다.

"야, 이 녀석!! 오늘도 큰 건 하나 올렸다며?"

"부자 돈으로 우리도 목 좀 한 번 축이자. 술 한 잔씩만 돌려!"

여기저기서 왁자한 소리가 터져 나왔다.

"이런 젠장! 나 일하는 데 도움이라곤 쥐뿔도 안 주면서 왜 나만 보면 공짜 술타령이야?"

사흘 삶은 호박에 이도 안 들어갈 소리라는 듯 금오가 매몰차게 쏘아붙였다. 순간 일층 전체가 정적으로 가라앉았다. 그리고 시간이 정지되기라도 한 듯 모두의 움직임이 멈추어졌다.

그러거나 말거나 금오는 그들 사이를 헤치고 들어가 한쪽에 자리를 잡고 앉았다.

"배고파, 밥이나 줘!!"

하지만 일층은 여전히 시간이 멈추어 있는 듯 아무도 움직이지 않았다. 술을 마시던 자들도, 떠들어대던 자들도, 하다 못해 주방에서 음식을 만들던 숙수들도 모두가 멈추어져 있다.

"씨바, 왜 하나같이 나를 못 벗겨 먹어서 안달인 거야?"

금오가 투덜거렸다. 사람들은 여전히 멈추어진 상태다.

"알았어, 알았어. 한 잔씩 돌릴 테니까 그만들 좀 해!!"

금오의 허락이 떨어지자, 사람들은 언제 그랬냐는 듯 다시 왁자하게 떠들기 시작했다.

"들었지? 금오가 쏜대."

"큰 걸로 한 잔씩 돌려!!"

"돼지도 한 마리 삶고."

부글부글 끓는 표정으로 듣고 있던 금오가 소리 꽥 질렀다.

"누구야, 돼지 삶으라는 인간이!!!"

하지만 그의 외침은 공허한 메아리였을 뿐 대세는 이미 대중의 의도대로 흘러가고 있었다. 벌써 돼지를 잡겠다며 우르르, 달려나가고 있었으니까.

"내가 이 꼴 보기 싫어서라도 독립하고 만다, 씨바!!"

성질을 부리고 있는 금오에게 초로의 남자 한 명이 절룩거리는 걸음으로 다가왔다. 한 손에는 술병이 들려 있고, 다른 한 손에는 지팡이가 쥐어져 있다.

한쪽 다리의 관절이 움직이지 않는 것으로 보아, 나무를 깎아 만든 의족을 붙이고 있음이 분명했다. 머리는 산발을 한데다, 옷은 언제 빨았는지 냄새가 진동을 하고, 술에 절어 코가 빨갛게 변한 모습이다. 하지만 깊숙이 감추어진 눈빛은 그가 결코 만만치 않은 인물임을 잘 말해주고 있다.

"속으로는 흐뭇해하면서 왜 괜히 투정이냐?"

사내가 맞은편에 앉으며 말하자, 금오가 성깔있는 눈빛으로 쏘아보며 대꾸했다.

"아빠라는 사람이 자식 마음을 그렇게도 몰라? 내가 어딜 봐서 흐뭇해한다는 거야?"

금오는 그를 아빠라고 불렀다. 대개 금오 정도 나이가 되면 '아빠'라는 호칭은 잘 쓰지 않는다. 하지만 금오는 그 호칭을 결코 바꾸려들지 않았다. 이유는 아무도 모른다.

"네 녀석이 정말 싫었다면 그러고 있었겠냐? 이 건물이 부서져 내리도록 지랄발광을 떨었겠지."

"아빠라는 사람이 자식에게 말하는 꼴하고는… 지랄발광이 뭐야?"

"그래서 너는 그렇게 공손한 거냐?"

지금 마주 앉은 사람은 그의 둘째 아빠다. 이름은 고주천(高珠穿). 한때는 꽤나 잘나가던 살수였으나, 한쪽 다리가 잘린 이후로는 이곳에서 잔심부름이나 해주며 살아가고 있다.

금오에게는 모두 다섯 명의 아빠와 네 명의 엄마가 있었다. 어려서부터 그를 돌봐주고 키워준 사람들이다. 그러나 그중 엄마 두 명은 놈팡이와 눈이 맞아 떠났고, 한 명은 삼 년 전에 병으로 죽었다. 때문에 지금 엄마는 주방에서 일하고 있는 마금설(麻金舌) 한 명뿐이다.

"금오야!!"

주방 안에서 가마솥 깨지는 음성이 터져 나왔다. 귀가 다 아플 지경이다. 하지만 금오에게는 이보다 더 감미로운 음성이 없다. 하나밖에 없는 엄마의 음성이기 때문이다.

금오가 달려가자 주방문을 꽉 채우고도 남을 거구의 여자가 쟁반을 들고 나타났다. 정말이지 웬만한 사내 세 명은 합쳐 놓은 듯한 거구였다. 팔뚝이 금오 허벅지만 했고, 가슴은 큼직한 수박 덩이가 들어 있는 듯 풍만했다. 나이는 대략 사십대 중반쯤.

그녀가 움직이자 마룻바닥이 금방이라도 부서질 듯 삐걱거리는 비명을 질러댔다. 그녀는 한 손으로 쟁반을 든 채 다른 손으로 금오를 와락 껴안았다.

"예쁜 내 새끼!!"

"우왁!!!"

두 개의 수박(?) 사이에 얼굴이 파묻혀 버린 금오는 숨이 막힌다는 듯 버둥거렸다.

"푸하!!! 이러지 좀 말라고 했잖아!!! 엄마 가슴이 얼마나 흉악한 무기인 줄 알아?"

"고마운 줄이나 알아, 이 녀석아! 천하에 이 마금설의 가슴에 파묻힐 수 있는 사내놈이 너 말고 또 있는 줄 알아?"

"제발 나 말고 제대로 된 걸로 하나 꿰찼으면 하는 소망이 있네요."

"농담이라도 그런 말은 하지 마라. 내 눈에 비친 이 세상 사내는 너 빼고 다 도둑놈뿐이니까."

"그런데 그건 뭐야?"

금오가 쟁반을 가리키며 물었다. 뚜껑이 덮인 커다란 뚝배기에서 김이 무럭무럭 올라오고 있었다.

"네가 제일 좋아하는 거다."

"백숙?"

"당근이지. 고려인삼까지 한 뿌리 넣어서 푹 고았다."

금오는 침을 꿀꺽 삼키며 쟁반으로 손을 뻗었다. 그러자 마금설이 얼른 그것을 치우며 금오 앞에 손을 내밀었다.

"큰 거 한 건 했다며?"

"씨바… 내 편은 하나도 없어."

금오는 도끼눈으로 쏘아보며 전낭 하나를 그녀에게 넘겼다. 은자 오십 냥은 충분한 무게였다.

"아이구, 우리 새끼 예쁘기도 하지."

마금설이 궁둥이를 토닥여 주자 금오가 쟁반을 확 뺏어 들며 돌아섰다.

"내가 아니라 돈이 예쁜 거겠지!!"

잔뜩 부어 있는 음성이었지만, 마금설은 안다. 겉으로는 저렇게 툴툴거려도 마음은 그렇지 않다는 것을.

그가 건네 준 은자는 그녀 혼자만의 것이 아니다. 아니, 그녀는 이 중 단 한 푼도 자신을 위해 쓰지 않을 것이다. 금오가 이 돈을 준 것은 저를 키워준 아버지들의 약값과 밥값으로 쓰라는 것임을 잘 알기 때문이다.

"그렇게 깡술만 마시지 말고, 뼈다귀라도 좀 핥으란 말이야!!"

지금도 금오는 둘째 아빠에게 잔뜩 성질을 부려가며 닭다

리 한쪽을 커다랗게 떼어서 그의 입에 억지로 밀어 넣고 있
다.

　"앗, 뜨뜨뜨… 뜨겁잖아 이 녀석아!!!"

　부자(父子) 아닌 부자의 정이 그들의 가슴으로 스며든다.

第二章 무림의 두 거성과 맞먹다

下午
門鴒

1

금오의 거처는 하오문 건물 뒤편에 딸려 있는 이층의 작은 다락방이다.

나무 침상, 나무 탁자, 솜이불 한 채……

이것이 금오의 방에 있는 전부이다. 하지만 오늘은 다른 것이 더 있었다. 어둠 속에 웅크리고 있는 물체. 그것은 분명 사람이었다.

사자 갈기와도 같은 백발과 수염을 지닌 노인. 그는 얼마 전에 빈민촌으로 숨어들었던 혼원마성(混元魔星) 제갈혁세(諸葛赫勢)였다.

"크으… 기혈이 몽땅 막혀서 경공은 고사하고 움직이는 것조차 힘들 지경이군."

태극검가의 인물들에게 쫓기고 있는 와중이었지만, 이 상태로는 더 이상 도주가 불가능했기에 간단한 운기요상이라도 할 생각으로 이곳에 숨어든 것이다.

물론 이 방의 주인이 누구인지 그는 알지 못한다. 다만 한적한 뒷골목에 위치해 있고 방 안이 썰렁한 것으로 보아, 아무도 살지 않거나 살더라도 며칠간 방을 비운 것 같기에 이곳을 택한 것뿐이다.

제갈혁세는 청력을 끌어올려 집주변에 아무도 없다는 것을 확인한 후에 가부좌를 틀고 앉았다.

흩어진 기운을 단전으로 끌어 모아 서서히 운기를 시작하자 막혔던 기혈이 하나씩 뚫려 나가기 시작했다. 내상이 간단치 않아 이 정도의 운기로 당장 정상을 회복할 수는 없겠지만, 원래 지닌 능력의 육 할가량은 회복이 가능할 터였다.

그렇게 막혔던 기혈을 거의 다 뚫어갈 즈음.

"밤이면 밤마다 나는야 외로워~ 도망친 엄마 둘에 뚱땡이 엄마 하나~ 별 쓸모는 없지만 아빠도 다섯 개지~ 그런데도 나는야 밤마다 외로워~"

누군가 돼지 멱따는 소리를 해가며 방으로 다가왔다. 사실 듣기 그렇게 나쁜 목소리는 아니지만 제갈혁세 입장에서는 돼지 멱따는 소리보다도 더 심하게 들렸다.

덜컥!

문이 열렸다. 하지만 제갈혁세는 꼼짝도 할 수 없는 형편이다. 운기를 마치지 않은 상태에서 움직였다간 주화입마 내지는 즉사를 면치 못하기 때문이다.

"이 세상 예쁜 것들 다 어디로 숨었……?? 얼래? 댁은 뉘슈?"

목청을 있는 대로 뽑아내던 금오는 자기 방에 턱하니 버티고 앉아 있는 노인을 발견하고는 두 눈을 휘둥그렇게 떴다.

"운기 중이신가?"

상황을 금방 알아차린 금오는 더 이상 말을 걸지 않고 방한구석에 있던 등잔에 불을 붙였다. 그리고는 노인 앞에 아예 자리를 잡고 앉았다.

"어이, 노인네! 남의 방에 허락도 없이 들어와서 뭐 하고 있는 거요?"

물론 대답이 나올 리 없다. 그러거나 말거나 금오는 계속 떠들어댔다.

"내 방은 객점보다 사용료가 비싼 편인데… 은자는 넉넉히 가지고 있는 거요? 대답이 없으면 그런 줄 알고 있을 테니 하던 짓 끝나면 있는 은자 다 놓고 조용히 사라지쇼."

운기 중에는 대답을 할 수 없다는 걸 뻔히 알면서 이런 말을 해대니 제갈혁세는 속이 부글부글 끓어올랐다. 하지만 지금은 화도 마음대로 낼 수가 없다. 어쨌든 꾹 참고 운기를 마치는 것이 최상책이다. 그런데 이 우라질 자식이 또 돼지 멱따는 소리를 질러대기 시작한다.

"다 떨어진 짚신도 제짝이 있다던데~ 나는 왜 긴긴밤을 홀로 새야 하는 거야~ 남산골 칠복이도 내 건너 오달이도~ 제 여자 찾아서 알콩달콩 잘사는데~ 나는야 오늘도 지지리 독수공방~"

계속되는 먹따는 소리에 제갈혁세는 운기고 지랄이고 다 때려치우고 놈의 주둥이부터 뭉개 버리고 싶은 충동이 인다. 그래도 꾹 참고 운기를 계속한 그는 드디어 마지막 주천을 마치고 눈을 번쩍 떴다.

겨우 육 할의 내력을 회복했을 뿐이건만 그의 눈에서는 사람의 그것이라 하기 힘든 엄청난 안광이 폭사되어 나왔다.

"버르장머리없는 애송이 녀석!!!"

낮은 호통과 함께 제갈혁세의 우수가 쭉 뻗어 나왔다. 순간,

"얼래??"

금오는 그의 장심에서 쏟아져 나오는 엄청난 흡입력에 주르륵 딸려갔고.

"컥!!!"

제갈혁세의 손아귀에 목을 잡히고 말았다.

"자, 이제 어떻게 죽고 싶은지 그 잘난 주둥이를 한번 놀려 봐라."

제갈혁세는 이 버르장머리없는 녀석이 벌벌 떨면서 살려

달라고 애원할 것이라 생각했다. 그런데,

"씨바… 목을… 놔야… 떠들든 말든… 할 거… 아냐… 영감탱……."

씨바… 그리고 영감탱…….

이 두 마디에 제갈혁세는 거의 거품을 물 지경이 되었다.

콰악!

제갈혁세의 손아귀가 강하게 오므라졌고,

"끄억!!"

금오의 두 눈은 튀어나올 듯 부릅떠졌다.

'씨바… 남의 방 차지하고 운기행공 좋게 하고서 이게 무슨 개 같은 경우냐고…….'

금방 죽게 생긴 와중에도 금오는 이런 눈빛으로 제갈혁세를 쏘아보았다. 그러거나 말거나 제갈혁세는 손아귀를 점점 더 강하게 오므렸다. 그러던 어느 순간 제갈혁세는 놀라운 모습을 목격하였다. 금오의 미간이 은은한 붉은빛으로 물들었던 것이다. 그것은 피가 몰려서 생기는 현상과는 차원이 달랐다. 사람의 몸은 빛을 만들어낼 수가 없다. 그럼에도 불구하고 이 버르장머리없는 녀석의 미간은 붉디붉은 빛을 뿜어내고 있는 것이다.

스르르…….

혼원마성 제갈혁세는 자기도 모르는 사이에 손아귀의 힘을 풀고 말았다.

"후아… 죽는 줄 알았네, 씨바……."

힘겹게 숨을 몰아쉬는 금오에게 제갈혁세가 물었다.

"네 이름이 뭐냐?"

"그런 건 알아서 뭐 하게?!!"

금오가 도끼눈을 부릅뜨며 쏘아붙였다. 단단히 화가 난 모습이다.

제갈혁세는 기가 막히기도 하고, 어이도 없다는 표정으로 그냥 바라보기만 하였다. 거기다 대고 금오는 한술 더 떴다.

"이봐, 영감탱! 다 죽어가는 거 살려났더니 겨우 이딴 식으로 보답을 하는 거야?"

꿋꿋하게 영감탱이란다. 제갈혁세는 더 이상 어이없어할 기운도 없다. 그렇다고 말도 되지 않는 대거리를 그냥 받아주고 싶은 생각은 없다.

"누가 누굴 살려줬다는 거냐?"

"내가 영감탱을."

아주 간단하고도 명료한 대답이다. 한 대 쥐어박고 싶은 생각이 절로 일어난다.

"네 녀석이 나를 살려줘?"

"영감탱 정말 경우없네… 생각해 봐? 영감탱은 다 죽어가는 상태로 내 방에 숨어들었지? 그리고 내 허락도 없이 방을 차지하고 앉아서 운기행공까지 했단 말이야."

제갈혁세는 이 녀석이 어떤 식으로 이야기를 몰고 가는지

보겠다는 심산으로 아무 대꾸 없이 듣기만 하였다. 금오의 말이 이어졌다.

"그러다가 방주인인 내가 들어왔어. 영감탱은 자기 방에 낯선 사람이 들어와서 턱하니 앉아 있으면 '어이구 반가운 손님이 오셨으니 제가 방을 비워 드리죠'라고 하나? 아니잖아? 그 개떡 같은 성질로 보아서는 '이거 뭐 하는 개뼈다귀야?' 하면서 죽여 버리지나 않으면 다행일 것 같은데… 아냐?"

금오가 얄미운 표정으로 물었지만, 제갈혁세는 무서운 눈으로 쏘아보기만 할 뿐 여전히 대꾸가 없다.

"하지만 나는 영감탱이 위험에 처해 있다는 걸 한눈에 척 알아보고 가만히 기다려 주었단 말이야. 덕분에 영감탱은 무사히 운기행공을 마칠 수 있었잖아. 그때 내가 영감탱을 쫓아내려 했다면 어떻게 됐겠어? 자, 이제 내가 어째서 영감탱을 살려주었다고 하는 건지 이해가 좀 되시나?"

언뜻 듣기에는 일리가 있는 말 같기도 하다. 하지만 제갈혁세는 이따위 궤변에 휩쓸릴 만큼 어리석지 않다. 그의 머릿속은 지금 '이 건방진 녀석을 어떤 방법으로 죽여 버릴까?' 하는 생각으로 가득 차 있을 뿐이다. 이런 녀석을 해치워 버리는 것은 벌레 한 마리 눌러 죽이는 것보다도 쉬운 일이다. 다만 한 가지…….

제갈혁세가 뭔가 생각에 잠겨들 때였다.

삐이익, 삑!

어디선가 날카로운 호각 소리가 울려왔다. 곧이어 그에 응답하는 호각 소리가 사방에서 들려왔다.

'벌써 행적을 찾아낸 건가?'

제갈혁세가 흠칫 놀란 표정을 짓고 있는 사이 금오가 벌떡 일어나더니 창문을 열고 밖을 내다보았다.

"저것들은 다 뭐야?"

한눈에 보기에도 일류 급 고수임에 분명한 자들이 하오문 주변의 빈민가를 멀리서부터 포위한 채 빠르게 움직여 오고 있는 모습이 금오의 눈에 잡혀들었다.

"얼래? 태극검가 인간들이네?"

언뜻 놀란 음성으로 중얼거린 금오는 얼른 창문을 닫더니 호기심 어린 눈빛으로 제갈혁세를 바라보았다.

"영감탱, 도대체 무슨 짓을 저지른 거야? 태극검가 인간들이 떼거리로 몰려온 걸 보니 간단한 잘못을 저지른 것 같지는 않은데… 혹시 태극검성 영감탱의 마누라를 건드리기라도 한 거야?"

말끝마다 반말을 찍찍 내뱉는 것도 마음에 안 들어 죽겠는데, 한다는 생각마저 저 모양이니 제갈혁세도 더 이상은 참아줄 수가 없다.

"내가 아무리 급해도 네놈의 목은 꺾어놓고 가야겠다."

제갈혁세가 접인신공을 펼쳐 그의 목줄을 다시 움켜쥐려

는 순간, 금오가 빠르게 소리쳤다.

"잠깐 기다려, 영감탱!!! 나도 태극검가 인간들은 밥맛없다고. 내가 빠져나가게 해줄 테니까… 끄엑!!!"

부지런히 떠들어대던 금오는 제갈혁세가 목을 다시 움켜쥐자 괴성을 질러냈다. 그러나 다행히도 중요한 말은 다 마친 뒤였고, 그 말을 들은 제갈혁세는 손아귀의 힘을 느슨하게 해주었다.

"방금 뭐라고 했느냐?"

"아우, 씨바!!! 그 성질머리 좀 고쳐. 나잇살이나 먹은 사람이 왜 그렇게 참을성이 없어?"

'이놈의 자식이……'

제갈혁세의 눈에 다시 불이 들어오려 하자 금오는 재빨리 용건을 말하기 시작했다.

"내가 이래 봬도 낙양 바닥은 손바닥에 올려놓고 있는 몸이라고. 태극검가 인간들 천 명이 몰려와도 내가 마음만 먹으면 영감탱을 낙양 밖으로 빼돌리는 건 일도 아냐."

"비밀 통로라도 있는 거냐?"

제갈혁세가 관심을 보이자 금오가 씩, 미소 지었다. 소름이 확 돋는 미소다.

"태극검가의 천라지망을 맨입으로 빠져나가시려고? 어림없는 일이지."

이렇게 말하며 금오는 제갈혁세의 면전에 한 손을 척 들이

밀었다.

"돈을 원하는 게냐?"

"두말하면 숨 가쁘지."

"지금은 없다."

"그렇게 말하는 걸 보니 집에는 돈이 좀 쌓여 있는 모양이네?"

"필요한 금액을 말해봐라."

"은자 삼만 냥."

"뭐야?!!"

"왜? 너무 적어? 그럼 사만 냥."

"이놈이……."

"아직도 적어? 좋아. 그럼 계산하기 쉽게 오만 냥으로 하지. 여기서 더 올릴 생각은 하지 마. 나중에 바가지 씌웠다는 소리는 듣고 싶지 않으니까. 나를 잘 모르는 것 같으니까 미리 말해두겠는데, 나는 말을 시킬 때마다 금액이 올라가는 체질이야. 그러니까 더 이상 말하게 만들지 마. 바가지 씌우는 건 정말 싫거든."

정말이지 잘도 떠들어댄다. 칠십여 성상을 살아오면서 이런 놈은 단연코 처음이다. 내심 금오를 깔보고 있던 제갈혁세는 생각을 바꾸기로 마음먹었다. 무공은 자신보다 약할지 몰라도 놈은 나름대로 자기 영역을 가지고 있고, 그것을 잘 활용할 줄 아는 녀석이다. 이 정도 녀석이라면 제갈혁세도 얼마든지 그 영역을 인정해 줄 용의가 있다.

"좋다. 오만 냥으로 하자. 대신 네놈이 직접 받으러 오너라."

"얼마든지. 대신 돈은 전국적인 점포망을 가진 전장의 전표로 끊어줘야 해. 은 오만 냥은 주머니에 넣고 다닐 만큼 가볍지가 않아서 말이야."

"이곳을 무사히 빠져나가기만 한다면 네 녀석이 원하는 대로 해주마."

"걱정 마. 확실하게 탈출시켜 줄 테니까. 그런데 주소가 어떻게 되시나? 정확히 불러줘야 찾아갈 것 같은데……."

"혈마곡이다."

"혈마곡??"

금오의 눈이 커다래졌다.

'네놈도 혈마곡이란 이름에는 오금이 저리는 모양이구나.'

제갈혁세의 입가에 미소가 걸렸다. 그때,

"아, 씨바… 거긴 운남이잖아? 더럽게 먼 데서 사네. 이럴 줄 알았으면 두 번 정도 더 말을 하게 만들어서 십만 냥쯤 챙겼어야 하는 건데… 이건 완전히 반값 봉사잖아, 젠장!!"

자신의 예상을 간단히 빗겨 버린 금오의 대꾸에 제갈혁세도 이제는 질렸다는 표정이다.

혈마곡(血魔谷)!

그 이름은 세인들에게 있어서 공포의 대명사이다. 백칠십
팔 명의 마인(魔人), 그것도 최소한 한 지역을 휩쓸었거나 한
시대를 공포에 떨게 했던 거마들이 웅크리고 있는 곳이 바로
그곳이기 때문이다.

그들이 왜 그곳에 모였으며, 제갈혁세가 어떻게 그들의 주
인이 되었는지는 알려진 바가 없다. 분명한 것은 그 거마들이
일거에 쏟아져 나와 세상을 휩쓸기 시작한다면, 천하는 그야
말로 전무후무한 피의 소용돌이에 빠져들게 될 것이라는 사
실이다.

그렇기 때문에 태극검가도 이 기회에 제갈혁세를 제거하
려고 온 힘을 기울이고 있는 것이 분명하다.

하지만 금오는 그런 것에는 관심이 없다. 마인이 천하를 삶
아 먹든, 선인이 천하를 구워 먹든, 그런 건 어떻게 돼도 상관
없다. 지금 그는 돈을 받으러 가야 할 혈마곡이 너무 멀어서
짜증이 날 뿐이다.

'씨바… 이래서 노인네들과 거래할 때는 세 번 더 재봐야
한다는 말이 생긴 거야. 그렇게 중요한 사실을 왜 이제야 말
하고 지랄이냐고, 썅…….'

금오는 속으로 투덜대며 제갈혁세를 휙 쏘아보았다.

"어쨌든 계약은 계약이니 따라오슈. 확실하게 내보내 줄
테니까."

금오가 어떤 복안을 가지고 태극검가의 천라지망을 뚫겠

다는 것인지 제갈혁세는 자못 궁금하다.

2

태극검가의 삼공자 유수천(流水川)은 현무검수대를 지휘하여 빈민가의 남쪽을 훑어 들어가고 있었다.

이번 일은 사부이신 태극검성(太極劍星)께서 직접 나서신 일이다. 게다가 혼원마성 제갈혁세는 마의 조종이라 할 만한 거물이다. 이런 대사에서 실수한다면 가주의 자리는 영영 물 건너가는 것이나 마찬가지다.

위로 두 명의 사형과 한 명의—사부의 손녀이기도 한—사매를 두고 있는 유수천으로서는 이번 일에서 큰 공을 세워야만 가주 자리의 경쟁에 겨우 한 발을 들여놓을 수 있는 입장이다.

새하얀 피부에 사내로서는 조금 엷다 싶은 이목구비를 지닌 유수천의 두 눈동자에 야망의 불길이 타오른다. 사람들은 그의 외모가 다소 여성스럽다고 유약하게 보는 경향이 있다. 그래서 그의 가슴에 웅크리고 있는 야망이 얼마나 큰지를 알지 못한다.

'두고 보시오, 사형들. 가주 경쟁에서 최후에 웃는 사람은 나일 테니까.'

태극검성은 누구든 가장 뛰어난 인재에게 차기 가주의 자리를 넘겨주겠다고 공언한 바 있다. 세 명의 제자와 손녀는 물론 태극검가의 가솔이라면 누구든 경쟁에 참여할 수 있다는 말도 하였다.

유수천은 이 경쟁에서 유리한 고지를 선점하기 위해서라도 혼원마성을 반드시 자기 손으로 잡겠다는 각오를 다졌다. 그때,

"우리집 강아지는 복슬강아지~ 장에 갔다 돌아오면 야옹 야옹야옹~ 고양이도 아닌 것이 야옹야옹야옹~"

어디서 되지도 않은 노랫가락이 들려왔다. 그와 동시에 사람이라면 누구나 하루 한 번쯤 맡게 되는 향긋한(?) 냄새가 코를 찔렀다. 유수천은 인상을 잔뜩 찌푸리며 냄새의 진원지를 향해 눈길을 돌렸다.

열일곱 전후의 사내녀석 하나가 수레를 끌고 오는 모습이 눈에 들어왔다. 제대로 다듬지 않아 허름한 행색이기는 하지만, 이런 빈민가에는 왠지 어울리지 않는 모습이다. 하지만 유수천의 눈에 인물은 들어오지 않았다. 오직 냄새가 짜증날 뿐이다. 커다란 나무통에 가득 담겨 있는 저 똥물의 냄새가 말이다.

그러니 저 미끈한 녀석이 낙양의 뒷골목을 주름잡는 하오문 금오라는 사실은 더더욱 알 턱이 없다.

"새는 새는 하늘 날고 닭은 닭은 땅을 기지~ 새는 같은 새인데 누군 날고 누군 기고~ 세상은 날 때부터 차별을 한

다네~ 그래도 잘난 놈들 이렇게 떠들지~ 타고난 자질보다 노력이 앞선다고~ 니들이 닭이 돼봐 노력해서 날아지나~ 그래도 닭아 닭아 너무 실망하지 마라~ 아무리 노력해도 날 수야 없겠지만~ 닭 중에서 으뜸 닭은 얼마든지 될 테니까~"

금오는 떽따는 소리를 연신 질러대며 수레를 끌고 왔다. 냄새만으로도 충분히 괴로운데, 되지 않는 노래까지 고래고래 불러대니 태극검가 무사들이 곱지 않은 눈길을 보내는 건 당연지사. 그중에서도 깔끔 떨기로 유명한 유수천의 심기는 폭발 일초 전이다. 그런데,

"똥~ 퍼~!!!"

저 망할 놈이 들으라는 듯 역겨운 소리를 질러댄다.

"어제 먹고 오늘 싼 똥 그제 먹고 어제 싼 똥~ 배 터지게 처먹고서 자배기로 퍼지른 똥~ 풀줄기만 처먹고서 찢어지게 싸지른 똥~ 십 년을 묵혀둬도 돈 될 일 없으니까~ 아, 똥─ 퍼!!! 지금 퍼!!!"

이쯤 되면 유수천은 도저히 참아줄 수가 없다.

"뭐 하는 놈이냐?!!"

그가 날카로운 눈빛을 쏘아내며 소리치자 금오가 흘깃 바라보며 대꾸했다.

"왜? 똥 푸시게??"

'저 우라질 자식이……'

"집이 어딘지 주소를 읊어보쇼. 이 똥 버리고 와서 바로 치워 드릴 테니."

"한밤중에 왜 그런 수레를 끌고 돌아다니느냔 말이다!!"

유수천이 다시 소리치자 금오의 표정이 묘하게 일그러졌다.

"뭐야… 똥 푸겠다는 얘기가 아니었어?? 젠장, 똥도 안 풀 거면서 왜 소리는 지르고 난리야? 돈 한 푼 더 버는 줄 알고 좋다 말았잖아."

"네놈이……."

얼마나 성질이 치받치는지 유수천은 검갑을 와락 움켜쥐었다. 성질 같아서는 저 건방진 놈의 목을 당장 베어버리고 싶다. 하지만 참아야 했다. 그랬다가는 죄없는 사람을 죽였다고 사부에게 파문당할 것이 뻔하기 때문이다.

유수천은 심호흡으로 분노를 억제하며 나직하게 말했다.

"빨리 사라져라. 본 문은 지금 중대 사건을 처리 중이다."

"걱정 마쇼. 제발 여기 있어달라고 사정해도 갈 참이니까."

얄밉게 한마디 쏘아붙인 금오는 다시 수레를 끌고 움직이기 시작했다.

"주둥이 험악한 놈 주둥이로 망하고~ 칼 놀리기 즐기는 놈 칼질하다 뒈진다네~ 말로는 다 알지만 깨닫는 놈 별로 없어~ 방금 지가 죄지은 줄 까마득히 모르고서~ 나는 절대 안 망한다 착각 속에 살아가지~"

이어지는 금오의 노랫소리에 유수천의 인상이 다시 일그러졌다. 왠지 자신에게 욕을 해대는 듯한 느낌이 들었기 때문이다. 하지만 더 이상 놈에게 신경 쓰고 싶지 않아 무시하기로 했다. 그런데 그때,

"멈춰라!!!"

허공에서 창노한 음성이 울려오는가 싶더니 선풍도골의 노인 하나가 훌훌 떨어져 내렸다.

"사부님을 뵙습니다!!"

노인을 발견한 유수천은 급히 허리를 꺾어 예를 올렸다. 노인은 가벼운 손짓으로 예를 거둘 것을 명하며 금오에게 시선을 돌렸다. 금오도 노인의 얼굴을 바라보았다.

흰머리, 흰 수염, 새하얀 도포, 새하얀 신발, 백색검갑에 담겨 있는―검날도 우윳빛이 아닐까 의심이 가는―장검 한 자루.

이것이 금오의 눈에 비친 태극검성 담운청(譚雲靑)의 첫인상이다. 만약 신선이 있다면 바로 저런 모습일 것이라고 상상할 법한 용모이지만 그런 것은 금오의 눈에 들어오지 않는다. 오직 새하얗다는 것. 그리고 돈이 조금 있어 보인다는 것. 이것이 금오가 파악한 태극검성이다.

"영감도 내게 볼일있소?"

금오가 퉁명스럽게 한마디 내뱉었다. 순간 주변이 싸하게 가라앉더니, 곧바로 엄청난 살기가 폭사되어 나왔다. 일대는 온통 태극검가의 고수들로 가득하다. 그런데 그들에게 신과

도 같은 존재에게 '영감'이라는 망발을 내뱉었으니 살기가 도는 것은 당연한 일이다. 만약 눈빛으로도 피부가 베어진다면 금오는 온몸이 만신창이가 되어 벌써 저승의 객이 되었을 것이다.

"네놈이 정녕 죽고 싶은 모양이구나!!"

유수천이 검자루를 움켜쥐며 소리쳤다. 금오가 한마디만 대꾸하면 발검과 동시에 목을 베어버릴 기세다. 그런데,

"녀석에게 물어볼 말이 있으니 수천은 물러나거라."

태극검성이 나직하게 말했고, 유수천은 감히 거역할 수 없어서 금오를 무서운 눈으로 쏘아보며 뒤로 세 걸음 물러났다.

'저에게 한 소리도 아닌데, 왜 지가 핏대는 세우고 지랄이야? 꼭 기생오라비처럼 생겨가지고…….'

금오는 다소 어이없다는 표정으로 유수천을 마주 노려보아 주었다.

"네 이름이 무엇이냐?"

태극검성이 물었다.

"그러는 영감은 누구요?"

금오가 맹랑한 눈빛으로 이렇게 되묻자 태극검성의 양안이 은은한 노기로 물들었다. 보통 사람으로선 마주 보기조차 버거울 만큼 압도적인 힘이 느껴지는 눈빛이다. 하지만 금오는 조금도 위축됨 없이 그의 눈을 마주 보았다.

'왜 대답을 안 하시나?' 하는 듯한 표정으로 말이다.

태극검성이 무극검(無極劍) 한 자루로 천하를 주유하기 시작한 이래 이토록 맹랑한 녀석은 오늘이 처음이다. 생각 같아선 적당히 혼을 내주고 싶지만, 참기로 했다. 세상 무서운 줄 모르고 설치는 이런 녀석들은 누르면 누를수록 더욱 드세지기만 할 뿐이라는 걸 잘 아는 까닭이다.

"노부는 태극검가의 가주, 담운청이다. 자, 이제 네 이름을 말해보거라."

"금오. 정파에서는 사람 취급도 해주지 않는 하오문 사람이지."

정말이지 더럽게도 짧은 싸라기 말투다. 유수천을 비롯한 태극검가의 무사들은 노기가 하늘을 찌를 듯했지만, 태극검성은 조금도 개의치 않는 표정이다.

"좋다, 금오. 지금 어디 가는 길이냐?"

"보면 모르겠소? 똥통 비우러 가는 길이오."

"이 어두운 밤에 말이냐?"

"거참, 귀찮게 구시네. 남이야 한밤중에 똥통을 비우러 가든 똥물에 밥을 말아 먹든 댁들이 무슨 상관이오?"

"네 말이 전부 사실이라면 우리가 상관할 일은 분명 아니지. 하지만……."

태극검성이 말을 늦추며 느릿한 눈길로 수레를 훑어보자 금오의 안색이 해쓱하게 변하였다.

"그 커다란 통이 정말 오물로 가득 찼다면 오백 근은 족히 나갈 텐데 바퀴자국이 너무 얕다고 생각하지 않느냐?"

이어지는 태극검성의 말에 금오는 움찔하였고, 유수천은 아차 하는 표정이 되었다. 사부의 말을 듣고서야 유수천은 똥통의 구조가 이중으로 만들어져 아래쪽에 빈 공간이 존재할 지도 모른다는 생각을 한 것이다.

'저 망할 자식이 결국은 내 앞길을 망치고 마는구나.'

만약 그 빈 공간에 혼원마성이 숨어 있다면 유수천은 최악의 실수를 한 셈이다.

"젠장, 들키고 말았네. 좋소. 어차피 들켰으니 영감님 댁 똥을 풀 때는 일곱 냥에 해드리지. 원래는 한 통에 열 냥인데, 세 냥 깎았으니 딱 정상가를 받는 셈이요. 더 깎을 생각일랑 꿈에도 하지 마쇼."

금오가 주절주절 떠들어대자 태극검성은 무슨 말을 하느 냐 표정으로 눈살을 찌푸렸다.

"얼렁뚱땅 넘어갈 생각이라면 그만 포기하거라."

"뭘 얼렁뚱땅 넘어간다는 거요? 똥통 밑 부분에 삼 할의 공 간을 두었으니, 그만큼 깎아주겠다는 데 뭘 더 어쩌라는 말이 요?"

"계속 말장난으로 일관할 셈이냐?"

태극검성의 눈동자에 은은한 노기가 어리기 시작했다.

"젠장… 더럽게도 안 속아 넘어가네. 좋소, 그래. 영감 댁 똥은 반값에 치워주겠소. 나중에 보면 알겠지만, 정말로 딱 중간에서 막았소. 그러니 이쯤에서 합의 봅시다. 더 깎아주면 내가 손해란 말이오."

금오는 오직 계량을 속이기 위해서 막은 것뿐이라는 취지로 밀고 나갔으나 그런 말에 속아 넘어갈 태극검성이 아니다.

"이제 그만 나오시게, 혼원마성!!"

그는 똥통을 쳐다보며 나직하면서도 힘이 실린 음성으로 소리쳤다.

"방금 얘랑 얘기한 거요?"

금오가 멀뚱한 눈으로 똥통과 태극검성을 번갈아 보며 물었다. '얘 어디가 그렇게 마음에 드는데?' 라고 묻는 듯한 눈빛이다.

"장난은 그만두어라, 금오. 저 안에 누군가 숨어 있다는 것을 알고 있다."

태극검성의 말에 금오는 어이없다는 반응을 보였다.

"태극검가의 가주쯤 된다는 노인네가 정말 빈 것과 사람이 숨어서 귀식대법을 펼치는 것도 구분 못하는 거요?"

태극검성은 말장난을 하고 싶지 않다는 듯 우수를 검처럼 세워 천천히 들어 올렸다.

"끝내 나올 생각이 없다면 내가 나오도록 해주지."

말을 마침과 동시에 태극검성의 우수가 허공을 사선으로 갈랐다. 순간,

쩌억!

나무통에 사선으로 금이 그어졌다. 손끝도 닿지 않았건만 검으로 벤 것처럼 매끈하게 잘라져 버린 것이다.

촤아아…….

똥물이 길바닥으로 쏟아져 내렸고.

파앗!

한 인영이 허공으로 솟구쳐 올랐다.

"저건 뭐야???"

그 안에 사람이 숨어 있었다는 걸 정말 모르고 있었던 듯 금오의 눈빛이 경악으로 물들었다.

'저 인간이 왜 저기서 튀어나오고 지랄이냐고…….'

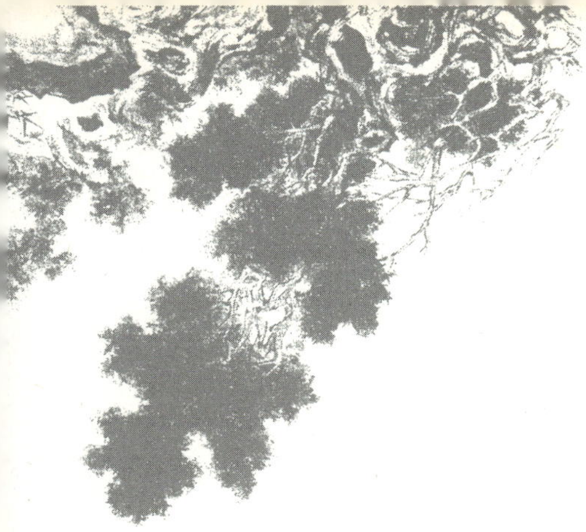

第三章　넌 누구냐?

1

"다섯째 아빠!!! 대체 거기서 뭐 하고 있었던 거야??"

놀라움과 황당함이 교차한 표정으로 금오가 소리쳤다.

그의 앞에는 기괴한 몰골의 곱사등이사내 하나가 엎어져
있다. 도주하려던 순간 태극검성의 일장에 당해 그대로 쓰러
진 것이다. 그가 혼원마성이 아니라는 사실을 알아챈 태극검
성이 진기의 일부를 재빨리 회수하지 않았다면 그는 아마 절
명하고 말았을 터였다.

"끄으응… 내가 아직 살아 있는 거냐?"

곱사등이아빠가 힘겨운 표정으로 고개를 들어 올렸다. 코
와 입술은 잔뜩 삐뚤어져 있고, 한쪽 눈은 흰자위뿐인 모습이

추괴함의 극을 보여주고 있다. 그 위에 똥물까지 잔뜩 뒤집어 썼으니 세상에서 가장 추악하다 해도 과언이 아니다.

나이는 사십 세 전후. 추면귀(醜面鬼)가 그의 이름이자 명호이며, 독문 무기는 허리에 걸려 있는 쇠사슬 달린 낫이다. 괴이하고 독날한 겸술(鎌術)로 강호에서 제법 이름을 떨치며, 경공술은 최상승이라 할 만하지만, 태극검성에게는 통하지 않았다.

핏덩이 때 부모에게 버림받고 하오문에서 살아온 그는 그곳에서도 온갖 지저분한 일만 맡아 해오던 사람이다. 하지만 마음만큼은 세상 누구보다 따뜻하다는 걸 금오는 잘 안다.

"아구구… 대체 어떤 괴물이 나타났기에 나를 한 손에 거꾸러뜨린 거냐? 태극검성이나 혼원마성이라도 나타난 거냐? 나를 일장에 날려 버릴 사람이라곤 그 두 사람 정도밖에 없는데……."

그는 아직 태극검성의 얼굴도 확인하지 못했다는 듯 중얼거렸다.

"하여간 허풍은… 말 돌리지 말고, 내 질문에 대답이나 해!! 대체 왜 저 통 밑바닥에 들어가 있었냐고?!!"

금오가 도끼눈을 뜨고 소리치자 추면귀가 찔끔한 표정으로 대답했다.

"네 엄마에게 걸릴까 봐……."

목소리가 기어들어 간다.

"또 도박 빚 진 거야?"

"그게, 이번에는 확실했는데……."

"제발 도박 좀 끊으라고 했잖아!!! 붙었다 하면 털리는 사람이 왜 빚까지 져가면서 도박을 하냐고!!!"

"너도 해봐. 그게 마음같이 조절이 되는지……."

"지겨워!!!"

소리를 왁, 지르고는 돌아서던 금오의 시선이 태극검성의 눈과 딱 마주쳤다. 마음을 읽어내기라도 하려는 듯 동공을 투과해 들어오는 눈빛이다.

"아이야……."

태극검성이 느릿하게 입을 열자 금오가 얼른 정정해 주었다.

"내 이름은 금오라고 아까 분명히 얘기한 것 같은데, 벌써 잊은 거요?"

"그래, 금오… 이제 사실을 얘기해 보자. 이 한밤중에 오물통을 끌고 나온 진짜 의도가 뭐냐?"

무슨 이유로 금오를 의심하게 됐는지 몰라도 태극검성은 그가 혼원마성 제갈혁세를 돕고 있다고 확신하는 듯했다.

금오는 시침을 뚝 떼며, 짜증스러운 투로 대꾸했다.

"그것도 아까 말하지 않았소?"

"정말 그 이유뿐이냐?"

"그럼 무슨 이유가 또 있겠소?"

"이건 매우 중대한 문제다. 네가 만약 그를 빼돌리기 위해 노부의 이목을 끈 것이라면 천하에 큰 죄인이 된다는 사실을 알아야 한다."

"누가 누굴 빼돌린다는 얘기요?"

금오가 계속 발뺌을 하자 태극검성은 더 이상 추궁하지 않았다. 물증이 없으니 추궁해도 소용없다고 판단한 모양이다. 아니, 어쩌면 다른 이유 때문일지도 몰랐다.

무엇 때문인지 태극검성은 금오의 미간을 뚫어지게 쳐다보았다.

"마빡에 구멍 나겠네, 젠장……."

금오가 중얼거렸다. 눈빛이 얼마나 강렬한지 금오는 정말로 미간이 시큰거리는 느낌까지 들었다. 그런데 그때,

"이리 와보거라."

태극검성이 낮은 음성과 함께 우수를 쭉 뻗었다. 그러자 금오는 거역할 수 없는 강력한 힘에 의해 태극검성 쪽으로 끌려가고 말았다.

'이 영감은 또 왜 이래?'

금오는 최선을 다해 버텨보았지만, 강북 무림의 맹주로 군림하고 있는 태극검성을 무슨 재주로 당해낸단 말인가?

금오가 주르륵 끌려오자 태극검성은 아무 말 않고 그의 손목을 움켜쥐고 맥문에 잠력을 주입하기 시작했다.

'끄어억!!!'

해일처럼 밀려드는 잠력으로 인해 금오는 곧 실신할 지경이었다. 비명을 지른다는 건 꿈도 꿀 수 없다. 입을 벌렸다가는 그 어마어마한 잠력이 입으로 쏟아져 나오며 내장을 다 밀어낼 것만 같았기 때문이다.

유수천은 놀란 눈길로 사부를 바라보았다. 아무리 버르장머리가 없는 놈이라 해도 남에게 큰 해악을 끼치지 않는 이상 사부는 결코 손을 쓰는 성격이 아니다. 그런데 어째서 금오를 갑자기 죽이려 한단 말인가?

그러나 그의 생각과 달리 태극검성은 금오에게 흘려 넣었던 진기를 곧 회수하였다. 그가 알고자 하는 것을 알아냈기 때문이다. 자신의 진기에 반응하여 미간을 은은하게 물들이던 황금빛을 말이다.

그러나 그것이 나타나려고 하는 순간 진기를 거두었기에 주변의 다른 사람들은 아무도 눈치 채지 못하였다.

태극검성이 금오의 맥문을 놓아주며 말하였다.

"노부에게 무공을 배워볼 생각이 없느냐?"

쿠웅!

이건 또 무슨 말인가? 그의 말을 들은 사람들은 혹시 잘못 들은 것이 아닌가 하는 표정으로 태극검성을 바라보았다. 그 중에서도 유수천의 놀라움은 경악 그 자체였다.

'저런 말종을 왜???'

하지만 태극검성의 눈빛은 진지했다. 그냥 한번 해본 소리가 아니라는 얘기다.

갑작스러운 진기의 주입으로 거의 죽다 살아난 금오는 온몸을 축 늘어뜨리고 있으면서도 잔뜩 독기 오른 눈빛으로 대꾸하였다.

"내가 영감 무공을 배우면 옆집 강아지다, 씨바……."

그냥 거절도 아니고, 그걸 배우면 옆집 강아지란다.

제갈혁세는 음습한 지하 통로를 따라 움직이고 있었다.

통로는 폭 오 척, 높이 칠 척으로 다소 좁기는 하지만 허리를 굽히지 않아도 걷기에는 충분했다. 약간 앞쪽에는 금오의 둘째 아빠라는 자가 길을 안내하고 있다.

술 냄새를 풀풀 풍기고 있는 절름발이 술주정뱅이다. 하지만 제갈혁세는 그가 결코 간단한 인물이 아님을 한눈에 알아볼 수 있다. 겉모습은 어수룩하지만 그에게서는 잘 벼려진 칼날과도 같은 기도가 은연중에 풍겨 나온다. 저런 인물이 왜 하오문에서 썩고 있는지 제갈혁세는 궁금증이 든다.

궁금한 것은 그것뿐이 아니다. 지금 걷고 있는 이 통로가 왜 존재하는 것인지도 의아하긴 마찬가지다.

낙양성 내에 이런 것이 있다면 만약의 사태에 대비해 관부에서 뚫어놓았다고 생각할 수도 있겠지만, 여기는 성에서 십리나 떨어진 곳에 있는 빈민촌이다. 대체 빈민촌에 이런 비밀 통로가 왜 필요하며, 대체 누가 이런 걸 만들었단 말인가?

지금까지 걸어온 거리만 해도 오 리는 족히 될 듯했다. 게다가 중간중간에 갈림길까지 있어서 안내없이는 빠져나갈 엄두도 내지 못했을 것이다. 빈민촌 지하에 있는 거미줄 같은 미로동굴이라니…….

"얼마나 더 가야 하는 거냐?"

제갈혁세가 물었다. 도움을 받는 처지에 뻣뻣한 건 여전하다.

"거의 다 왔소."

고주천은 뒤를 돌아보지 않고 대꾸했다. 그도 제갈혁세를 별로 존경하는 눈치는 아니다.

"나를 도왔다는 게 태극검가에 알려지면 큰 화를 입을 수도 있는데, 두렵지 않은 거냐?"

"금오 녀석이 하는 일이니, 하오문에 해가 될 일은 절대 없을 거요."

"믿음이 대단한 모양이군."

"그냥 믿는 게 아니오. 녀석은 그만한 능력을 가지고 있소."

"태극검가를 능가하는 힘을 가졌다고 말하는 거냐?"

"녀석의 무공으로는 태극검가의 당주 급도 이기기 힘들 거요. 하지만 녀석의 머리와 고집이 발휘되기 시작하면 세상에 못할 것이 없소. 선배만 하더라도 녀석을 간단히 누를 힘을 갖고도 협박이 아닌 타협을 택하지 않았소?"

"그야 그렇지만……."

혼원마성 제갈혁세는 아직 수긍할 수가 없다. 자신은 막다른 골목에 몰렸기 때문에 선택의 여지가 없었다. 만약 자신의 안방인 혈마곡이었다면 그런 협상은 절대 없었을 것이다. 그리고 이곳 낙양은 태극검가의 안방이나 다름이 없다.

"구체적으로 어떤 능력을 말하는 게냐?"

"지금 걷고 있는 이 통로도 녀석의 작품이오. 이만하면 답이 되겠소?"

"뭐야?"

어지간한 일로는 놀라는 일이 없는 제갈혁세였지만, 이번만큼은 경악할 수밖에 없다. 이런 지하 통로를 뚫는 것은 한두 달에 할 수 있는 일이 아니다. 많은 인원이 동원되었다 해도 몇 년은 족히 걸리는 일이다.

"하오문이 총동원되기라도 한 거냐?"

"만약 그랬다면 여길 이용해서 도피시킬 계획은 세우지도 않았을 거요. 그런 건 비밀 통로라고 할 수도 없으니까."

"그럼 설마……."

"그렇소. 녀석 혼자 만들어낸 일이요. 그 사실을 아는 사람도 셋을 넘지 않소."

"나랑 지금 농담을 하겠다는 거냐? 녀석이 지금 몇 살인데 이걸 혼자 만들었다는 거냐?"

맞는 말이다. 이런 일을 혼자서 해내려면 적어도 십 년은 족히 걸렸을 것이다. 그런데 금오는 스물도 안 되는 나이이니, 대체 언제부터 이걸 만들기 시작했다는 말인가?

"여덟 살부터 시작해서 열여섯에 완성했으니 꼭 팔 년이 걸린 셈이오. 녀석은 한 번 한다면 반드시 하는 놈이오."

'놈… 생각할수록 마음에 드는걸? 무슨 수를 써서든 제자로 삼고야 말겠어.'

제갈혁세는 속으로 다짐했다. 천하최강의 마인 집단인 혈마곡의 곡주이며, 강남 무림의 지존좌이기도 한 그가 금오를 제자로 점찍은 것이다. 왜?

그가 목을 움켜쥐었을 때, 녀석의 미간에 나타났던 붉은 빛은 마종의 상징이기 때문이다.

마종(魔宗)!

그것은 단지 강한 마인의 체질을 말하는 것이 아니다. 마에 휘둘리는 것이 아니라 마를 제압하고, 조종할 수 있는 대종사를 일컫는 말이다. 천 년에 한 번 나타난다는 마종지체를 제자로 만들 수만 있다면 제갈혁세는 무슨 짓이든 할 수 있다.

"혹시 녀석의 출생 내력에 대해서 알고 있나?"

제갈혁세가 넌지시 묻자 고주천의 눈빛이 날카롭게 빛났다. 하지만 그는 곧 눈빛을 갈무리하며 낮게 대답했다.

"하오문에서 나고 자랐소."

"그래? 그럼 친부모에 대해서도 알겠구나?"

이렇게 맞장구를 치기는 했지만, 제갈혁세는 고주천의 말을 믿지 않는 눈치다.

"그런 건 왜 자꾸 묻는 거요?"

고주천이 퉁명스레 대꾸했다.

"녀석이 재미있어서 궁금증이 들었을 뿐이다."

"다 왔소."

그때 마침 지하 통로의 끝에 이르렀기에 제갈혁세는 금오
에 대해 더 물어볼 수가 없었다. 설혹 묻는다 해도 고주천이
제대로 답할 것 같지도 않았고 말이다.

제갈혁세는 고주천이 열어주는 입구를 통해 바깥으로 나
왔다. 입구는 관제묘(關帝廟)로 통해 있었다.

관제묘는 무운(武運)과 재운(財運)의 수호신으로 숭상되는
관우(關羽)를 모시는 사당이다. 그 사당의 관우 상은 관복을
입고 의자에 앉아 있는 모습이었는데, 그 의자 뒤편에 비밀
문이 만들어져 있었다.

먼저 밖으로 나와 주변을 살핀 고주천은 주변에 아무도 없
음을 확인한 뒤에 제갈혁세를 나오게 하였다. 그가 나온 뒤에
문을 살며시 닫아버리자 그곳에 비밀 통로가 있었다는 사실
이 믿어지지 않을 만큼 감쪽같이 은폐되었다.

"여기서부터는 혼자서 가시오."

금오의 출생 내력을 물은 일 때문일까? 고주천의 음성이
무척이나 퉁명스럽다. 그럼에도 불구하고 제갈혁세는 그다
지 기분 나쁜 기색 없이 대꾸했다.

"돌아가거든 녀석에게 전해라. 한 달 안에 혈마곡으로 오라고. 만약 제때 오지 않으면 받을 돈이 하루에 일 할씩 줄게 될 거다."

만약 금오가 이 자리에 있었다면 펄쩍 뛰고도 남을 말이었지만, 고주천은 묵묵히 고개를 끄덕였다.

제갈혁세는 곧바로 사당 문을 나섰다. 제갈혁세도 고주천도 '잘 가라', '잘 있어라' 인사 한마디 없이 그렇게 헤어졌다. 참 멋대가리없는 이별이다.

어쨌든 중요한 건 혼원마성 제갈혁세가 살아서 돌아갔다는 사실이다. 오늘의 일이 향후 무림 판도에 어떤 영향을 미칠지는 아무도 예상할 수 없다.

2

"겨우 오물통 하나 부쉈다고 은자 이백 냥을 내라 이 말이냐?"

태극검성이 기가 막힌다는 표정으로 되물었다.

"겨우라니?!! 이 똥통은 돌아가신 우리 아빠가 남긴 유일한 유품이라고!!! 이제 생각이 바뀌었어. 은자 삼백 냥!!!"

금오가 액수를 올렸지만, 태극검성은 액수는 상관없다는 듯 다른 것을 물었다.

"조금 전에는 저 사람이 네 부친이라고 하지 않았더냐?"

"저건 다섯째 아빠고, 이걸 만들어준 사람은 돌아가신 여섯째 아빠였단 말이오. 내가 가장 사랑했던 그 아빠가 똥이라도 퍼서 먹고살라고 만들어준 건데, 영감이 이 모양을 만들어 놨으니 책임을 져야 할 거 아냐??? 사백 냥!!!"

"여섯째 아빠???"

"왜? 아빠가 여섯 개면 안 된다는 국법이라도 있소??? 오백 냥!!!"

갈수록 태산이라더니… 태극검성은 금오의 복잡한 족보를 도무지 이해할 수가 없다. 말 한마디 할 때마다 올라가는 금액도 이해 못하기는 마찬가지다.

"어쨌든 한 푼도 빼지 않은 은자 오백 냥이니 그리 알아두쇼. 사흘 내에 태극검가로 받으러 갈 테니 얼렁뚱땅 넘어갈 생각은 않는 게 좋소. 태극검가를 불 싸질러서라도 반드시 받아내고야 말 테니까."

계속되는 금오의 막말에 태극검가의 인물들은 거의 거품을 물 지경이었지만, 태극검성은 여전히 인자한 표정을 잃지 않았다.

"좋다. 네게 그토록 중요한 물건이었다니 원하는 대로 보상해 주도록 하마. 내일 은자 오백 냥을 준비해 둘 테니 오시까지 받으러 오도록 해라."

'뭐야, 이 영감???'

태극검성이 의외로 순순하게 나오자 금오가 오히려 어리

둥절한 표정을 지었다.

　빈민가의 밤이 깊었다.

　태극검가 사람들은 빈민가를 한동안이나 더 수색했지만, 결국 제갈혁세의 자취를 찾지 못하였다. 날이 어두워서 자취를 찾는 것이 쉬운 일은 아니었지만, 추적 전문가가 동원되었으니 웬만하면 금오의 방에 들렀었다는 사실 정도는 알아냈어야 정상이다.

　하지만 아무리 추적 전문가가 동원됐다 하더라도 온통 똥물로 더럽혀진 거리에서는 도무지 능력을 발휘할 길이 없었다. 태극검성이 부순 똥통에서 흘러나온 똥물도 문제였지만, 그보다 금오가 하오문 주변에 일부러 흘려놓은 것이 결정적인 방해 요인으로 작용하였다.

　금오가 똥 수레를 끌고 나온 것은 단지 태극검가 사람들의 이목을 끌기 위해서가 아니라 거리에 남아 있을 제갈혁세의 자취를 감추기 위해서였던 것이다.

　어쨌든 태극검가는 아무 소득 없이 철수하였고, 금오는 지금 다섯째 아빠 추면귀와 함께 하오문으로 돌아가고 있는 중이다.

　"왜 하필 똥통 밑에 숨어 있고 난리야? 엄마가 그렇게 무서워?"

　금오가 눈을 흘기며 타박하자 추면귀가 으쓱한 표정으로

대꾸했다.

"내 덕분에 성공한 줄이나 알아, 이 녀석아."

"뭐라고?"

"태극검성쯤 되는 사람이 그냥 빈 공간만 있는 똥통과 그 안에 귀식대법을 펼친 사람이 숨어 있는 것의 차이조차 구분 못할 거라고 생각했냐?"

"무슨 말을 하는 거야? 그런 건 상관없었어. 내 목적은 똥 물을 거리에 흘려놓는 것뿐이었다고."

"어쨌든 이 아빠 덕에 태극검성을 한참 동안이나 잡아둘 수 있었잖아. 인정할 건 인정해라."

"인정은 개뿔……??? 그런데 아빠가 이 일을 어떻게 알았 어? 둘째 아빠하고만 의논해서 한 일인데?"

"내가 누구냐?"

"누구긴 누구야? 외상 도박이나 하고 다니는 얼빠진 아저 씨지."

"지금 그걸 물어본 게 아니잖아, 이 웬수야."

"그래그래, 숨고, 도망 다니는 쪽으로 일가견있는 아저씨. 이제 됐어?"

"꼭 말을 해도… 은잠술과 경공술의 대가라고 칭찬 좀 해 주면 주둥이가 문드러지냐?"

"그것도 틀린 말은 아니지만, 그 기술을 주로 숨고, 도망 다 니는 데 사용하는 건 맞잖아."

"네 녀석에게 뭘 바란 내가 미친놈이지."

"나는 원래 없는 말은 못하는 체질이잖아. 그건 그렇고…
둘째 아빠와 내가 하는 얘기를 숨어서 엿들은 거야?"

"왜, 그렇다고 하면 둘째 형님에게 이르게?"

"당근이지."

"누구 죽는 꼴 보고 싶어서 그러냐? 그 형님은 자기 얘기
엿듣는 걸 세상에서 제일 싫어한다는 걸 알면서 왜 그래?"

"그러게 누가 엿들으래?"

"내가 그러고 싶어서 그런 줄 알아? 네 엄마 몰래 숨어 있
는데 너희가 그쪽으로 와서 얘기를 한 것뿐이라고!!"

"어쨌든 엿들었잖아."

금오가 뜻을 굽히지 않자, 추면귀는 금방 애원하는 표정이
되어 금오의 소매를 잡아 끌었다.

"금오야, 제발… 이 아빠 목숨 살리는 셈치고 둘째 형님께
비밀로 해주라."

"다섯째 아빠 하는 거 봐서."

"너 설마……??"

"벌써 눈치 챘어? 그래. 바로 그거야."

"하지만…….'

"도박을 완전히 끊으라는 말은 안 할게. 도박을 하든, 사기
를 치든 상관 안 할 테니까 외상 도박만 하지 말란 말이야. 능
력도 안 되면서 왜 자꾸 돈을 꿔서 하냐고. 그동안 엄마가 갚

아준 것만 얼마인지나 알아? 그 돈이면 낙양에서 제일 좋은 집을 짓고도 남았다고. 엄마 아빠가 함께 모여 살 수 있는 그런 집 말이야!"

금오가 몰아붙이자 추면귀는 고개를 푹 숙인 채 아무런 대꾸도 하지 못하였다.

"대답해. 외상 도박은 절대로 하지 않겠다고."

"그래. 다시는 외상 도박 하지 않으마."

추면귀가 기어들어 가는 음성으로 대답했다.

"좋아. 분명히 약속했어? 만약 이번에도 약속 어기면 정말 국물도 없을 줄 알아."

"알았어. 외상 도박은 절대 하지 않을게. 그런데……."

"또 뭐?"

"이번에 진 빚이 작은 액수가 아니라서……."

"얼만데?"

"은자 오만 냥……."

"뭐, 오만 냥? 하오문 도박판이 크면 얼마나 크다고 은자 오만 냥씩이나 빚을 졌단 말이야?"

"하오문이 아니고 천일도방에 갔었어."

"천일도방? 거기서 아빠를 또 받아줬단 말이야?"

금오가 믿을 수 없다는 표정으로 캐물었다.

"네가 한 번 뒤집어엎은 뒤로는 들어가지도 못하게 했었는데, 어제는 무슨 꿍꿍인지 군말 않고 받아주더라."

"그러고서 오만 냥씩이나 바가지를 씌웠다 이 말이지?"

금오의 눈빛이 슬슬 달궈지기 시작한다.

"돈을 뀌준 건 천일도방 놈들이 아니었어."

"그럼?"

"그게 그러니까……."

뭔가 캥기는 구석이 있는 듯 추면귀는 얼른 말을 못하고 주춤거렸다.

빈민가 어귀에서 자라고 있는 정자나무 꼭대기.

태극검성은 한쪽 발끝으로 가지를 가볍게 밟고 선 채 하오문으로 돌아가고 있는 금오를 바라보았다.

제자와 가솔들을 모두 태극검가로 돌려보낸 지금, 왜 그 혼자서 금오를 주시하고 있는 것일까?

"빙영!!"

금오에게서 눈길을 거두지 않은 채 태극검성이 나직한 음성을 흘려냈다. 그러자 나무 아래쪽에서 대답이 들려왔다.

"하명하십시오."

차가운 음성이다. 그러면서도 가슴을 저릿하게 만드는 마력이 깃든 음성이다.

스무 살이 갓 넘었을까? 더없이 깔끔한 이목구비를 지닌 여인이다. 웬만한 사내는 거들떠보지도 않을 듯 도도하고도, 맑은 눈빛이 더없이 매력적이다.

"금오의 주변을 잘 지키거라."

"알겠습니다. 철저히 감시를……."

"감시가 아니라 지켜주라는 얘기다."

"보호를 말씀하시는 겁니까?"

"그래. 녀석은 이제부터 노부의 다섯 번째 제자다."

"하지만 그는……."

"녀석의 생각은 중요하지 않다. 반드시 나의 제자가 되어 야만 하는 이유가 있으니까."

"알겠습니다! 소녀 빙영, 주군의 명에 따라 그 누구도 금오 를 건드리지 못하게 하겠습니다."

도도한 여인 빙영. 태극검성은 그녀에게 금오를 보호하도 록 명했다. 과연 금오가 이 사실을 알면 어떻게 나올지 모를 일이다.

천일도방.

낙양에 존재하는 세 개의 도방 중 규모가 가장 큰 곳이며, 대부호와 귀족의 자제 등 그야말로 물 좋은 손님들이 많은 곳 으로 유명하다.

입구에서 말썽의 소지가 있는 손님들을 걸러내는 역할을 맡고 있는 방일은 건장한 수하들과 함께 도방 출입문을 지키 고 있었다.

돈을 잃고 나면 문제를 일으키는 사람들이 항상 있는 법이

어서 방일과 그의 수하들은 잠시도 마음을 놓을 수가 없다.

그래도 오늘은 아직까지 큰문제없이 잘 지나갔다. 이제 자정이 되면 정식 영업 시간이 종료되어 새로운 손님은 더 받지 않을 테니 조금만 지나면 오늘 하루는 무사히 넘어가게 되는 셈이다. 그런데 그때,

"이 세상 그 어디에 공짜가 있다더냐~? 농사꾼은 땀 흘려야 가을이 풍성하고~ 선비는 열공해야 입신에 양명인데~ 할 일 없는 놈팽이는 도방에 찌그러져~ 오늘이나 내일이나 한 방만 노린다네~ 도박해서 부자 된 놈 하나도 없다는데~ 미련한 놈 모자란 놈 도방에 모여 앉아~ 오늘도 내일도 한 방만 기다리지~"

거리를 쩌렁쩌렁 울리는 노랫소리와 함께 한 인물이 모습을 나타냈다. 두말할 것도 없이 금오의 행차였다.

느릿느릿 걸어오는 금오를 보며 방일은 올 것이 왔다는 표정을 지었다.

"주인어른께 알려라. 금오가 드디어 나타났다고."

방일이 작은 음성으로 명하자 수하 하나가 부리나케 안으로 뛰어들어 갔다.

"어이, 방 형! 오랜만이네?"

금오가 히죽 웃으며 손을 흔들었지만, 방일은 인상만 찌푸릴 뿐 대꾸도 하지 않았다. 나이 사십이 다 되어가는 방일로서는 웃으며 받아줄 수 있는 인사가 아닌 까닭이다.

"오늘은 또 무슨 일로 온 거냐?"

방일이 사무적인 어투로 묻자 금오는 다시 한 번 히죽 웃어주며 대꾸했다.

"정말 몰라서 묻는 거 아니지?"

'이 자식이……'

"다섯째 아빠에게 종이쪽지 하나를 받아둔 게 있다고 해서 찾으러 왔지."

"차용증 문제라면 우리 소관이 아니다."

"이거 왜 이러시나? 천일도방에서 이루어진 거래인데, 모른다고 잡아떼면 끝이야?"

"우리는 장소를 빌려줬을 뿐이니 문제가 있다면 당사자들끼리 직접 해결해라."

"슬슬 열받으려고 하네. 내일부터 이쪽으로 출근할까?"

언뜻 들어서는 협박이라고 할 것도 없는 말이다. 그럼에도 불구하고 방일의 안색은 금방 무겁게 가라앉았다. 천일도방 입장 거부대상 제일호인 금오가 매일 출근한다면 가장 곤란해지는 것은 자신이기 때문이다.

반 년 전에도 추면귀에게 외상 도박을 시켜주었다가 금오에게 한 달이나 시달린 적이 있는 방일로서는 그런 상황이 되풀이되는 것을 원치 않았다.

그때 금오는 결코 무력을 쓰지 않았다. 그렇다고 다른 손님이 도박을 못하게 깽판을 치지도 않았다. 그가 한 것이라고는 도방에 드나드는 손님들의 신상명세를 하나도 빼지 않고 기록하는 것뿐이었다. 단지 그것뿐이었다. 하지만 후폭풍은 실로 막대했다.

금오는 손님들이 언제 왔다가 언제 갔으며 돈은 얼마나 따고 잃었는지, 노름을 하면서 무슨 대화를 했으며, 도방을 나가서는 어떤 기루에서 누구와 함께 무슨 술을 얼마나 마셨는지까지 일거수일투족을 하나도 빼지 않고 기록하였고, 다음날이면 어김없이 그 내용이 낙양의 재담가들 입에 오르내렸다.

'누가 어느 대감댁 셋째 딸과 밤마다 응응응을 한다더라.'

'누가 그러는데 황대인 댁 부인은 가슴이 짝짝이라더라.'

이런 얘기들이 흘러 다니니 낙양이 발칵 뒤집히지 않고 배기겠는가?

그렇게 닷새가 지나고 나자 상류층 자제라 할 수 있는 자들은 단 한 명도 천일도방에 모습을 드러내지 않았다.

결국 천일도방은 추면귀가 진 도박 빚을 탕감해 주고도 은자 오백 냥을 얹어주고 나서야 금오의 행동을 멈추게 할 수 있었다.

그 일이 있고 나서 상류층 고객을 다시 끌어들이는 데 꼬박 석 달이 걸렸다. 그러니 금오가 다시 출근한다면 천일도방은 아예 망해 버릴지도 모를 일이다. 어지간한 놈이라면 녹신하게 두들겨 패서 쫓아버리거나, 아무도 모르게 처치해서 산에 묻어버리면 간단하겠지만, 금오를 그렇게 했다가는 하오문과 전쟁이 일어날 판이니 그럴 수도 없다. 금오를 그렇게 간단히 처치할 수 있다는 보장도 없고 말이다.

방일로서는 골치가 지끈거릴 수밖에 없었는데…….

"네가 금오인가?"

도방 입구에서 한 인물이 걸어나오며 말을 걸어왔다.

나이는 십구 세가량. 한눈에 보기에도 보기 드문 미인이라는 것을 알 수 있는 여자였으나, 의복은 남장을 하고 있다. 목소리도 나름대로 굵직하게 내기는 했지만, 그래 봐야 '나, 남자 흉내 내는 여자'라고 광고하는 정도였다. 그럼에도 불구하고 그녀는 꿋꿋하게 남자 대우를 받겠다는 표정이다.

'그걸 변장이라고 한 거냐…….'

금오는 끄느름한 눈길로 그녀를 한차례 훑어보더니 아주 노골적인 시선을 담아 가슴을 뚫어져라 쳐다보았다. 어설픈 짓 그만두고 여자라는 사실을 빨리 실토하라는 의미였다. 하지만.

"내 가슴에 뭐가 묻기라도 했나?"

그녀는 눈 하나 깜짝하지 않았다.

'뭐야, 한번 해보겠다 이거냐?'

금오는 은근히 오기가 치솟았다.

"가슴에 뭐가 잔뜩 묻었구만, 안 보여?"

금오의 말에 여인은 자기 가슴을 내려다보았다. 하지만 먼지 한 톨 보이지 않는다.

"대체 뭐가 묻었다는 거지?"

"거참 시력 안 좋은 사람일세. 흙먼지가 이렇게 많이 묻었는데, 안 보인단 말이야?"

금오는 한 발짝 성큼 다가서더니 그녀의 가슴을 털어주겠다는 듯 손을 뻗었다. 물론 정말 털어줄 생각은 아니었다. 손이 닿기 전에 그녀가 물러설 것이라는 확신이 있어서 한 행동일 뿐이다. 그런데,

툭툭……

'뭐냐……'

그녀는 아무렇지 않게 그 자리에 서 있었고, 금오는 본의 아니게 그녀의 가슴을 좌우로 쓸어보는 영광(?)을 얻게 되었다.

"죽고 싶은 거냐, 금오?"

지척에 서 있는 금오의 두 눈을 똑바로 쳐다보며 여인이 다정하게(?) 속삭였다. '죽음'을 언급하는 말치고는 표정도 너무 부드럽다. 조금 차가운 미소이기는 하지만 생긋 웃는 얼굴이었으니까.

'왠지 걸려든 느낌인데……'

금오가 이런 생각을 떠올리는 순간,

스슷!

그의 등 뒤로 한 인물이 그림자처럼 내려섰다. 기척은 전혀

없었다. 만약 그가 마음만 먹었다면 금오가 눈치를 채지 못하게 나타날 수도 있었을 것이다. 그러나 어마어마한 살기가 목덜미를 눌러왔기에 금오는 눈치를 채기 싫어도 채야만 했다. 그럼에도 불구하고 금오는 뒤를 돌아보지 않았다. 눈앞의 여인이 데리고 다니는 자라는 것을 알아차린 까닭이다.

"죽일 거냐?"

이번엔 금오가 물었다. 그도 그녀처럼 빙긋 웃는 얼굴로.

예상치 못했기 때문일까? 여인은 언뜻 놀란 표정을 지었다.

"죽일 거냐고……."

"네놈이 원한다면."

"죽일 생각은 없다는 얘기군?"

여인은 다시 한 번 놀란 표정을 지었다.

"무엇으로 그걸 장담하지?"

"내가 원하면 죽인다며? 난 죽을 마음이 없거든."

간단하고도, 확실한 대답이다. 여인은 갑자기 바보가 된 느낌이다. 하지만 그녀는 곧 미소를 흘렸다.

"소문은 조금도 과장이 아니었군. 좋아. 그 정도 배짱이라면 나와 대화를 나눌 자격은 된다고 인정하지. 따라와라. 네 아비의 부채 문제를 상의해 주마."

"다섯째 아빠를 가지고 논 게 너였어?"

"산 채로 혀가 뽑히는 고통을 당하기 싫다면 주둥이를 봐가며 놀려라. 내가 누군지 알고 나면 후회해도 늦을지 모르니까."

여인은 나직한 음성으로 경고하며 안으로 들어갔다.

'뭐야, 이거… 왠지 기분이 좋지 않은걸?

금오는 뭔가 거대한 그림자가 자신의 운명에 드리우는 느낌을 받아야 했다. 살아온 세월이 길다고 할 수는 없지만, 그래도 산전수전 겪어보지 않은 것이 없는 금오다. 하지만 오늘은 차원이 다른 느낌이다. 이런 기분은 평생 처음이다. 하지만 그렇다고 물러설 금오는 아니다.

'씨바… 지가 죽이기밖에 더 하겠어?

금오는 손을 툭툭 털며 그녀의 뒤를 따르기 시작했다. 뭔가 딱딱한 것을 대고 천으로 동여맨 가슴이기는 했지만, 여자의 가슴을 쓰다듬은 탓인지 손끝이 괜히 아른거리는 듯하다.

第四章　황녀 주은하

1

'씨바… 어쩐지 기분이 더럽다 했더니, 제대로 걸려들었네.'

맞은편에 앉아서 생글생글 웃고 있는 여인과 달리 금오의 인상은 뭐를 한 숟가락 퍼먹은 표정이다.

지금 두 사람이 앉아 있는 곳은 천일도방 방주의 밀실이다. 하지만 방주는 이 자리에 없다. 여인의 명에 의해 일찌감치 쫓겨난 까닭이다.

남의 영업장에 와서 주인을 내쫓고 들어앉은 여인. 그녀의 이름은 주은하(朱銀河)라고 했다. 당금 황실의 성씨인 주 자가 들어간다는 사실만으로도 금오는 재수가 없어지려고 하는

데, 그냥 주 씨도 아니고, 황제의 막내딸이란다. 염병…….

금오가 아무리 날고 긴다고 해도 상대가 황녀라면 요리하기가 쉽지 않다. 게다가 요 맹랑한 아가씨는 금오와 거의 맞먹는 '싸가지'까지 겸비한 터여서 정말 상대하기가 어려웠다.

다섯째 아빠, 추면귀의 빚은 은자 오만 냥. 그녀의 청부 대금도 은자 오만 냥. 시쳇말로 이런 걸 똔똔이라고 한다. 바꾸어 말하면 뭐 빠지게 일을 해봐야 빚만 겨우 탕감될 뿐 손에 쥐는 것은 반의 반 푼도 없다는 뜻이다.

'씨바, 누구는 놀면서 오만 냥 까먹고, 누구는 숫 빠지게 일해서 그걸 갚아야 한다 이거지.'

그래도 여기까지는 참을 만하다. 금오가 정말 환장하고 싶은 것은 청부 내용이다.

'무산 녹림괴사와 동정운무괴사의 원인을 밝혀내면 아비의 빚을 전액 탕감해 주마.'

이것이 저 재수없는 주 씨 아줌마─라고 하기는 좀 젊은 감이 없지 않아 있지만, 어쨌든─가 내건 조건이다.

무산녹림괴사는 녹림삼십육채 중 다섯 손가락 안에 들어가는 무산 흑랑 산채의 천오백여 식솔이 하룻밤 사이에 목 없는 시체로 변해 버린 사건이다. 양민을 해치는 산적들이 궤멸된 일이니 내심 쾌재를 부를 만도 하였지만, 그 수법이 지나치게 잔혹했기에 무림과 관부는 공동 조사반을 편성하여 파견하였다. 하지만 반년에 걸친 수사에도 불구하고 그들이 알아낸 것은 아무것도 없었다.

누가, 무슨 이유로 그런 만행을 저질렀는지는 물론 천오백여 개나 되는 수급이 어디로 사라졌는지조차 알아내지 못하였다. 그 사건이 있은 지 벌써 오 년이 흘렀지만, 아직도 단서가 될 만한 것은 아무것도 발견하지 못했으며, 비가 오는 날이면 목 없는 귀신들이 자신의 머리를 찾아 무산 일대를 떠돈다는 흉흉한 소문만이 나돌고 있을 뿐이다.

동정운무괴사는 더욱 기괴한 사건이다.

그것은 무산녹림괴사가 일어난 지 꼭 한 달 만에 터진 사건으로, 햇살 맑은 오후에 갑자기 운무가 일어나 동정호 일대를 뒤덮은 사건이다. 만약 운무만 일어난 것이라면 자연의 기현상이려니 하고 넘어갈 수도 있겠지만, 문제는 그 당시 동정호에 배를 띄우고 있던 사람들이 단 한 명도 남지 않고 감쪽같이 사라져 버렸다는 데 있다.

물고기를 잡던 어부 백오십여 명과 화선을 띄우고 술을 즐기던 풍류객과 기녀 이백여 명이 흔적도 없이 사라져 버렸던 것이다.

악양 관부에서 곧바로 조사단을 파견하였으나 드넓은 동정호반에는 빈 배만 둥둥 떠다닐 뿐, 실종자에 관한 단서는 아무것도 남아 있지 않았다. 동정호 인근 마을도 샅샅이 조사해 보았지만, 실종자들을 보았다는 목격자는 어디에도 없었다. 그야말로 감쪽같이 증발해 버렸다는 말밖에는 달리 설명할 도리가 없는 사건이었으며, 무산녹림괴사와 마찬가지로 완전한 미궁에 빠져 버린 괴사였다.

이 두 사건 이외에도 강호에는 추측조차 불가능한 괴사가 열 건이나 더 있으며, 세간에서는 이를 한데 묶어 강호십이괴사라고 부른다.

이야기 만들어내기를 좋아하는 사람들은 십이괴사에 상상력을 더하여 책을 써내기도 하였으며, 궁금증을 참지 못하는 모험가들은 괴사를 해결해 보겠다며 사건을 파헤쳐 보기도 하였다. 그러나 그런 일이 있을 때마다 그 당사자들은 보름을 넘기지 못하고 모두 싸늘한 시신으로 변했으며, 흉수는 항상 밝혀지지 않았다.

일이 이렇다 보니 사람들은 강호십이괴사를 입에 올리는 것조차 두려워하게 되었다. 그런데 이 겁이 없으며, 재수와 싸가지없음까지 겸비한 주 씨 아줌마가 느닷없이 그것을 조사해 달라고 하니 금오는 기가 막힐 수밖에 없다.

'이봐, 내가 모가지를 스무 개쯤 여벌로 들고 다니는 줄 아냐?'

금오는 목구멍까지 올라온 말을 억지로 삼켰다. 상대가 황녀라서 두려운 것은 아니다. 다만 이런 식의 거부는 협상 자체를 결렬시킬 수 있었기에 일단 참은 것이다.

"대체 뭐 때문에 그런 걸 알고 싶은 거야?"

잠시 머리를 굴리던 금오가 질문을 던지자 주은하의 눈썹이 살짝 찌푸려졌다.

"황녀에게 그따위 말투를 사용하면 불경죄로 참수된다는 걸 모르는 거냐?"

금오가 피식 웃으며 대꾸했다.

"난 원래 낯간지러운 말은 잘 못해. 아까도 반말했는데, 이제부터 예를 갖춘다고 달라질 것도 없을 테고… 무엇보다도 불경죄를 물을 생각이라면 싸라기 말투보다 가슴 쪽이 더 크지 않겠어?"

금오가 눈 하나 깜짝하지 않고 가슴에 대한 이야기를 늘어놓자 주은하의 눈빛이 서늘하게 가라앉았다.

"정말 죽고 싶은 거냐, 금오!!!"

"아까는 잘도 참더니만 새삼스레 왜 이래??"

일부러 상대의 화를 돋우려는 듯 금오가 계속 이죽거리자 천장 쪽에서 나직한 음성이 흘러나왔다.

"명령만 내려주십시오, 황녀님!! 당장 놈의 혀를 뽑아 열 토막을 내버리겠습니다."

조금 전 금오의 등 뒤에 나타났던 인물임에 분명했다.

'그 인간 말 한번 살벌하게 하네…….'

금오는 '아빠 빚이고 지랄이고 한번 확 붙어버려?' 하는 생각이 끓어올랐지만, 그냥 무시해 버리기로 하였다.

"댁이나 나나 나이 차이도 별로 안 나는 것 같으니까 말투

같은 건 신경 쓰지 말기로 하자고. 그게 서로 편하지 않겠어?"

"너만 편한 방법이겠지."

"그런가? 뭐, 어쨌든 그건 그렇다고 하고… 일 얘기를 다시 해보자고."

금오가 얼렁뚱땅 넘어가려 하자 천장에서 다시 목소리가 들려왔다.

"황녀님!!"

금오의 인상이 일그러졌다.

"저 인간 좀 조용히 시킬 수 없어? 시끄러워서 말을 할 수가 없잖아."

그러면서도 금오는 어디까지나 주은하만을 상대하였다.

"좋다. 네가 이번 사건을 맡겠다고 하면 조사가 끝날 때까지 나와의 평대를 허용하겠다. 하지만 검혼(劍魂)에게는 기본적인 예의를 갖춰라. 신분은 나보다 아래지만 나이가 서른을 넘었으니 나이 대접은 해줄 수 있겠지?"

천장에 숨어 있는 자의 이름이 검혼인 모양이다. 하지만 금오는 그의 이름 따위에는 관심이 없다.

"거, 나잇살이나 먹은 사람이 왜 저렇게 성격이 급하대? 사람 성격이 너무 급하면 중풍 맞기 딱인데…….."

금오는 들으라는 듯 큰 소리로 떠들었다. 그러자 천장에서 가는 떨림이 전해 내려왔다. 정말 화가 났다는 얘기다.

'그러게 왜 먼저 성질을 긁어, 인간아…….'

금오는 천장을 흘깃 쏘아보고는 본격적인 대화를 풀어나가기 시작했다.

"좋아. 그럼. 청부를 받아들이기 전에 두 가지만 물어보지."

"대답 가능한 질문이었으면 좋겠군."

"별거 아니니까 지레 겁먹을 것 없어. 강호십이괴사 중에 왜 유독 무산과 동정호괴사만 조사하려는 거지?"

이미 예측하고 있었던 질문인 듯, 주은하는 곧바로 대답했다.

"그 두 사건이 그나마 가장 평범하니까."

"그 얘기는……??"

금오가 고개를 갸웃하며 다시 질문을 던지려 하자 주은하가 얼른 말을 막았다.

"그게 두 번째 질문인가?"

"무슨 말이야? 이건 첫 번째 질문의 연장일 뿐이라고."

"그럼, 두 번째로 넘어가."

더 이상 깊은 내막은 알려줄 수 없다는 얘기다. 확실히 상대하기 쉬운 여자는 아닌 듯하다. 뭐, 주 씨 성 가진 인간들이 다 그렇겠지만…….

"좋아. 두 번째 질문을 하지. 황제의 따님께서 왜 하필 나 같은 놈에게 이런 청부를 하지? 강호는 넓고 인물은 많으니

훨씬 능력있는 자를 고를 수도 있었을 텐데 말이야. 나도 낙양에서는 꽤 알아주는 해결사이긴 하지만, 그래 봐야 뒷골목 문제를 주로 해결해 주는 정도였거든? 나를 고른 이유가 대체 뭐야?"

이번 질문도 예측하고 있었다는 듯 주은하의 대답이 곧바로 이어졌다.

"솔직히 너를 믿는 건 아니야. 하지만 곽벽(郭璧)이라면 다르지. 그가 이곳 하오문에서 상당 기간 은둔해 있었다는 정보를 알아냈어."

곽벽은 관부에서 전설로 통하는 즙포사신이었다. 그가 손대서 풀리지 않은 사건이 하나도 없다고 할 만큼 말이다. 하지만 그것은 강호십이괴사가 터지기 전까지의 일이다.

곽벽이란 이름을 듣는 것만으로도 범죄자들이 벌벌 떨 정도로 높은 명성을 쌓아 올린 그였지만, 강호십이괴사 앞에서는 속수무책이었다. 그러나 모두가 포기한 뒤에도 그는 끈질기게 십이괴사를 물고 늘어졌다.

그것이 화근이 된 것일까? 사 년 전 어느 날, 그는 아무런 종적도 남기지 않은 채 사라져 버리고 말았다. 사람들은 그도 십이괴사의 저주에 걸려 죽은 것이 분명하다고 생각하였다. 그런데 오늘 이 자리에서 그의 이름이 다시 거론된 것이다.

금오가 빙긋 웃으며 대꾸하였다.

"그러니까 내가 그 아저씨에게 수사 기법을 배웠을 거다,

뭐 이런 추측을 한 건가?'

"아니라고 잡아뗄 셈이냐?"

"그래그래, 댁도 제법 날카로운 면이 있다는 걸 인정하지."

주은하의 추측은 확실히 맞는 말이었다. 신분을 숨긴 채 하오문에서 반 년 정도 숨어 지내던 곽벽에게 금오가 몇 가지 기술을 전수받은 것은 사실이니 말이다. 하지만 금오는 주은하가 자신을 택한 이유가 그것뿐은 아닐 것 같다는 생각이 들었다. 특별한 이유는 없다. 그저 직감일 뿐이다.

다음날 오전.

금오는 일찌감치 아침을 챙겨 먹고 낙양 서북쪽 오십여 리에 위치한 태극검가로 향하였다.

태극검성 담운청은 오시까지 오라고 했지만, 기왕 받을 돈 일찍 받아서 나쁠 것도 없었기에 동이 트자마자 부지런을 떨고 있는 것이다.

오늘 태극검가를 방문하는 것을 마지막으로 금오는 당분간 낙양을 떠나 있을 생각이다. 지난밤 황녀 주은하와 협상이 잘됐기 때문이다.

"강호십이괴사는 세상천지가 두 손 두 발 다 든 괴사건이야. 그런 걸 두 건이나 맡기면서 은자 오만 냥이면 너무 짜다고 생각 안 해? 그 정도로는 경비도 안 나온다고."

본격적인 협상에 들어간 금오는 이렇게 버텼다.

사실 한 건당 이만 오천이면—그것이 아무리 영구 미제로 남아 있는 강호십이괴사이고, 생명의 위협을 받을 가능성이 있는 일이라 할지라도—적은 금액이라고는 할 수 없다. 하지만 문제는 그 금액이 다섯째 아빠의 하룻밤 노름빚이라는 데 있었다. 이렇게 중차대한 사건을 겨우 노름빚 탕감 조건으로 맡는다는 것은 금오 일생의 수치였다. 그의 사전에 공짜 청부라는 건 있을 수가 없는 일이기 때문이다. 하지만 주은하도 그리 녹록한 성격은 아니었다.

　"청부대금 흥정은 없어."

　애초에 협상의 여지를 주지 않는 것으로 보아 그녀는 이미 금오가 어떤 인물인지 철저히 파악하고 있는 것이 분명했다. 하지만 금오는 주은하에 대해 별로 아는 것이 없으니, 이렇게 되면 지피지기(知彼知己)면 백전불패(百戰不敗)라는 손자의 말을 굳이 빌리지 않더라도 금오가 훨씬 불리한 싸움이 될 수밖에 없는 상황이다. 하지만 금오는 어떤 상황에서도 결코 손해 보는 협상을 해본 적이 없다. 만약 그랬다면 사람들이 '하오문 금오'를 결코 두려워하지 않았을 것이다.

　"그럼, 없던 일로 하자고. 까짓 거 다섯째 아빠 외상 빚은 천일도방에서 알아서 하라고 하지 뭐."

　금오가 얘기 끝났다는 듯 자리에서 일어나자 주은하가 얼른 소리쳤다.

　"앉아!!"

"흥정 않겠다며?"

"물론!! 하지만 청부를 받지 않겠다면 불경죄도 용서할 수 없지."

"더럽게 치사하게 나오네."

"자, 이제 다시 한 번 대답해 봐. 어쩔 거지?"

천민이 황녀의 얼굴을 똑바로 쳐다봤다는 것만으로도 참수를 열 번은 하고도 남을 일이니, 싸라기 말투에 가슴을 더듬은 죄까지 묻겠다면 금오는 도저히 살아남을 수 없을 것이다. 따라서 주은하는 금오가 자신의 청부를 절대로 거부할 수 없으리라고 확신했다. 그러나 금오는 다시 한 번 말해줄 테니 귀 활짝 열고 잘 들으라는 듯한 눈빛으로 쏘아보며 아주 명료하고도 커다란 음성으로 소리쳤다.

"안!!! 해!!!"

상대가 조금 강하다고 해서 자신의 영역을 선뜻 내줘 버린다면 하류인생을 살아가고 있는 금오 같은 부류는 평생 그들의 노예 신세를 벗어날 수가 없다. 그런 사실을 잘 아는 까닭에 금오는 죽는 한이 있더라도 자신의 영역을 순순히 내줄 수가 없는 것이다. 여기서 그가 고수하려는 '영역'이란 '나, 하오문 금오는 내가 원하는 만큼의 보수 없이는 절대로 움직이지 않는다'는 철칙이다. 이 철칙이 무너지는 순간 '하오문 금오'라는 이름은 시궁창에 처박히고 말 것이다.

금오가 뻗대자 주은하는 곧바로 천장에 숨어 있던 검혼을 불러 내렸고, 그는 기다렸다는 듯이 금오의 목에 칼날을 들이밀었다.

하지만 금오는 조금도 반항하지 않고 그들이 원하는 대로 하게 놔두었다. 당신이 원하는 게 내 목이면 얼마든지 가져가라는 배포로 말이다.

칼날이 살갗을 베고 들어와도 금오가 눈 하나 깜짝하지 않자, 주은하는 결국 손을 들고 말았다.

"그래, 네가 원하는 금액이 얼마냐?"

"건당 은자 오만."

'은자 오만 냥이 뉘집 애 이름인 줄 알아?!!' 라고 주은하는 소리칠 뻔하였다. 만약 그랬다면 청부금은 육만이나 칠만으로 뛰었을 것이다. 하지만 그녀는 이미 금오에 대해 철저하게 파악하고 있는 상태였다.

그녀는 잠시 고민에 잠겨들었다. 금오의 입에서 '오만' 이란 소리가 튀어나온 이상 그 조건을 수용하든지, 금오를 불경죄로 다스리든지 둘 중 하나를 선택해야 했다.

고민은 그리 오래가지 않았다. 금오는 비록 목숨이 걸린 일이지만, 그것을 지켜야 한다는 집착이 없었던 반면, 주은하는 칼자루를 쥐고 있었음에도 불구하고 십이괴사를 꼭 풀어야 한다는 집착이 있었던 까닭이다. 이런 경우는 끝을 보지 않아도 결과가 이미 나와 있는 것이나 다름이 없다.

"좋다. 은자 오만으로 하마. 그 대신 네 목숨이 붙어 있는 한 십이괴사를 모두 풀어낼 각오를 해야 할 거다."

"나야 좋지. 돈 버는 일인데. 아, 나도 조건이 하나 있는데 말이야."

"또 뭐?!!"

금오가 입만 벌렸다 하면 청부금이 올라간다는 사실을 잘 알고 있었기 때문인지, 주은하는 다소 신경질적인 반응을 보였다.

"강호십이괴사는 아직 단 하나도 풀리지 않은 미궁 속 사건이잖아. 그런 걸 몽땅 다 풀어버리면 성공 축하금 같은 것도 있어야 하는 거 아냐?"

"그런 건……."

'꿈도 꾸지 마!!!' 라고 주은하는 소리치려고 하였다. 그러나 금오의 말이 빨랐다.

"성공 축하금은 십만 냥으로 하자고."

'개자식…….'

방긋이 웃고 있는 금오의 얼굴을 보며 주은하는 속으로 욕을 할 수밖에 없었다. 하긴 온 천하가 나서고도 단 하나도 풀지 못한 강호십이괴사를 다 풀어낸다면 은자 십만이 아니라 백만 냥을 성공 축하금으로 요구한다 하더라도 과하다 할 수 없을 것이다.

"기한은 삼 년이야. 무산과 동정호괴사만이 아니고 십이괴사 모두를 풀어내는 데 말이야."

결국 주은하는 성공축하금도 수용하는 대신 기한을 못 박는 것으로 만족해야 했다.

"겨우 열두 가지뿐인데, 뭐 삼 년씩이나 걸리겠어? 한 일년만 기다려 봐. 내가 깡그리 까발려서 당신 앞에 늘어놔 줄테니까. 뭐, 그래도 기한은 일단 삼 년으로 해두자고. 중간에 무슨 변수가 생길지도 모르니까."

큰소리칠 것은 다 쳐가면서도 스스로 기한을 단축하는 바보짓은 절대로 하지 않는 금오였고, 미꾸라지 같은 그의 화법에 주은하는 속이 부글부글 끓어오를 뿐이다.

그렇게 주은하와의 협상은 잘 마무리되었다.

"세상 사람 누구나 제가 제일 잘났다지~ 잘난 놈도 못난 놈도 원래는 없다건만~ 그래도 바보들은 자기만 잘났다지~ 저희가 알아봐야 책 몇 권의 지식이며~ 경험이 많아봐야 수십 년을 못 넘는데~ 수억만 권 책 중에서 수억만 년 세월 중에~ 저희가 아는 것이 얼마나 된다고들~ 이래서 나 잘났고 저래서 넌 못났대~ 그래서 난 말하지 너나 나나 매일반~ 이 바보와 저 바보가 모여 사는 삶이라고~"

길을 걷던 금오는 고래고래 노래를 불러대기 시작했다. 입이 찢어져라, 목이 터져라 노래를 불러대는 금오의 머릿속에선 도도하게 앉아 있던 주은하의 모습들이 스쳐 지나간다.

황족이라고 별거 있어? 눈 두 개에 코 하나, 처먹으면 싸야하고, 옷 벗으면 다 똑같지.

금오의 생각이다.

2

태극검가.

"여섯째 아빠가 만들어주신 똥 수레에 비하면 아무것도 아니지만, 어쨌든 영감의 성의를 생각해서 고맙게 쓰도록 하겠소."

금오는 태극검성이 건네준 전낭을 받아 챙기며 히죽 웃어주었다. 한 대 콕 쥐어박고 싶은 생각이 들 만큼 얄미운 얼굴이다. 하지만 태극검성은 마냥 귀엽다는 듯 흐뭇한 미소를 짓고 있을 뿐이다.

사실 그에게는 꼭 금오와 같은 아들이 하나 있었다. 이미수십 년 전에 아내와 함께 떠나 버리기는 했지만…….

그 후에라도 다시 결혼을 했다면 저만한 손자가 최소한 대여섯은 됐을 것이다. 하지만 그는 결혼 대신 무공에 모든 것을 걸었고, 그로 인해 피붙이라고는 단 하나도 없다. 다만 금오 또래의 수양손녀가 하나 있을 뿐이다.

'네 녀석은 싫다고 했지만, 결국 내게 오게 될 것이다. 노부가 이미 그렇게 결정했으니까.'

'생돈을 오백 냥이나 뜯기면서 뭐가 좋다는 거야?

금오는 이해할 수 없다는 표정으로 돌아서며 한 손을 머리

옆에서 빙글빙글 돌렸다.

'맛이 살짝 간 게 분명해.'

이렇게 태평스러운 생각을 해가며 태극검가를 빠져나오는 금오를 쏘아보는 네 쌍의 눈빛이 있었다. 그들의 눈빛에는 적개심이 가득했지만, 금오는 전혀 느끼지 못하였다. 지난밤에 태극검성이 제자로 삼겠다고 했던 말을 까맣게 잊어버린 까닭이다.

'자, 이제 혼원마성 영감탱에게 돈을 받으러 가볼까?'

금오는 발걸음도 가볍게 남쪽을 향해 내달리기 시작했다. 내려가는 길에 무산괴사를 조사해 보고, 혈마곡에서 돈을 받아 올라오면서 동정호괴사를 조사할 생각이다. 그의 뜻대로 모든 게 술술 풀릴지는 모를 일이지만.

태극검성이 거처하는 태사전과 약간 떨어진 거리에 위치하는 삼층 전각.

그곳 창가에 네 명의 인물이 서 있다. 유수천을 포함한 세 명의 사내와 한 명의 여인이다.

태극검성 담운청의 대제자 이연(李燃), 이제자 조안반(曹顔返), 삼제자 유수천, 사제자이자 수양손녀이기도 한 담초은(譚楚隱).

그들 사 인은 각각의 생김새도 다를뿐더러, 외모에서 풍기는 성격과 기도 또한 크게 달랐다. 하지만 지금 그들은 모처럼 한 가지로 뜻이 맞아 있다. 그것은 그들 공동의 적이 되어

버린 금오를 향한 적개심이다.

태극검성 담운청은 지금까지 단 한 번도 누군가를 제자로 받아들이겠다고 먼저 선언한 적이 없었다. 그런데 인간쓰레기들만 모여 산다는 하오문의 천둥벌거숭이를 다섯 번째 제자로 받아들이겠노라고 선언한 것이다.

어이없게도 그 천둥벌거숭이가 사부의 제안을 일언지하에 거절하기는 했지만, 사부는 뜻을 굽힐 생각이 없는 듯하다. 그래서 그들은 자존심이 상하는 한편, 불안하기도 하다. 대체 저깟 놈이 무엇이기에 사부가 그런 특혜를 베푼단 말인가?

사부가 놈을 제자로 점찍은 이상, 언젠가는 자신들의 사제가 되고 말 것이다. 그렇다면 현재 진행 중인 태극검가의 후계자 경쟁에 놈도 포함된다는 말이 된다.

사부는 이번 후계자 경쟁에서 승리하는 자가 자신의 손녀사위이자 차기 가주가 될 것임을 공언한 바 있다.

그런 일이 생기지는 않겠지만, 만에 하나라도 금오가 그 경쟁에서 이기게 된다면…….

정말이지 생각하고 싶지도 않은 일이다. 세 제자는 물론 담초은도 그것만은 결코 용납할 수가 없다. 저런 천둥벌거숭이가 자신의 배필 후보라니…….

천하제일방파로 군림하고 있는 태극검가를 차지하기 위해서, 돼먹지 않은 놈을 남편으로 맞이하지 않기 위해서, 그들 모두는 이심전심으로 한 가지 결의를 다진다. 그 결의는 아마도 누군가의 죽음을 목표로 하고 있을 것이다.

땅거미가 드리울 무렵.

낙양을 벗어나 줄곧 달려온 금오는 마천산(摩天山) 고갯길을 넘고 있었다. 마천산은 산적의 출몰이 잦아 웬만한 무림인도 혼자 넘기를 거리끼는 길이다. 그런데 금오는 혼자서, 그것도 어둠이 내리기 시작하는 길을 걸어가고 있다. 하긴, 황녀와도 맞먹는 그이니 그깟 산적을 두려워할 까닭이 무엇이겠는가?

보통 사람이라면 혹시라도 산적이 나타날까 봐 조심조심 걷게 마련이건만, 금오는 산적들을 불러내기라도 하려는 듯 고래고래 노래까지 불러댔다.

"청산은 날 보고 말없이 살라 하고~ 창공은 날 보고 티 없이 살라 하네~"

누구나 한 번쯤 들어봤음직한 이 노래는 나옹선사가 지은 선시(禪詩)로 도를 얻고자 하는 데는 시비분별이 필요없고 그저 맑은 창공처럼, 허공처럼 티 없는 마음으로 모두를 포용하라는 뜻이 담겨져 있다. 하지만 아무리 훌륭한 선시라도 금오 입을 거치다 보면 원래의 뜻과는 전혀 상관없는 방향으로 흘러가게 마련이다.

"하지만 그게 어디 말처럼 쉽다더냐~? 청산처럼 창공처럼 제아무리 살려 해도~ 썩을 놈의 세상이 가만 두질 않는 것을~ 나라 놈은 세금으로 내 돈 뜯기 혈안이고~ 힘있는 놈 권세로써 뇌물 받기 혈안이며~ 산길에선 도적들이 칼 빼 들고 설쳐 대니~ 청산처럼 창공처럼 뭔 재주로 산단 말 가?~"

이렇게 고래고래 소리를 질러대며 고갯마루를 지날 즈음 이었다.

"너 뭐냐?"

거대한 바위가 우직우직, 굴러가는 듯한 음성이 나직이 깔려 나왔다. 그 목소리만으로도 한 덩치 하는 놈임을 직감할 수 있었는데.

'저게 인간이기는 한 거야?'

목소리를 따라 시선을 돌리던 금오는 쩍 벌어진 입을 다물지 못한 채 상대를 올려다보았다.

굵직한 쇠몽둥이에 두 손을 얹은 채 커다란 바위에 턱 걸터앉아 있는 모습이었는데, 앉은키로도 금오보다 머리 하나는 더 큰 어마어마한 거구였다. 나이는 대략 삼십 전후. 밤 숲에서 마주친 호랑이처럼 이글이글 타오르는 눈빛을 지닌 자였다.

'씨바, 도대체 인간은 모두 공평하다는 말이 어쩌다 나온 거야? 저 인간은 주먹 하나가 내 몸통 만하게 생겼구만, 뭐가 공평하다는 거냐고……'

저만한 덩치면 무공을 따로 배우지 않아도 반 갑자 정도의 위력은 그냥 먹고 들어갈 듯 보였다.

워낙 큰 덩치와 마주치자 천하의 금오도 왠지 주눅이 드는
것만 같았지만, 그것도 잠시뿐. 금오는 어기적어기적 상대에
게 걸어갔다.

"방금 댁이 나에게 뭐라고 씨부린 거야?"

이렇게 물으며 금오는 상대의 코앞에 얼굴을 바짝 들이밀
었다. 이건 도저히 선량한 행인이 산적 분께 씹어뱉을 만한
말이 아니다.

후욱!

산적의 콧구멍에서 뜨거운 콧김이 확 뿜어져 나왔다. 곧이
어,

"딱 한마디만 더 할 기회를 주마. 네놈 이름을 읊어라. 만
약 헛소리를 지껄이면 나무 막대에 이름 석 자 새긴 비문조차
없이 땅에 묻히게 될 거다."

"바쁜 사람 불러 세워놓고 무슨 헛소리야? 댁이 내 이름은
알아서 뭐 하게?"

금오가 어이없다는 듯 중얼거리는 순간,

와아악!

산적의 주먹이 허공을 가로질렀다. 딱히 내공을 싣지 않
은 것 같음에도 불구하고 어마어마한 위력이 느껴졌다. 스치
기라도 했다간 갈비뼈 몇 대 날아가는 건 우스울 정도로 말
이다. 그러나 이 정도 주먹질에 당할 만큼 허약한 금오는 아
니다.

"하여간 덩치 큰 인간들은 이게 문제라니까? 대화로 풀어도 될 일을 왜 주먹질부터 하고 지랄이냐고."

금오는 귀찮다는 듯 중얼거리며 한 발을 옆으로 옮겼다. 겨우 한 발일 뿐이었다. 그런데,

그와악!

산적의 주먹은 보기 좋게 빗나가고 말았다.

"이 자식!!!"

산적은 더욱 노기충천하여 주먹을 다시 휘두르려 하였다. 그때,

"잠깐!!!"

금오의 입에서 천둥 같은 고함이 터져 나왔다. 그 소리가 얼마나 컸던지 산적은 자기도 모르게 움찔하였고, 금오는 그 순간을 이용해 재빨리 말을 하였다.

"난 황실의 명을 받고 무산괴사를 조사하러 가는 중이야. 그러니 내 길을 막았다간 국물도 없을 줄 알아!!"

아무리 괴물 같은 산적이라 할지라도 황실의 위엄을 앞세운다면 함부로 설치지 못할 것이라는 게 금오의 계산이었다. 그런데,

"뭐, 황실?!!"

대체 무슨 사연이 있는 것인지 괴물의 인상이 더욱 흉악하게 일그러졌다.

"황실… 그 원수 놈들의 사주를 받았다고……?"

'젠장, 좀 편히 가려고 황실을 팔았더니 일만 더 꼬였네… 이래서 주 씨는 재수없다고 하는 거야.'

"넌, 반드시 내 손으로 죽여 버린다!!!"

산적은 괴성을 지르며 금오에게 다시 달려들었다. 이번에는 주먹이 아니라 쇠몽둥이를 휘두르며 말이다.

부우우웅!

백 근은 족히 나갈 듯한 쇠몽둥이이건만, 놈은 마치 회초리 휘두르듯 아주 가볍게 다루었다.

"이크!!!"

쇠몽둥이가 무지막지하게 날아오자 금오는 자라처럼 목을 움츠리며 피해냈다. 언뜻 보기엔 겁을 잔뜩 집어먹은 듯했지만, 움직임엔 여전히 여유가 있다.

스스슥!

금오는 마치 산책 나온 사람처럼 여유롭게 걸음을 옮겼다. 그런데 그 움직임이 얼마나 교묘한지 산적의 쇠몽둥이는 번번이 반 박자 늦게 그의 그림자를 때렸다.

콰앙, 콰아앙!

그래도 위력 하나만큼은 정말 기가 질릴 지경이어서, 쇠몽둥이가 땅에 떨어지면 땅이 움푹 파이고, 바위에 떨어지면 바위가 산산이 부서져 나갔다.

그렇게 한 시진가량이 지나갔다. 그만한 시간 동안 쇠몽둥이를 휘둘렀으면 지칠 만도 하건만, 산적은 도무지 지칠 기미를 보이지 않았다.

"미꾸라지 같은 자식!! 거기 서지 않을 테냐?!!"

쉴 새 없이 쇠몽둥이를 휘두르며 쫓아오는 산적을 힐긋 돌아보며 금오가 말하였다.

"힘 하나는 죽여주네. 그런 힘 갖고 할 지랄이 없어서 산적질이냐? 그 힘으로 나무만 해다 팔아도 부자 되겠다, 인간아."

미꾸라지같이 도망 다니는 것도 화가 나 죽겠는데, 약까지 살살 올리니 산적은 정말이지 피가 끓어서 돌아버릴 지경이다.

"너는 무슨 일이 있어도 나, 장쾌(長快)의 손으로 죽여 버리고 말 테다!!!"

위위위윙!

산적, 장쾌는 쇠몽둥이를 무섭게 휘두르며 금오를 맹공격하였다. 한 시진 동안 지치기는커녕 더욱 힘이 강해진 듯하였다. 이쯤 되면 기가 질릴 만도 한데, 금오 또한 만만한 성격은 아니지 않은가?

"그러다 깨지면 어쩌려고 그러시나?"

그는 일부러 더 여유로운 표정을 지으며 약을 올렸다.

"네놈을 죽이지 못하면 내가 네 동생이다!!!"

장쾌는 화가 나서 소리쳤다.

"그 말 진심이지?"

"거기 서기나 해라, 이 자식!!!"

만약 장쾌가 금오를 한 번이라도 겪어본 적이 있었다면 방금 한 말은 실수였다며 얼른 주워 담았을 것이다. 그러나 불행히도 그는 금오에 대해 아는 게 없다.

금오는 '당신 오늘 임자 제대로 만난 거야' 하는 표정을 지으면서도 정면 대결을 벌일 생각은 없는지 계속 도망만 다녔다.

그렇게 시간이 흘렀고, 초저녁 무렵에 시작된 싸움 아닌 싸움은 밤이 깊어도 끝날 기미를 보이지 않았다.

第五章

호적수를 만나다

下午
門鵩

1

햇님이 방긋, 동산 너머로 인사하는 시각.

"서라, 이 자식!!! 서란 말이다!!!"

장쾌와 금오의 제자리를 맴도는 추격전은 그때까지도 계속되고 있었다.

금오는 더도 아니고, 덜도 아니고 딱 한 발자국 앞에서 룰루랄라 도망을 다니고, 장쾌는 씨근덕씨근덕 뒤를 쫓기 바쁘다.

둘 모두 끈기 하나는 대단했는데, 잔뜩 성이 나 있는 장쾌보다는 발걸음도 가벼운 금오 쪽이 아무래도 힘은 덜 드는 것 같았다. 이래서 먼저 화내는 사람이 진다는 말이 생긴 모양이다.

어쨌든 두 사람의 추격전은 그 뒤로도 계속되었다. 동산을 넘어 나온 햇님이 아장아장 산보를 시작해 하늘 꼭대기를 지나 서산으로 미끄럼질을 시작할 시간까지 쫓고, 또 쫓고, 도망치고, 또 도망치고…….

이윽고 땅거미가 다시 내려앉을 무렵.

"헉, 헉… 서라… 딱 한 번만 서라… 제발 서라……."

장쾌는 이제 완전히 지친 모습으로 금오의 뒤를 겨우 따라다니고 있었다. 지난밤에 보여주었던 파괴적인 몽둥이질도, 금오에게는 못 미치지만 엄청난 속도의 달리기도, 더 이상은 볼 수가 없다. 쇠몽둥이는 땅에 질질 끌리고, 두 다리도 거의 풀려서 금방이라도 쓰러질 듯 휘청거리는 걸음이다.

그래도 포기하지 않고 쫓아가는 고집 하나만큼은 금오에게 비견될 만했다.

"그러게 덩치만 믿고 까불지 말라고 했지?"

금오도 다소 지친 표정이기는 했지만, 장쾌에 비하면 아직 펄펄 나는 수준이다.

"서… 어쨌든 서… 일단 서봐……."

장쾌가 흐느적거리는 걸음으로 쫓아오며 중얼거리자, 그의 앞에서 슬슬 약을 올리며 걷고 있던 금오가 문득 걸음을 멈추었다.

"섰다. 어쩔 건데?"

"죽인다……."

장쾌는 질질 끌고 오던 쇠몽둥이를 힘껏 휘둘렀다. 최소한 그의 생각으로는 그랬다. 하지만,

휘리릭, 퉁!

겨우 휘둘렀다는 게 맥없이 금오 발치 앞에 떨어져 내리고 말았다.

씨익!

상대가 확실히 기진맥진했음을 확인한 금오의 입가에 짓궂은 미소가 지어졌다.

"너, 이 싸움에서 깨지면 나를 형님으로 모시겠다고 말했던 거 기억하지?"

"죽인다……."

금오의 말을 들을 기력조차 없는 것인지 장쾌는 같은 말을 반복하며 쇠몽둥이를 다시 휘둘렀다.

휘리릭, 쿵!

결과는 마찬가지다.

"계속 장난치는 걸 보니 아직 승복할 뜻이 없는 모양이지? 좋아. 그럼 내가 승복하게 만들어주지."

금오는 가볍게 몸을 날려 그의 쇠몽둥이 위에 올라섰다. 그렇지 않아도 힘겨워하던 장쾌는 쇠몽둥이 끝이 땅에 닿아 있음에도 불구하고 그것을 놓치지 않기 위해 애를 써야 했다. 상황이 이 지경이니 반격은 꿈도 꾸지 못할 일이다. 하지만

장쾌는 아직 포기할 마음이 없다.

"이 자식……."

그는 한 손을 휘둘러 금오를 후려쳤다. 하지만 위력이라고는 뒷골목 삼류건달만도 못했다. 그러니 금오가 맞아줄 턱이 있겠는가?

금오는 그의 주먹을 가볍게 흘려보냄과 동시에 발끝으로 그의 명치를 걷어찼다.

콰악!

덩치를 감안해서 조금 세게 걷어찼다. 대개 이 정도면 숨이 턱 막혀서 그 자리에 고꾸라지게 마련이다. 제아무리 덩치가 크고, 맷집이 좋은 녀석이라도 명치를 걸어 채이고는 버틸 재간이 없는 법이니까. 그런데 장쾌는 몸을 한 번 움찔했을 뿐 별다른 반응을 보이지 않았다.

'뭐야, 이 자식?!!'

금오는 조금 더 힘을 실어서 명치를 다시 한 번 걷어찼다. 하지만 결과는 이번에도 마찬가지였다.

'뭐 이런 녀석이 다 있지?'

금오는 손끝을 날카롭게 세워 목 옆의 송풍혈(松風穴)을 가격하였다. 송풍혈은 진기를 싣지 않고 가격해도 웬만한 장정은 그냥 기절시켜 버릴 수 있는 요혈이다.

파악!

꽤나 강한 격타음이 울려 퍼질 만큼 제법 세게 가격했음에도 불구하고 장쾌는 이번에도 몸만 잠깐 움찔했을 뿐 여전히 무사했다. 대신 금오만 손가락이 부러질 듯한 통증을 느껴야 했다.

"엄청난 외공을 익히기라도 한 거냐?"

금오가 인상을 찌푸리며 묻자, 장쾌가 힘겨운 미소를 떠올리며 대꾸했다.

"이제 알았냐, 꼬맹이 녀석? 이 장쾌님은 은산철벽공을 칠성까지 연마한 몸이시라, 네 녀석의 솜 주먹으로는 백날을 때려도 소용없을 거다."

은산철벽공(銀山鐵壁功)은 하나의 구결로 내외공을 동시에 연마하는 독특한 호신기공으로 알려져 있다. 소성(小成)이라 부르는 육성의 경지에 이르면 피부가 철갑처럼 단단해져서 일반의 도검으로는 쉽게 침범할 수 없게 된다. 그렇다고 정말 철갑처럼 뻣뻣하게 변한다는 얘기는 아니다.

칠성의 경지에 이르면 경혈까지 기공으로 보호되기 시작하며, 구성에 이르면 경혈이 완벽하게 보호되고, 어떠한 외공으로도 강화시킬 수 없다는 혀와 눈까지 도검의 침범에서 자유롭게 된다. 하지만 내가기공에 의한 내상까지 막을 수는 없다.

대성(大成)으로 일컬어지는 십성의 경지에 이르면 드디어 내가기공의 침범까지 막을 수 있게 되는데, 그렇다고 절대 깨지지 않는 금강불괴라 할 수는 없다. 월등히 강한 내력을 지닌 고수가 내가기공을 펼칠 경우 무너질 수 있기 때문이다.

　그러나 은산철벽공을 대성할 정도가 되면 인간이 연마할 수 있는 내공의 최상위 단계에 이미 근접한 상태가 되기 때문에 이를 월등히 능가하는 내가고수가 존재할 가능성은 거의 없다. 따라서 하늘이 내린 자가 아니라면 십성의 은산철벽공을 깰 가능성은 없다고 봐도 무방하다.

　하지만 은산철벽공은 연성과정이 매우 힘들어서 십성을 연마한 인물은 백오십 년 전에 나타났던 철벽대제(鐵壁大帝) 단 한 사람뿐이었다. 그는 십성의 은산철벽공으로 천하최강의 반열에 올랐고, 그가 죽기까지 그 누구도 무림제일자의 자리를 빼앗지 못하였다.

　금강불괴(金剛不壞)!

　모든 무림인의 영원한 열망임과 동시에 실현 불가능한 꿈의 경지이기도 한 그것. 그러나 만약 은산철벽공의 극의를 깨우쳐 십이성의 경지에 이르게 된다면 그 어떠한 무공으로 깨뜨릴 수 없는 금강불괴를 이룰 수 있다고 알려져 있다. 하지만 철벽대제조차 은산철벽공의 십이성 경지는 불가능하다고 공언했을 만큼, 그것은 인간능력의 범주를 벗어난 자리이다.

　'은산철벽공을 칠성이나 익힌 괴물이 왜 산적질이나 하고 있는 거냐고, 씨바……'

　장쾌의 내공이 대단하다는 것은 금오도 이미 알고 있었다. 하지만 은산철벽공을 익혔다는 것은 확실히 의외였다. 철벽대제 이후 사장되었다고 알려진 은산철벽공이 왜 하필이면 이런 곳에서 이런 놈을 통해 나타난단 말인가? 금오는 화가 났다. 왜? 그에겐 은산철벽공을 깰 만한 능력이 없었으니까.

'씨바, 아빠가 다섯 개면 뭐 하냐고. 이럴 때 쓸 만한 무공 하나 가르쳐 주지 못하는 인간들인데……'

하필 은산철벽공을 만나서 그렇지 지금 금오의 능력이면 어디 가서 쉽게 당할 정도는 아니다. 그럼에도 불구하고 금오는 화가 났다. 저 곰을 이기려고 하루나 되는 시간을 투자했는데, 여기서 포기하자니 너무나 억울한 생각이 들었기 때문이다. 게다가 지금 포기한다면 하루를 그냥 손해 보는 것이 되고 만다. 금오 일생에 처음으로 손해 보는 장사를 하게 된다는 얘기다.

'다른 건 몰라도 손해 보는 장사는 절대 안 돼!!'

금오는 마음을 다잡으며 부지런히 머리를 굴리기 시작했다. 과연 그가 은산철벽공을 깨뜨릴 해법을 찾아낼 수 있을지 모를 일이다.

잠시 후.

데굴데굴…….

"너 이 자식… 으억!!! 산 채로 사지를 뽑아서… 컥!!! 죽여 버리고 말 테다… 크압!!!"

고함을 지르다 비명을 토해내고, 또 고함을 지르다 비명을 토해내는 장쾌의 음성이 산골짜기를 쩌렁하게 울려 퍼졌다.

"그러게 졌다고 한마디만 하면 이 고생 안 해도 되잖아."

곧이어 금오가 커다란 무엇인가를 굴리며 모습을 나타냈다. 그것은 직경 육 척쯤 되는 거대한 공의 형상이었는데, 한쪽 끝에 장쾌의 얼굴이 붙어 있었다. 아마도 얼굴 반대편 끝에는 발바닥이 살짝 드러나 있을 것이다.

장쾌의 은산철벽공을 도저히 깨뜨릴 수 없었던 금오는 지니고 있던 천년묵주사(千年墨蛛絲)로 그를 꼼짝 못하게 묶어 버렸다.

하지만 그것만으로는 안심할 수가 없었다. 천년묵주사가 쇠사슬보다도 강한 인장력을 지니고 있기는 하지만 괴물에 가까운 장쾌의 힘으로 볼 때 기력을 완전히 회복하면 끊어버릴 가능성이 있었기 때문이다.

그래서 금오가 생각해 낸 것이 칡넝쿨이었다. 천년묵주사로 묶어서 차려 자세로 만든 장쾌의 몸에 손가락 굵기나 되는 칡넝쿨을 수백, 수천 겹을 감아 커다란 공처럼 만들어 버린 것이다.

아는 사람은 알겠지만, 칡넝쿨 두세 겹만 하더라도 웬만한 장정은 끊을 수가 없다. 게다가 저렇게 옴짝달싹할 수 없게 묶여가지고는 지니고 있는 힘을 제대로 발휘할 수조차 없다.

힘을 쓸 수 없는 자세+천년묵주사+수천 겹의 칡넝쿨=괴물도 꼼짝 못함.

　이게 금오의 판단이다.

　'자식이 말이야… 힘만 세다고 세상이 제 마음대로 되는
줄 알아? 넌 임자 제대로 만난 거야. 지금까지 나와 붙어서 이
긴 놈은 아무도 없으니까.'

　모르는 사람이 이런 말을 들었다면, 코웃음을 치고도 남을
일이다. 금오 정도의 무공 실력을 가진 사람은 천하에 널려
있으니까. 하지만 그가 혈마곡주 제갈혁세와 태극검성 담운
청조차 말 몇 마디로 꼼짝 못하게 만들었다는 사실을 알게 되
면 그 누구도 그를 우습게 생각하지 못할 것이다.

　"꼬맹이자식… 크억!! 여기서 풀려나기만 하면… 우웁!! 삼
박 사 일에 걸쳐서… 컥!!! 뼈마디를 모조리 분질러 버리고 말
테다!!"

　칡넝쿨 공이 구르다 얼굴이 바닥에 부딪칠 때마다 비명을
토해내면서도 장쾌는 꿋꿋하게 소리를 질러댔다. 금오의 고
집도 어지간하지만, 장쾌도 만만한 고집은 아닌 듯하다.

　"이렇게 묶여 있으면서도 졌다는 소리는 끝까지 못하겠다
이거지……."

　금오가 공(?) 굴리기를 멈추더니, 나직한 음성으로 말하며
장쾌를 쏘아보았다. 그런데,

　꼬무락, 꼬무락…….

장쾌의 얼굴 대신 시커멓게 흙 묻은 열 개의 발가락이 '나에게 뭐 할 말 있냐?' 하는 표정으로 대신 쏘아보고 있다. 그렇다면 장쾌의 얼굴은? 당연히 땅바닥에 푹 파묻혀 계시다.

'끄으… 이 자식 정말 죽여 버리고 말 테다.'

저 자식을 어떻게 죽이는 것이 가장 고통스러울까 하는 생각을 한 오백 가지쯤 떠올렸을 무렵 금오가 칡넝쿨 공을 굴려 그의 얼굴을 드러나게 하였다. 똑바로 세운 것은 아니고 그의 얼굴이 중간쯤에 오게 만든 뒤에 그 앞에 쪼그리고 앉았다.

"방금 기가 막힌 생각이 한 가지 떠올랐는데 말이야."

얄미운 표정으로 얼굴을 들이미는 금오에게 장쾌가 소리를 질러댔다.

"이 치사한 자식아, 얼른 이 줄부터 풀란 말이다!!!"

그러거나 말거나 금오는 자기가 할 말을 계속해 나갔다.

"너 혹시 간지럼 많이 타냐?"

흠칫!

정수리에 벼락이 떨어져도 눈 하나 꿈쩍 않을 것 같았던 장쾌가 갑자기 몸을 부르르 떨며 금오를 바라보았다.

"너, 너… 설마……?"

이젠 말까지 더듬는다.

"제대로 찾은 모양이군. 네놈의 약점을……."

금오는 할 말 끝났다는 듯 자리에서 일어났다. 그러자 장쾌가 다급한 음성으로 소리쳤다.

"이, 이봐. 그, 그건 반칙이야. 싸움이란 건 정정당당하게 해야 하는 거라고."

"정정당당? 그런 건 조건이 엇비슷할 때나 써먹는 말이지. 껍데기가 단단해서 혈도조차 먹히지 않는 놈이 무슨 정정당당 타령이야?"

"그래도 이건 너무 치사… 으헉?!! 우헥!!! 쿠헤헤헤… 그, 그만… 크히히힉!!! 이건 반… 켈켈켈… 칙이야… 우헤헤헤……."

말을 하다 말고 웃음을 터뜨리기 시작한 장쾌는 금오가 손을 놀릴 때마다 자지러지다 못해, 고통스러운 웃음을 계속 쏟아놓았다. 겨우 발바닥을 풀잎으로 간질이는 것뿐이건만, 장쾌는 눈물을 쏟아가며 웃느라 정신을 차리지 못한다.

'나 참… 세상 정말 요지경이라니까? 명치를 얻어맞아도 꿈쩍 않는 놈이 간지럼을 이렇게 탈 줄 누가 알았겠냐고…….'

금오는 아예 장쾌의 발 앞에 자리를 잡고 앉아 간지럼을 계속 태웠다. 시커먼 발 앞에 쪼그리고 앉아 한 손으로는 턱을 괴고, 다른 손으로는 풀잎을 잡고 뱅그르르 돌려가며 발바닥을 간질이는 모습이 영락없는 악동이다.

"우켈켈켈… 그만… 제발… 그만……."

장쾌는 금방 숨이 넘어갈 듯한 음성으로 소리쳤지만, 금오는 듣지 못했다는 듯 꿋꿋하게 간지럼을 태웠다.

그렇게 약 일각 정도가 흐르자 장쾌의 웃음소리가 서서히 잦아들기 시작했다. 간지럼에 적응이 되어서 그런 것이 아니라 더 이상 소리를 내기 힘들 만큼 진이 빠졌기 때문이다. 이대로 시간이 조금 더 흐르면 거품을 물고 까무러칠 것 같았는데.

"어때? 이제 졌다고 할 마음이 슬슬 생기냐?"

금오가 손을 멈추며 물어보았다. 그런데 장쾌에게선 아무런 대답도 흘러나오지 않았다. 대신 신음과도 같은 이상한 소리가 들려왔다.

"헐… 헐……."

"뭔 소리야??"

금오는 칡넝쿨 공을 빙 돌아 앞으로 가보았다.

"헐… 헐……."

웃음도 아니고, 신음도 아닌 이상한 소리를 흘리고 있는 장쾌의 모습은 한마디로 가관이다. 눈은 반쯤 돌아가 있으며, 얼굴은 눈물, 콧물로 온통 범벅이다. 헤벌쭉 벌린 입에서는 침이 질질 흘러나오는데, 입 가장자리가 가끔가다 실쭉실쭉 경련까지 일으킨다. 한마디로 표현하면 제대로 맛이 간 모습이다.

"내가 좀 심했나??"

장쾌의 대답을 듣기 위해서는 아무래도 좀 기다려야 할 것 같았다.

2

다음날 정오 무렵.

데굴데굴······.

금오는 칡넝쿨 공을 굴려가며 마천산 고개 길을 내려가고 있었다.

"징그러운 놈······."

남에게 이런 소리를 많이 들어보기는 했지만, 자기 입으로 해보는 것은 오늘이 처음이다. 지난밤, 놈이 간지럼에 약하다는 사실을 알아냈을 때는 이미 끝난 싸움이라고 생각했었다. 그런데 이 우라질 인간이 까무러치기 직전까지 열 번, 까무러치기를 스무 번 하고 나서도 졌다는 소리는 죽어도 하지 않았다.

푸헐, 크헐 하며 다 죽어가다가도, '이제 졌다고 하는 게 어때?' 라고 물으면 '풀려나기만 하면··· 산 채로 피를 쥐어짜서 죽여 버릴 테다' 라던가, '숯불에 데쳐 가며 석 달 열흘 동안 괴롭히며 죽여줄 테다' 라는 살벌한 말만—물론 다 죽어가는 목소리로—늘어놓을 뿐이었다.

그렇게 날이 새고, 해가 중천에 떠오를 때까지 항복을 받아내지 못한 금오는 간지럼 작전을 포기할 수밖에 없었다. 그렇다고 싸움 자체를 포기한 것은 아니다. 그럴 거라면 산짐승에게 잡혀먹든 말든—너무 질겨서 호랑이도 못 잡아먹을 테지만—산에다 놓고 와버렸을 것이다. 하지만 이틀이나 시간을 투자한 장사를 그렇게 말아먹을 수는 없는 일이다. 그래서 장기전을 각오하고 이 상태로 놈을 계속 끌고 다니기로 한 것이다.

'지가 굶어죽기 싫으면 언젠가는 항복하겠지' 라는 것이 금오의 생각이다. 하지만 지금 상황으로 봐서는 그것도 그리 쉬울 것 같지만은 않다.

"드르렁, 푸파파파……."

칡넝쿨에 감겨 굴러가는 주제에 코를 있는 대로 골며 잘 수 있는 녀석이라면 어지간한 배고픔쯤엔 눈도 꿈쩍 안 할 테니까.

'씨바… 이거 끌고 가려면 시간이 몇 배는 더 걸릴 텐데…….'

이제라도 어디다 콱 처박아놓고 가버릴까 하는 생각이 들었지만, 그건 역시 할 수가 없다. 손해 보는 장사는 죽어도 못 하는 까닭이다.

"그래. 니가 이기나, 내가 이기나 한번 해보자. 해.보.자.고!!!"

금오는 잠이나 확 깨버리라고 장쾌의 면전에 대고 소리를 있는 대로 질렀다. 하지만.

"그으으윽, 쿠파파파!!!"

돌아온 것은 바위가 깨지는 듯한 코골음뿐이다.

"씨바, 침만 잔뜩 튀었네."

'이걸 한 대 패버려?' 하는 생각으로 금오는 주먹을 확 치켜들었지만, 때리지는 못하였다. 잠 잘 때도 몸을 보호하는 은산철벽공 때문에 자기 주먹만 아플 테니까.

어쩔 수 없이 칡넝쿨 공을 다시 굴리며 내려가자니 언덕길이 끝나는 곳에 객점 하나가 서 있었다. 장쾌와 싸우느라 이틀을 꼬박 굶은 상태였기에 금오는 그곳에서 속을 좀 채우기로 하였다.

장쾌를 창가에서 잘 보이는 길가에 세워두고, 굴러가지 않도록 돌로 괴어놓은 금오는 객점으로 들어가서 간단한 식사를 주문하였다.

일층 식당 안에는 마천산을 넘기 전에 배를 채워두려는 사람들이 제법 되었다. 대부분 장사꾼이나 여행자인 듯했다.

"자네, 그 소문 들었나??"

주문한 음식을 기다리고 있는 금오의 귀에 옆 탁자에 앉아 있는 장사꾼들의 대화가 들려왔다.

"마천산에 신력을 지닌 장사가 나타났다는 소리?"

"그래. 그 장사님께서 산적들을 녹신하게 두들겨 패서 모두 쫓아내서, 요즘은 마천산 넘는 것이 아주 수월하다고 하더군."

"나도 그 소문을 듣고 용기를 내서 와본 길일세. 그렇지 않았다면 며칠 더 걸리더라도 돌아가는 길을 택했을 거야."

장사꾼들의 얘기를 듣고 있던 금오는 끄느름한 눈길로 창밖을 내다보았다.

　'설마 저 인간은 아니겠지?'라고 생각하는데.

　"소문을 듣자 하니 삼 년 전에 억울한 누명을 쓰고 멸문지화를 당한 개봉성 장대인의 일점 혈육이라고 하던데, 그 말이 사실일까?"

　"아마 맞을 거야. 장대인 가문이 멸문지화를 당할 당시 장남은 무공을 연마하기 위해 집을 떠나 있어서 화를 모면했다고 하니까."

　"그런데 말이야… 아무리 누명이라도 역모 죄로 멸문지화를 당했으니, 이렇게 소문이 파다하면 관군이나 동창에서 잡으려 하지 않을까?"

　"아직 모르고 있었어? 장대인의 누명은 멸문지화 일 년 만에 벗겨졌어. 대신 그분을 모함했던 간신들이 모두 참수를 당했지."

　"그런데 그 장사님이 돌아가신 장대인의 아들이란 사실은 어떻게 알려진 거야?"

　"한 달 전에 마천산을 넘던 장사꾼들이 산적들에게 봉변을 당할 뻔했는데, 팔 척이 넘는 거구에 쇠몽둥이를 회초리처럼 다루는 장사님이 나타나서 산적을 모조리 때려눕혔다는군. 그런데 장사꾼들 중에 장대인의 마을에 살던 사람이 있었나봐. 그래서 그분이 장대인의 아들인 사실이 알려졌대."

"그랬군."

상인들이 하는 얘기를 듣고 있던 금오의 눈길이 다시 창밖으로 향하였다.

'씨바, 딱 저 인간 얘기잖아…….'

상인들의 얘기를 듣고 보니 장쾌에 대한 생각이 조금은 달라지는 금오였다. 하지만 그가 산적이 아니며, 뭇 상인들의 존경(?)을 받고 있는 사람이라 해서 달라질 것은 아무것도 없다. 금오는 아직 그와의 싸움을 끝내지 못했으니까.

그때 점소이가 주문한 음식을 내왔으므로 상인들의 대화에 신경을 끄고 식사를 하기 시작했다.

배가 많이 고팠던 터라 금오는 밥 한 그릇을 금방 비웠다. 이틀이나 굶었으니 밥 한 그릇쯤 더 먹을 만도 하건만 금오는 평소의 양으로 만족한 채 자리에서 일어났다.

그때까지도 상인들은 그 훌륭하신 장사님에 대한 이야기를 계속하고 있었다. 장사 뒤에 '님' 자를 꼭 붙이는 상인들의 말투가 심하게 귀에 거슬렸지만, 남들이 뭘 어떻게 생각하든 상관할 바는 아니다.

계산대로 걸어나온 금오는 밥값을 계산하며 주먹만 한 만두 네 개를 더 샀다. 물론 그것은 밖에 있는 장쾌에게 줄 것이 당연히 아니다.

'나는 먹고, 너는 굶고. 언제까지 버티나 한번 보자고.'

이게 금오 생각이다. 독한 인간은 어디가 달라도 다른 모양이다.

장쾌가 깨어나면 만두로 약 올릴 생각하며 객점을 나서던 금오는 고개를 갸웃하였다. 웬 여자가 장쾌 앞에 서 있었기 때문이다.

"누군데 그 물건에 관심을 갖는 거요?"

금오가 다가가며 퉁명스레 묻자 여인이 언뜻 놀란 표정으로 돌아보았다. 나이는 열아홉쯤? 새하얀 피부에 섬섬옥수는 고생을 모르고 자란 티를 팍팍 풍겼고, 살짝 치켜 올라간 눈썹은 만만치 않은 성격임을 말해주었다. 어쨌든 외모는 어디 내놔도 빠지지 않을 만한 미녀였는데,

"방금 이 사람을 물건이라고 했나?"

첫 마디부터 재수를 싹 긁어 날리는 싸라기 말투다. 이런 말을 듣고 조용히 넘어가면 금오가 아니다.

"넌 뭐냐?"

대뜸 쏘아붙인 금오의 말에 여인의 눈썹이 역 팔자로 치켜 올라갔다.

"방금 뭐라고 했지?"

"못 들었어? 대개 좀 생긴 것들은 머리가 비어 있게 마련인데, 이건 머리도 비고 귀도 먹은 모양이네."

금오가 자신의 특기를 유감없이 발휘하여 속을 확 긁어버리자 여인의 눈썹이 더욱 바짝 치켜 올라갔다.

"네놈이 감히……."

얼마나 화가 났는지 말도 제대로 잇지 못하는 여인에게 금오의 결정타가 작렬했다.

"눈썹 그만 치켜 올려라. 그러다 머리카락에 붙어버리면 어쩌려고 그래? 믿는 건 잘난 얼굴뿐일 텐데, 눈썹이 머리카락에 붙어버리면 괴물 소리밖에 더 듣겠어."

"죽여 버리고 말 테다!!!"

여인이 허리에 두르고 있던 연검을 풀어내며 소리쳤다. 종잇장처럼 얇은 연검이었지만, 파르스름한 기운이 은은하게 감도는 것으로 보아 간단치 않은 내력을 지닌 보검임에 분명했다.

패앵!

진기가 주입되자 연검이 빳빳하게 세워졌다. 심상치 않은 상대라는 생각이 들었지만, 이 정도로 기가 죽을 금오가 아니다.

"생각해서 해준 말인데, 왜 화를 내고 그러시나? 성질 고쳐. 성질 더러우면 시집가기 힘들거든."

"허파에 바람구멍이 나고도 주둥이를 나불거리는지 보겠다!!"

쐐애액!

여인은 한마디 경고도 없이 검을 곧바로 찔러냈다. 아주 간단한 동작이었지만, 지척에 있던 금오를 공격하기에는 그보다 더 효과적인 방법이 없다 할 만큼 위협적이었다.

"이크!!"

금오는 크게 놀란 표정을 지으며 얼른 옆으로 피하였다. 무서워 죽겠다는 표정이었지만, 움직임은 무척이나 여유로웠다. 그런데 그때,

쓰아앗!

앞으로 찔러 나오던 연검이 어느 순간 방향을 틀며 그의 목을 쓸어오지 않겠는가? 움직인 각도나 속도로 보아서는 도저히 예상할 수 없는 변화였다.

'헉!!'

금오는 급히 허리를 젖히며 가까스로 두 번째 공격을 흘려보냈다. 그런데,

"겨우 그 정도 실력으로 큰소리를 쳤던 거냐?!!"

여인이 날카롭게 소리치며 좌장을 쭉 뻗어냈다. 순간,

후웅~!

그녀의 장심에서 아른한 기운이 쏟아져 나왔다. 마치 봄바람처럼 부드러운 기운이다. 하지만 그것이 몸을 투과하게 둔다면 금오는 내장이 온통 으스러지고 말 것이다.

'이런, 젠장!'

보통이 아닐 것이라 예상은 했지만, 이건 예상을 초과해도 한참 초과한 실력이다. 다섯째 아빠 추면귀에게 배운 환환무영보(幻幻無影步)를 이렇듯 간단하게 파해한다는 것은 그녀의 능력이 최소한 일류 급 이상이라는 얘기다.

'어디서 이런 게 갑자기 나타난 거야?'

금오는 허리를 꺾은 자세 그대로 옆으로 빠르게 회전하며 장력의 영향권에서 벗어났다. 그러나 여인은 조금도 틈을 주지 않고 바짝 따라붙으며 재차 연검을 휘둘러 왔다. 정말 죽이려고 작정을 한 듯했다.

'씨바, 정 그렇게 나온다면 나도 생각이 있다고.'

아슬아슬하기는 하지만 환환무영보를 운용하여 여인의 공격을 계속 피해 나갔다. 그러면서 좌수에 서서히 진기를 끌어모았다. 셋째 아빠에게서 배운 권법을 사용하려는 것이다.

권법의 이름은 일섬멸(一閃滅). 단 한 초식으로 이루어진 권법이며, 기습 전용 권법이기도 하다. 평생 여자 꽁무니만 쫓아다니며 살고 있는 셋째 아빠 궁소(宮嘯)에게 배웠으나 아직 한 번도 사용해 본 적은 없다.

셋째 아빠의 말로는 위력에 비해 세상에 그다지 알려지지 않은 무공이어서 기습적으로 사용하면 천하제일인이라도 당할 수밖에 없다고 하였다. 참고로 셋째 아빠는 허풍 지존이다.

그래도 지금 금오가 믿을 수 있는 것은 일섬멸의 기습 효과뿐이었다. 숨 쉬는 거 빼곤 다 허풍인 셋째 아빠였지만, 오늘은 그 말에 모든 걸 걸어보기로 했다. 때로는 허풍쟁이의 말도 맞을 때가 있는 법이니까.

그때 여인이 삼검을 연이어 찔러왔다. 목표는 목, 심장, 단

전. 모두 다 생명과 직결되는 급소다.

'아비 죽인 원수도 아닌데, 왜 이렇게 지랄이야?'

아무리 생각해도 이건 너무 심하다. 겨우 말 한마디 심하게 했다고 사람을 죽이려들다니 말이다.

연거푸 세 번 방향을 바꾸며 가까스로 피해낸 금오가 소리쳤다.

"당신 혹시 나 알아?"

"내가 하오문 잡배 따위를 알 리 없잖아!!"

그녀가 대꾸하며 다시 공격해 들어왔다.

"하오문?? 날 모른다면서, 내가 거기 출신인 건 어떻게 알지?"

금오가 피하며 다시 소리쳤다. 순간 여인의 눈빛이 언뜻 흔들렸다. 금오를 알고 있다고 스스로 자백한 꼴이니 당황할 수밖에 없는 일이다. 그럼에도 불구하고 그녀는 공격을 늦추지 않았다.

"그런 건 알 필요 없어!!!"

쐐쐐쐐!

금오를 안다는 사실을 들켰기 때문일까? 그녀의 공격이 더욱 날카로워졌다.

'저쪽은 날 아는데, 나는 모르니까 기분 더럽네…….'

금오는 저 여자가 자신을 어떻게 아는지, 그리고 왜 자기를 죽이지 못해 안달인지 너무나 궁금했지만, 지금은 그런 것에 신경을 분산시킬 여유가 없다. 여차하면 심장에 구멍이 날 판이기 때문이다.

파파파팟!

여인 담초은(譚草隱)은 공격의 고삐를 조금도 늦추지 않았다.

'나는 널 모르는 거야. 할아버지께서 너 따위를 왜 제자로 삼으려 하시는지는 알 수 없지만, 넌 오늘 죽는다.'

태극검성 담운청의 수양손녀이자 네 번째 제자이기도 한 그녀는 금오가 자신의 배필이 될지도 모른다는 사실 자체를 용납할 수 없었다. 그래서 금오의 행방을 수소문하였고, 그가 십이괴사를 해결하겠다고 큰소리치며 무산으로 향했다는 소식을 듣고 곧바로 뒤쫓아왔던 것이다.

물론 조부(祖父) 담운청에게는 가주 경쟁에서 우위를 차지하기 위해 십이괴사를 풀어보겠다고 핑계를 둘러댔다.

'마천산 산적을 소탕해 버린 장쾌를 네놈이 핍박하고 있기에 산적과 한 패인 줄 알고 죽여 버렸다고 하면 할아버지도 어찌실 수 없겠지.'

담초은은 이제 싸움을 끝내야겠다고 생각하며 최후의 절초를 준비하였다. 놈의 보법이 제법 훌륭하기는 하지만 강북제일성(江北第一聖)으로 추앙받는 조부께 직접 사사받은 가전 검법이니 하오문 잡배의 실력으로는 절대 막지 못할 터였다. 그런데 그때,

슈우웃!

연신 도망만 다니던 금오가 갑자기 돌아서며 좌권을 뻗어 내지 않겠는가? 검초를 바꾸기 위해 잠시 틈을 둔 사이에 벌어진 일인 데다가 오른손잡이인 줄 알았던 금오가 왼 주먹을 뻗는 바람에 담초은은 순간적으로 당황하였다. 이에 더하여 놈의 주먹은 섬전처럼 빨랐다. 하지만 이 정도 기습에 당한다면 태극검성의 손녀라 할 수 없다.

"어딜!!"

검으로 대적하기엔 이미 늦었다고 판단한 그녀는 좌장을 펼쳐 그의 주먹을 쳐내려 하였다. 그런데 금오의 주먹이 예상보다 빨라서 그녀의 손을 스치며 그대로 뻗어 나왔다.

파악!

금오의 주먹이 작렬하는 순간, 담초은은 빗나간 좌수를 앞으로 뻗어내며 암경을 쏘아냈다.

후웅!

"아악!!"

"으윽……."

간발의 차이로 공격을 맞교환한 담초은과 금오는 동시에 비명을 흘리며 뒤로 물러났다. 공격에 먼저 성공했음에도 불구하고 타격이 큰 쪽은 금오였다. 담초은은 진기로 몸을 보호한 반면 금오는 그녀의 암경에 고스란히 당했기 때문이다. 그나마 다행인 것은 다급히 펼친 공격이라 담초은이 내력을 제대로 싣지 못했다는 점이다. 만약 그녀의 내력이 고스란히 실렸다면 금오는 그 자리에서 피를 토하고 쓰러졌을 것이다.

그런데 담초은의 표정이 왠지 심상치 않았다. 얼굴은 물론 목덜미까지 새빨갛게 물들어 있는 것이 몹시도 수치스러운 일을 당한 듯했다.

"네놈이… 네놈이……."

바르르 떨리는 음성을 흘려내며, 그녀는 한 손으로 자신의 가슴을 가렸다. 금오의 주먹이 하필이면 그녀의 가슴에 작렬했던 것이다.

"씨바… 누군 죽게 생겼는데, 가슴 좀 건드린 거 가지고 뭘 그래? 목숨 걸고 싸우다 보면 그럴 수도 있는 거지. 그게 싫었으면 애초에 싸움을 걸지 말던가."

"그 입 닥쳐!!"

담초은이 소리를 지르며 다시 검을 치켜들었다. 그 검이 다시 휘둘러지기 시작하면 금오는 결코 막아낼 수 없을 것이다. 그녀의 암경에 내상을 당한 상태이기 때문이다.

"반드시 죽여 버리고 말겠어!!!"

그녀가 악을 쓰며 검초를 펴부으려는 순간이었다.

"멈추십시오, 아가씨!! 저 빙영입니다!!"

귀가 먹먹할 정도로 강렬한 전음성이 그녀의 고막을 파고 들었다.

우뚝!

빙영이라는 말에 담초은은 그 자리에 얼어붙듯 멈추어 섰
다.

第六章　욕심없는 거지

下午
門鵒

1

'빙영이 왜 여기에??'

담초은은 그녀가 왜 이곳에 있는지 이해할 수가 없었다. 하지만 의구심은 오래가지 않았다. 빙영은 할아버지가 신임하는 최측근 중 하나였으니까.

'할아버지께서 비밀 호위를 붙였을지도 모른다는 생각을 했어야 하는데……'

뒤늦게 이런 생각이 들었지만, 여기서 멈출 수는 없다. 오늘의 기회를 놓치고 만나면 금오도 빙영도 더 조심을 하게 될 것이니 다시는 기회가 오지 않을지도 모른다.

'나중에 할아버지께 혼나더라도 일단 저지르고 보는 거야.'

이런 생각으로 담초은은 금오를 다시 노려보았다. 그때 빙영의 전음이 다시 날아들었다.

"저는 그자를 보호하라는 가주님의 명을 받았습니다. 만약 그자에게 공격을 가한다면 가주님의 명에 따라 아가씨를 벨 수밖에 없습니다."

'나를 베겠다고?'

담초은은 놀라움과 분노가 어우러진 눈빛으로 뒤를 돌아보았다. 빙영의 모습은 보이지 않는다. 하지만 멀지 않은 곳에 있음이 분명하다. 담초은은 화가 났지만, 기회를 다음으로 미룰 수밖에 없었다. 빙영은 조부의 명이라면 무엇이든 할 수 있는 사람이며, 자신을 벨 만한 능력을 충분히 지니고 있는 까닭이다.

"운 좋은 줄 알아라, 망나니 녀석!!"

빙영은 금오에게 싸늘한 음성을 흘려내며 연검을 허리에 감았다.

'뭐야. 금방 잡아먹을 듯 설치더니 갑자기 왜 저래?'

금오는 도무지 이해할 수가 없다.

"이봐, 그냥 가는 거냐?"

금오가 묻자 담초은이 독기 어린 눈길로 쏘아보며 대꾸했다.

"그래. 오늘은 간다. 하지만 네놈이 오늘 저지른 일은 언제고 반드시 갚아주고 말 테다!!"

"아, 그거라면 걱정 마. 돈 안 되는 싸움은 별로 취미없지만, 나도 이유없이 당하고 참는 성격은 아니거든? 오늘 일은 잘 기억해 뒀다가 딱 세 배로 갚아주지. 원래는 열 배인데, 처녀 가슴 만진 죄가 있으니 칠 할은 깎아준 거야."

가슴 얘기가 나오자 담초은이 발끈하여 소리쳤다.

"정녕 죽고 싶은 거냐?!!"

"왜? 너무 많이 깎아줬어? 그럼 네 배로 하지, 뭐."

'이 망나니 자식……'

담초은은 속이 뒤집어질 지경이다. 하지만 할아버지의 명을 받은 빙영이 지켜보고 있으니 어떻게 해볼 도리가 없다. 금오가 다시 물었다.

"이건 정말 궁금해서 묻는 건데 말이야… 방금 전까지 잡아먹을 듯 으르렁대더니 왜 그냥 가는 거냐?"

금오에겐 너무 어려운 수수께끼다. 빙영이란 존재에 대해 까맣게 모르는 그로서는 아무리 머리를 굴려봐도 그 이유를 찾을 수 없는 것이다.

"알 거 없어!!"

담초은이 소리치며 돌아섰다.

"가르쳐 주기 싫으면 말고. 그런데 정말 이상하네… 가슴을 맞은 충격이 너무 컸던 건가??"

혼잣말인 척, 하지만 반드시 들으라는 듯 금오가 중얼거렸다. 금오 입에서 자꾸 가슴 얘기가 거론되자 담초은은 이제 피가 거꾸로 솟을 것만 같다. 하지만 오늘은 참는다. 언제고 기회가 다시 올 테니까.

담소은은 아무 대꾸도 하지 않은 채 천천히 걸음을 옮기기 시작했다.

"이봐. 최소한 이름은 가르쳐 주고 가야 하는 거 아닌가?"

"알 거 없어."

담초은은 뒤도 돌아보지 않은 채 대꾸했다.

"그것도 싫으면 말고. 그냥 얼굴만 반반한 싸가지로 기억하고 있으면 되니까. 아, 그것보다는 가슴 작은 여자로 기억하고 있으면 되겠군."

빠직!

담초은의 예쁜 이마에 핏줄이 확 돋아 나왔다. 그리고 그녀의 발걸음이 멈추어졌다. 빙영이 나를 베든 말든 저걸 그냥 죽여 버릴까? 그녀는 머릿속은 온통 이런 생각으로 가득했다.

스르륵!

드디어 그녀가 연검을 다시 뽑아 들었다. 그러나 금오를 공격하지는 않았다. 대신에 그녀는 길가에 세워져 있는 장쾌를 향해 검을 내려쳤다.

쓰아앗!

그녀의 검이 일직선으로 긋고 지나가자 장쾌를 꽁꽁 묶어 두었던 칡넝쿨 덩어리가 단번에 잘려 나갔다.

"이런, 우라질!!! 뭐 하는 짓이야?!!"

금오가 소리쳤지만, 칡넝쿨 공은 이미 쩍 벌어지고 난 뒤였다. 그동안 자고 있던 장쾌도 부스스 눈을 떴고 말이다.

'샹, 일 났네.'

아직 천년묵주사로 묶여 있는 상태이기는 했지만, 장쾌의 가공할 힘이 발휘되면 삽시간에 끊어져 나갈 게 분명했다.

금오가 이틀이나 공들인 장사(?)를 단 한 번의 칼질로 망쳐 버린 담초은 빙영이 숨어 있다고 판단되는 숲을 향해 나직하게 소리쳤다.

"저 사람을 풀어준 것에 대해선 불만없겠지?"

물론 빙영은 아무런 대답도 없다.

'누구랑 얘기하는 거야??'

금오의 머리 위로 의문부호가 주르륵 떠올랐다. 왜 아무도 없는 숲에 대고 떠든단 말인가?

하지만 이런 생각도 잠시,

"우우웁!!!"

장쾌의 기합성이 흘러나오자 금오의 시선이 급히 그곳으로 돌아갔다.

투둑!

'저 무식한 인간······.'

쇠사슬보다도 몇 배나 강한 천년묵주사가 끊어져 나가고 있었다.

'씨바, 은자 오백 냥이나 주고 구입한 건데…….'

끊어지는 천년묵주사를 보고 있자니 눈앞에서 은자가 산산이 부서져 사라지는 것만 같았다. 그러나 지금은 그걸 아까워하고만 있을 때가 아니었다. 장쾌와 다시 한판 붙어서 아주 끝장을 볼 것인가, 아니면 일단 자리를 피하고 다음 기회를 노릴 것인가 빨리 결정을 해야 했기 때문이다.

'저 인간이랑 붙으면 또 이틀은 잡아먹을 거 아냐?'

문제가 이것뿐이라면 금오는 다시 한판 붙는 길을 택했을 것이다. 하지만 지금 그의 몸은 정상이 아니었다. 담초은의 암경에 당한 이후로 자꾸 현기증이 나고, 추위가 느껴졌다. 아무래도 이건 단순한 내상이 아닌 듯했다.

'아무래도 지독한 음한장력에 당한 모양인데…….'

금오는 일단 자리를 피하기로 마음먹었다.

"어이, 덩치!! 다음에 보자고. 너와 더 놀아주다간 아주 중요한 일에 늦을 것 같아서 말이야."

금오는 몇 가닥 남은 천년묵주사를 마저 끊어내고 있던 장쾌에게 작별을 고한 뒤 곧바로 신형을 날려 달아나기 시작했다.

"거기 안 설 테냐, 이 쥐새끼 같은 자식!!!"

장쾌가 천둥 같은 고함을 질러댔지만, 금오는 들은 척도 않고 계속 달려나갔다.

'이상하군.'

숲속에 은신하고 있던 빙영은 고개를 갸웃하였다. 너무 쉽게 장쾌를 포기한 금오의 행동이 이상했던 것이다.

'혹시 현음장(玄陰掌)에 당한 건가?'

빙영은 문득 불길한 생각이 들었다. 만약 그녀의 생각이 맞는다면 금오는 며칠을 넘기지 못하고 혈맥이 모두 얼어붙고 말 것이다.

'내가 조금 일찍 개입했어야 하는 건데.'

담초은의 성격이 까탈스럽기는 하지만 사람을 쉽게 죽일 정도는 아니어서 두고 보았던 것이 이런 결과를 낳았다 생각하니 빙영은 후회가 되었다.

"네놈이 어디로 도망치든 반드시 잡아서 박살을 내고야 말 테다!!!"

장쾌는 까마득히 멀어진 금오에게 고래고래 소리를 쳤다. 그리고 드디어,

투둑!

마지막 남은 한 가닥의 천년묵주사가 끊어져 나가자, 그는 있는 힘껏 땅을 박차며 달려나가기 시작했다. 아니, 그러려고 했다. 그런데,

파파팟!

등과 허리의 혈도 몇 곳에 강한 타격이 가해지는가 싶더니 장쾌의 온몸이 굳어버리고 말았다. 금오가 그토록 가격해도 꿈쩍 않던 그의 혈도가 제압되고 만 것이다.

곧이어 싸늘한 여인의 음성이 그의 귓전으로 흘러들었다.

"장쾌! 금오를 해칠 생각은 포기해라. 그를 다시 건드리려 들면 목숨을 잃게 될지도 모른다."

장쾌에게 경고를 전한 빙영은 금오가 달려간 방향으로 신형을 쏘아나가기 시작했다.

멀뚱…….

이런 경우를 두고 닭 쫓던 개 지붕 쳐다보는 격이라고 한다. 장쾌는 저만치 멀어져 가는 이름 모를 여인의 뒷모습을 바라보고 있을 수밖에 없었다.

얼마간 달려가던 금오는 숨이 차서 더 이상 신법을 전개할 수가 없었다.

"젠장… 그 우라질 것이 내 몸에 대체 무슨 짓을 해놓은 거야?"

금오는 길가의 나무 그늘에 주저앉으며 중얼거렸다. 몸 상태가 생각보다 더 심각해지는 것 같았다. 장력을 맞은 가슴 부위에는 얼음덩이가 하나 들어 있는 듯하고, 온몸은 한겨울에 발가벗고 서 있는 듯 떨려왔다.

'뭔지 몰라도 정말 지독한 장력이네…….'

이 상태로는 무산괴사를 해결하기는커녕 무산까지 가는 것도 힘들 것 같았다.

'씨바… 무산괴사도 문제지만 혈마곡에 도착하는 게 늦어

지면 그 영감탱이 하루에 일 할씩 까겠다고 덤벼들 텐데……'

오만 냥의 일 할이면 하루에 은자 오천 냥씩 사라진다는 얘기다. 혈맥이 얼어붙지 않아 별일이 생긴다 해도 금오로서는 절대 받아들일 수 없는 일이다.

'무슨 생각을 하는 거냐, 이 멍청아. 겨우 이만한 일로 늦어질 걱정부터 하고 있다니… 일단 움직이자. 가다가 혹시 쓰러지는 일이 생기더라도 그건 그때 가서 걱정하자고. 십이괴사를 다 풀어내면 무려 은자 칠십만 냥이 들어온다고. 그동안 모아놓은 돈과 합치면 백만 냥을 넘게 되니까 드디어 내 꿈을 이룰 수 있게 되는 거야. 가자, 금오. 가는 거야!!!'

금오는 스스로를 이렇게 격려하며 자리에서 벌떡 일어났다.

휘청!

갑자기 일어서는 바람에 현기증이 확 일었지만, 다시 주저앉지 않은 채 꿋꿋하게 걸음을 옮기기 시작했다. 그렇게 그가 저만치 멀어지자 약간 떨어진 나무에서 빙영이 모습을 드러냈다.

'현음장에 당한 게 확실한 것 같군.'

그렇다면 이것은 큰 문제였다. 담초은의 현음장이 비록 육성의 공부밖에 되지 않는다 하더라도, 빨리 치유하지 않고 저대로 방치한다면 사흘을 넘기지 못하고 온몸의 혈맥이 얼어붙고 말 것이기 때문이다.

또 한 가지 커다란 문제는 자신에게 현음장을 치유할 수 있는 능력이 없다는 점이다. 그녀의 내가기공 또한 음기를 바탕으로 한 것이어서 극음지기인 현음장의 기운을 몰아낼 방법이 없었다.

'그에게 사실을 알려주고 스스로 타개책을 찾도록 하는 것이 최상의 방책인가?'

이런 생각이 들었지만, 빙영은 얼른 결정을 내리기가 힘들었다. 부득이한 경우가 아니라면 금오에게 존재를 드러내지 말라고 했던 태극검성의 명령도 있으려니와 그녀 스스로도 금오와 엮이는 것이 달갑지 않았던 까닭이다. 그의 독특한 성격으로 보아 자신이 주변에 있다는 사실을 알게 되면 뭔가 귀찮은 일을 꾸밀 것이 분명했다.

그러나 아무리 생각해도 그에게 사실을 알리는 것 외에 더 좋은 방법은 떠오르지 않았다.

'기회를 봐서 말해주기로 하자.'

마음의 결심을 굳힌 빙영은 저만치 멀어진 금오의 뒤를 다시 은밀히 따르기 시작했다.

다음날 석양 무렵.

빙영은 아직도 금오에게 사실을 말해주지 않은 채 그의 뒤를 은밀히 뒤쫓고만 있었다. 어제 정오부터 꼬박 하루 한 나절이니 그녀가 마음만 먹었다면 금오에게 말해줄 시간은 얼마든지 있었던 셈이다. 그럼에도 불구하고 그녀가 아직까지 아무런 말도 하지 않은 것은 금오라는 인물의 또 다른 면을 보게 되었기 때문이다.

꿀꺽, 꿀꺽!

금오는 독한 화주를 연신 들이키며 길을 걷고 있었다. 허리에도 술병이 주렁주렁 매달려 있는 것이 인생을 술로 한번 바꿔볼까 작심한 사람처럼 느껴진다.

"너 얼마나 마시냐고 사람들에게 물어보면~ 서로 많이 마신다며 자랑하기 바쁘다네~ 두세 병은 기본이고 어떤 놈은 말술이래~ 그러거든 내 말하지 주접떨지 마시라고~ 빈속에다 화주 한 병 벌컥벌컥 들이키고~ 혀 꼬이지 않는 놈이 몇몇이나 된다고들~ 한 병에 혀 꼬이고 두 병에 갈지 걸음~ 더 마시면 인사불성 싸움질과 개토악질~ 이렇게 주접떨고 뒈지지만 않는다면~ 그것이 주량이라 큰소리들 쳐댄다네~ 그런 게 주량이면 세상 어느 연놈인들~ 한 말을 못 마실까 한 섬인들 못 마실까~? 기분이 삼삼하여 평소와 달라지면~ 그게 바로 주량인데 세상의 못난 놈들~ 뒈질 만큼 퍼마시고 주량이라 떠든다네~ 커 취한다!!! 취하고, 취하고, 또 취한다!!!"

금오는 소리를 고래고래 질러가며 휘청휘청 걷고 있다. 이건 누가 보아도 고주망태에 술주정뱅이다. 하지만 그를 보고 있는 빙영의 생각은 다르다. 금오는 지금 싸우고 있는 것이다. 자신의 온몸을 얼려 버릴 듯한 현음장의 음기와 싸우기 위하여 독주의 힘을 빌리고 있는 것이다. 그것은 참으로 현명한 생각이었다.

술도 재료에 따라 음양의 기운이 갈리지만, 기본적으로 취기가 오르는 것은 순수한 술의 기운이며, 양의 기운이다. 때문에 독주를 갑자기 많이 마시면 그 양기를 이기지 못해서 급사하는 경우도 생기는 것이다.

하루하고도 한 나절…….

그동안 금오가 마신 술은 모두 열다섯 병이나 된다. 그럼에도 불구하고 그는 잠시도 쉬지 않고 걷고 또 걸었다. 그러는 사이에 장쾌가 한 번 쫓아왔었지만, 빙영이 조용히 처리하였다. 이번에는 혈도를 좀 심하게 눌러두었으니 한 나절은 꼼짝 못할 것이다.

'대체 어디를 가는 것일까?

빙영은 금오의 행방이 궁금했다. 무산이라면 남남서로 향해야 했다. 하지만 그는 지금 서북쪽으로 향하고 있다. 술에 취해서, 아니면 현음장의 고통 때문에 정신이 혼미해진 것일까? 빙영의 생각에 그건 분명히 아니었다. 겨우 술기운이나 고통 때문에 정신이 흐트러질 금오가 아니라는 것을 이제는 아는 까닭이다.

그는 분명 어딘가 다른 곳으로 향하고 있는 것이 분명했다.

그리고 그것은 아마도 현음장의 내상을 치유하기 위함일 터였다.

　과연 금오는 무슨 방법으로 현음장의 내상을 치유하려는 것일까? 빙영의 마음속에는 어느새 금오에 대한 궁금증이, 그가 행하는 행동 하나하나에 대한 궁금증이 새록새록 피어난다. 그러나 그녀 스스로는 그런 감정의 변화를 조금도 눈치채지 못하고 있다. 아마도 좀 더 시간이 흐르고 난 뒤에 스스로를 바라보며 깜짝 놀라게 될 때까지 그녀는 이런 사실을 깨닫지 못할 것이다. 너무 오랫동안 얼어 있던 가슴이기에…….

2

　"크으… 지독하군. 대체 무슨 장력이기에…….."

　금오는 거의 쓰러질 듯 휘청거리는 다리로 어렵게 걸음을 옮겨놓고 있었다. 어느덧 날이 다시 밝아올 무렵이다.

　대체 무슨 장력이기에 이리도 지독하단 말인가? 가슴에는 얼음이 한 덩이 들어 있는 듯하고, 온몸의 혈맥이 다 얼어 들어가는 듯하다. 심장이 아직 뛰고 있다는 게 믿어지지 않을 만큼 엄청난 한기가 가슴을 얼려 들어간다.

　"그런데 그 계집앤 도대체 누구지?? 나와 무슨 원한이 있어서 이렇게 독한 짓을 한 거냐고…….."

　금오는 그녀의 정체가 궁금했다. 그녀가 애초부터 자신을 죽이기 위해 왔다는 것을 알았다면 이렇게 허무하게 당하지는 않았을 것이다. 그에게도 나름대로의 호신책이 있으니 말이다. 하지만 그녀가 처음 시비를 걸 때까지만 하여도 금오는 사태가 이 지경으로 악화되리라고는 상상조차 하지 못하였다.

"생각을 완전히 잘못했어. 애초에 확실한 방법으로 잡아버렸어야 했는데… 괜히 여유 부리다가… 으흑!!!"

금오는 가슴이 뻐개지는 듯한 통증을 느끼며 신음성을 흘려냈다. 심장 박동이 순간적으로 멈췄다 살아난 듯한 느낌이다. 만약 이런 증상이 또 한 번 나타난다면 그때는 영원히 멈춰 버릴지도 모른다는 위기감이 생겼다.

벌컥, 벌컥!

금오는 급히 술을 들이켰다. 현재로써 그가 할 수 있는 방법은 이것뿐이니까. 그때,

쩌엉!

가슴에서 정수리까지 뭔가 콱 들어박히는 듯한 통증이 일더니 숨이 턱 막혔다.

"끄윽, 끄윽!!!"

억지로 숨을 쉬기 위해 노력했지만 도무지 마음대로 되지가 않는다. 가슴이 뻐개지는 듯하고, 눈앞이 온통 새카매진다. 심장이 정지해 버린 것이 분명했다. 이대로 끝나 버리는 것인가?

금오의 위기를 직감한 빙영은 몸을 숨기고 있던 나무에서 급히 뛰어내렸다. 그때,

으직!

소름 끼치는 소리가 울려옴과 동시에 금오가 후우, 하고 한숨을 몰아쉬었다. 흠칫 놀라 바라본 빙영은 금오의 왼팔에서 선혈이 주르륵 흘러내리는 것을 발견하였다. 자기 팔뚝을 물어뜯은 것이다.

심장과 가까운 왼팔에서 갑자기 많은 양의 피가 빠져나가자, 심장 주변의 피가 빠르게 순환되며 박동을 살려낸 것이고 말이다.

이제라도 자신이 개입해야 하는 것 아닌가 하는 생각이 들었지만, 빙영은 좀 더 지켜보기로 했다. 지금 자신이 나선다 해도 한두 시진 내에 현음장의 음기를 다스릴 만한 의원을 찾지 못한다면 아무런 소용이 없을 것이다. 그러느니 차라리 금오가 해결하게 두는 것이 빠를지도 몰랐다.

금오는 다시 걷기 시작했고, 빙영은 그 뒤를 은밀히 쫓았다. 그렇게 다시 한 시진가량 산길을 걸어가자 커다란 연못이 나타났다. 호수라고 하기엔 너무 작고, 연못이라고 하기엔 조금 큰 규모였다.

"빈손으로 왔다가 빈손으로 간다네~ 그래서 인생을 나그네라 한다지~ 내 재산이 얼마고, 어디까지 내 땅이라~ 사람들은 내 것을 모으고 지키느라~ 일평생을 허비하고 가슴을

졸인다네~ 큰 집에 좋은 음식 예쁜 여자 멋진 사내~ 그것을 얻으려고 아침부터 밤늦도록~ 뼈 빠지게 일하고 노력하길 한평생~ 예전의 한 노인이 이를 보고 노래했지~ 천 칸 집을 가졌어도 잠자는 덴 방 하나요~ 만 섬 창고 가졌어도 먹는 것은 하루 한 되~ 가진 놈 없는 놈 구별이 없다건만~ 그래도 사람들은 집과 음식, 연놈 찾아~ 일평생을 헤매면서 꿈속을 살아가네~"

어디서 그런 힘이 났는지 금오가 갑자기 노래를 불러대기 시작했다. 맑은 연못의 아침을 쩌렁쩌렁 울려 나가는 것이 다 죽어가는 사람이라고는 믿어지지 않을 지경이다.

"빚내서 집 짓고선 그 빚을 갚느라고~ 아침 일찍 일어나서 밤늦도록 일을 하고~ 그 좋은 집 쓰는 것은 잠자는 방 한 칸이네~ 어쩌다 쉬는 날도 넓은 집안 청소에다~ 도둑 들까 불이 날까 근심걱정 늘어가지~ 누구나 처음에는 행복하려 돈 번다고~ 굳은 결심 말하지만 행복은 다 어디 갔나~? 목적은 상실하고 돈의 노예 되어 사네~ 가족 행복 위한다고 나의 명예 세운다고~ 밤낮없이 뛰다 보니 어느덧 석양이라~ 나 그동안 무엇했나 스스로에 물어보니~ 돈 몇 푼에 이름 석 자 나오느니 한숨일세~ 가족 위해 나를 위해 악착같이 살았는데~ 그 악착이 행복 시간 모조리 앗아가고~ 이놈 밟고 저놈 눌러 원망만 키워놨네~ 머리엔 서리 앉아 저승 갈 날 가까우니~ 구만 리 살아온 삶 되돌리긴 너무 늦어~ 어이할고

이 내 인생 한심하고 서럽도다~"

마지막 한 병 남은 술을 들이키며 금오는 끊임없이 노래를 불러댔다. 그렇게 연못을 절반쯤 돌아 나갔을 때,

"어떤 놈이 아침부터 이렇게 시끄러운 거냐?"

어디선가 그릇 깨지는 듯한 고함이 터져 나왔다. 노인의 음성인 듯하다.

그러고 보니 연못가 한편에는 나뭇가지와 풀잎으로 얼기설기 엮은 오두막이 한 칸 서 있었다. 목소리는 그곳에서 흘러나온 것 같았다.

"내가 내 입으로 떠드는데 아침이면 어떻고 저녁이면 어떻다는 거야?"

금오는 목소리의 주인공에게 들으라는 듯 크게 소리쳤다.

"주둥이 놀리는 거야 네놈 맘이지만, 소리는 천지 초목을 귀찮게 하니 시끄럽지 않게 떠들란 말이다, 우라질 꼬마 녀석아!!"

"그러는 영감이나 목소리 좀 낮추는 게 어때? 병든 놈 귀까지 먹게 할 셈이야?"

오가는 대화로 보아 금오와 이미 잘 알고 있는 인물임이 분명했다.

"아파? 네놈이??"

의외라는 듯한 음성과 함께 오두막 문이 삐걱 열리더니 오척 단구의 노인이 얼굴을 내밀었다. 금오의 다섯째 아빠 추면

귀와 함께 '누가 누가 못생겼나' 대회에 출전하면 박빙의 승부가 예상되는 생김새다.

코는 옆으로 누웠는지 물구나무를 섰는지 모를 정도이고, 귀는 보기 드문 짝짝이인데다, 크고 작은 두 개의 눈마저 일선에 정렬하지 못하고 위아래로 삐딱하게 붙어 있으니, 그야말로 추면귀를 제외하면 대적할 만한 상대가 없을 만큼 기괴한 용모다. 그러나 생김새가 추하다고 사람까지 모자란 것은 아니다.

그의 명호는 무욕개(無慾丐). 이름은 잊은 지 오래다. 사부가 지어준 별호라서 '개(丐)' 자가 들어 있기는 하지만, 그는 개방의 인물이 아니다. 그렇다고 개방과 전혀 관계가 없는 것도 아니다. 한 사부 밑에서 수학한 도개(逃丐) 율지금(律地金)이 현 개방 방주로 있는 까닭이다. 방주의 사형이면서 개방의 일원이 아닌 독특한 내력 하나만 보아도 그가 보통 인물이 아님을 알 수 있다. 뿐만 아니라 그는 대단한 의술을 지녔다고 알려져 있기도 하다.

"누구에게 얻어맞아서 얼음덩이가 된 게냐??"

금오를 위아래로 한번 훑어본 그는 금오의 상태를 정확히 짚어냈다.

"누군지는 알 거 없고, 얼음이나 좀 녹여주쇼."

금오가 비척비척 다가가며 말하자 무욕개가 인상을 찌푸리며 말했다.

"이 미친 녀석아!!! 그렇게 취해 있는데, 내상을 무슨 재주로 다스리란 말이냐?!! 주화입마에 걸려 평생 병신으로 사는 게 소원이냐?"

술이 음기를 누르는 데는 도움이 되었는지 모르지만, 내상을 다스리기 위해 진기를 움직이는 데는 커다란 걸림돌로 작용하기에 하는 말이다. 흔히 술을 마셔도 운기를 할 수 있는 것으로 잘못 아는 경우가 많지만, 술기운이 있는 상태에서 운기를 잘못하면 주화입마에 걸리기 십상이다. 또한 내상을 치유하기 위해서는 진기의 흐름을 인위적으로 조작할 필요가 있는데, 이렇게 술에 취한 상태에서는 진기의 흐름을 통제할 방법이 없다.

"그럼 누워서 한숨 잘 테니 술 깨거든 알아서 고쳐 주쇼. 그걸로 하나 까는 거야."

금오가 오두막으로 들어서며 말했다.

"까긴 뭘 까??"

"그새 잊은 거야? 잘 생각해 보슈. 내게 빚진 게 세 가지쯤 있을 테니까."

이렇게 말하며 금오는 오두막 한가운데 대자로 누워버렸다. 주인의 허락 따위는 필요도 없다는 태도다.

"육시럴 눔… 몇 년 만에 찾아와서 한다는 짓이……."

도무지 마음에 들지 않는다는 듯 투덜거리면서도 무욕개는 오두막 한쪽에서 뭔가를 주섬주섬 꺼내놓기 시작했다. 약을 제조할 때 사용하는 돌절구며, 침이 들어 있는 대나무 통 등이었다.

금오는 술이 깨거든 고쳐 달라며 태평스럽게 잠이 들었지만, 이 상태로는 한 시진도 버티기 힘들다는 것을 무욕개가 모를 리 없다. 금오도 무욕개를 믿고 하는 행동일 테고 말이다.

"일단 술이 깰 때까지 심장이 멈추지 않도록 조치를 취해 둬야겠군."

무욕개는 몇 가지 약재를 돌절구에 넣고 찧기 시작했다.

빙영은 오두막에서 다소 떨어진 숲속에 몸을 웅크리고 있었다.

'금오가 무욕개 어른과도 친분이 있을 줄이야…….'

비단 그녀뿐 아니라 누가 보더라도 이것은 일대 사건이었다. 사제인 현 개방의 방주조차 그를 한 번 만나려면 열 번은 찾아와야 한다는 말이 있을 정도로 세상과 담 쌓고 사는 기인이 바로 무욕개인 까닭이다.

그런데 금오는 자기가 아쉬울 때 불쑥 찾아와서 그의 오두막까지 차지하고 누웠으니 어찌 놀랍지 않겠는가? 처음에 태극검성이 금오를 보호하라는 명을 내릴 때만 해도 저런 망나니 녀석의 어디가 마음에 드신 것인가 의아했었는데, 시간이 흐를수록 금오에게선 남다른 무엇인가가 느껴진다.

호반이 석양으로 발갛게 물들어가는 시각.

무욕개의 오두막에선 한바탕 소란이 일어나고 있다.

"아우, 씨바!!! 좀 안 아프게 찌를 수는 없어??"

"시끄러워, 이놈아!! 침 맞는 게 싫으면 이런 꼴을 당하지 말았어야지."

"낸들 이러고 싶어서 이랬겠어?"

"주둥이 자꾸 놀리면 침 길이만 자꾸 늘어난다."

"끄아압!!! 늙은 거지가 사람 잡네!!!"

"주둥이 놀리는 걸 보니 이번엔 조금 굵은 침으로 찔러야 할 모양이구나?"

"그래 어디 마음대로 한번 해봐. 내상 치유되고 나서 보자고!!"

"나중에 보자는 놈, 절대 무섭지 않다더라."

"끄아아아아… 침을 놓는 거야, 젓가락을 쑤셔 넣는 거야??"

"젓가락만 한 침이다, 이놈아!"

금오와 무욕개가 옥신각신하는 사이 석양은 어느덧 잿빛으로 물들고, 동녘 하늘에선 땅거미가 별을 몰고 달려온다.

시간이 조금 더 흘러 이슥해진 밤.

호수에는 별이 가득 쏟아지고, 오두막엔 고요가 찾아왔다. 드디어 금오의 치료가 끝난 모양이다.

"샹… 온몸에 구멍이 뿅뿅 뚫렸네…….”

“얼어 죽게 생긴 놈 살려놨으면 됐지 뭐가 불만이냐?”

“기왕 살리는 거 좀 안 아프게 하면 좋잖아!!”

“현음장이 그렇게 만만한 무공 같으냐?”

“현음장??”

“네놈이 당한 장력 이름도 모르고 있었던 게야??”

“그거 혹시 태극검가 인간들이 쓰는 무공 아냐?”

“왜 아니겠냐? 태극검가 중에서도 수뇌 급들만 익힐 수 있
는 극음장력이다.”

“그 영감탱 그렇게 안 봤더니 아주 쪼잔하네…….”

“뭐야, 인석아? 내가 뭘 잘못해서 쪼잔하다는 거야?”

“오해하지 마쇼. 영감이 아니라 그 영감 얘기한 거니까.”

“그 영감??”

“태극검성인가 지랄인가 하는 영감 말이야.”

“방금 태극검성이라고 했냐?”

무욕개가 두 눈을 휘둥그렇게 뜨며 물었다.

“알아?”

“당연히 알지!!”

“알면 아는 거지 왜 소리는 지르고 난리야?”

“일단 한 대 때리고 말해주마.”

“왜……??”

따악!

"아윽!!"

"내가 사부님 다음으로 존경하는 사람이 바로 태극검성이다, 인석아!! 그런데 뚫린 입이라고 함부로 험담을 해??"

"쪼잔하니까, 쪼잔하다고 하지!!! 나라고 없는 말 하겠어??"

"그래? 그럼 어디 그 이유 좀 한번 들어보자."

"그 영감이 내 똥 수레를 부숴서 그 값으로 은자 오백 냥을 받아 챙겼어. 그런데 줄 때는 싱글싱글 웃더니 이제 와서 못된 계집을 보내 나를 죽이려 하니 쪼잔하다는 소리가 안 나오게 생겼냐고?"

금오는 자기가 저지른 만행(?)을 간략하게 정리하여 빠르게 쏘아붙였다. 그러자,

"에라, 이 녀석!!!"

빠아악!

무욕개는 더 무지막지한 알밤을 날렸다.

"끄으으… 머리통 구멍났겠네……."

금오는 두 손으로 머리를 부여잡은 채 어찌 할 줄을 몰랐다. 정말 아픈 표정이다.

"태극검성이 겨우 은자 오백 냥 때문에 살수를 보냈다고? 그걸 말이라고 하는 거냐?"

"아니면, 태극검가 계집이 왜 나를 죽이려 하겠어?"

"네 녀석이 그 아이 목욕하는 장면이라도 훔쳐본 게지."

"널린 게 여잔데 내가 뭐 할 짓이 없어서 그딴 걸 훔쳐보겠어?"

"그것도 아니면 뭔가 다른 원한을 샀던가. 사방에 원한을 깔아놓고 다니는 게 네 녀석 특기 아니냐?"

"내 성질 지랄맞다는 건 나도 알지만, 너무 노골적으로 그러지 말자고. 알고 보면 영감 성질도 만만치 않으니까."

"안다니 다행이구나. 그런데 이 동네는 무슨 볼일로 왔던 게냐? 네 녀석은 낙양사람들 청부받기도 바쁠 텐데?"

"큰 건수가 하나 생겼거든."

"얼마나??"

"다 해결하면 은자 칠십만 냥."

"은자 칠십만?!! 황제 암살 청부라도 받은 거냐?"

"거참 말을 해도… 내가 사람 죽이는 청부받는 거 봤어?"

"그건 그렇지……."

"강호십이괴사를 풀어달라는 청부야. 건당 오만에 성공 축하금 십만……."

"강호십이괴사!!!"

솔깃한 표정으로 이야기를 듣던 무욕개가 크게 소리치며 허리를 곧추세웠다.

"뭘 그렇게 놀라?"

"그래서 그 청부를 넙죽 받아들였다는 말이냐??"

"그렇지 않아도 언제고 한번 부딪쳐 볼 생각이었는데, 청부금까지 넉넉히 주겠다니 거부할 이유가 없잖아?"

"그만두거라. 아무리 네놈이라도 십이괴사에 덤비는 건 너무 무모해."

"위험하다는 건 나도 알지만, 걱정 마. 일 년 안에 모조리 까발려 놓을 테니까."

"일 년은 고사하고 석 달도 넘기지 못해서 싸늘한 시체가 되고 말 게다."

무욕개가 정색을 하며 말하자 금오가 못마땅하다는 듯 되받아쳤다.

"혹시 나 죽는 게 영감 평생소원이야? 아니면 자라나는 새싹 싹둑 잘라 버리는 게 새로 생긴 취미야?"

"농담하는 게 아니다. 십이괴사는 네놈이 함부로 덤벼들 만큼 호락호락한 사건이 아니야. 개방을 포함한 구파일방에서도 십이괴사를 풀어보려다가 고수 수십 명이 죽었다고 들었다. 건드리지 않는 게 좋아."

"글쎄 걱정 마. 어차피 죽을 운이라면 십이괴사에 덤벼들지 않더라도 죽을 테고, 살 운이라면 십이괴사 아니라 백이십 괴사를 풀더라도 살아남을 테니까."

무욕개는 잠시 동안 아무런 대꾸도 하지 않았다. 금오의 고집을 꺾을 수 없다고 판단한 까닭이다.

"그래. 네놈이 고집을 부리는 것도 운명이라면 운명이겠지. 그건 그렇고… 저 바깥에서 얼쩡대는 아이는 대체 누구냐?"

"바깥??? 혹시 그 인간이 쫓아온 건가?"

금오는 장쾌가 쫓아오지 않았나 하여 바깥을 내다보았다. 하지만 아무도 보이지 않는다.

"대체 누가 있다고 그러는 거야?"

금오가 영문을 모르겠다는 듯 묻자, 무욕개가 바깥으로 나오며 말했다.

"네놈도 모르고 있었던 모양이구나?"

"나도 모르는 누가 있다는 거야?"

금오가 다시 물었지만 무욕개는 대답을 하지 않은 채 오두막에서 십여 장 정도 떨어진 곳에 있는 고송으로 시선을 돌렸다.

"누군지 몰라도 그만 나오는 게 어떠냐? 미리 경고하지만, 경공에서 나를 따를 자는 천하에 그 누구도 없다. 그러니 도망갈 생각은 포기하는 게 좋아."

무욕개가 내공 실은 음성으로 나직하게 말하고 얼마 지나지 않아 소나무 가지가 가볍게 흔들리더니 한 인물이 땅에 내려섰다.

그녀의 이름은 빙영.

물론 금오는 모른다. 무욕개 또한 모른다.

어깨 너머로 찰랑한 머릿결과 새하얀 피부가 대조되어 단정하면서도 차가운 느낌이 물씬 풍겨 나오는 여인 빙영. 누가 보아도 아름답다 할 만큼 그녀의 미모는 독보적이다. 하지만 금오는 그녀의 미모 따위에는 관심이 없다. 다만 그녀가 왜 저런 곳에 숨어 있었는지가 궁금할 따름이다.

'날 쫓아온 건가?'

갸웃!

'혹시 그 싸가지가 갑자기 공격을 멈추고 가버린 이유가 저 여자 때문인가?'

여기까지는 무리없이 유추가 가능하다. 하지만 다시 갸웃.

'그런데 저 여자가 왜 나를 쫓아다니지?'

가장 중요한 의문은 여전히 풀 길이 없다.

이십여 장의 거리를 두고 빙영의 뒤를 쫓고 있던 담초은은 숨을 죽인 채 상황을 예의주시하였다. 거리가 멀어 일반적인 대화는 들을 수 없었지만, 조금 전 무욕개가 내공을 실어 외친 음성은 그녀도 분명히 들을 수 있었다.

'저 늙은이는 대체 누구지? 십여 장 거리에 은신해 있는 빙영을 단번에 알아차릴 정도면 대단한 고수임에 분명한데……'

담초은은 자신이 알고 있는 강호 지식을 곰곰이 되짚어보았다. 하지만 선뜻 떠오르는 인물을 찾아낼 수가 없다.

'어쨌거나 저 늙은이 때문에 일이 망쳐지고 말았군. 빙영이 저렇게 지키고 있으니 내 능력으로 기습을 가한다는 건 거의 불가능한 일이고……'

무슨 생각을 한 것일까? 담초은은 조심스럽게 뒤로 물러나기 시작했다. 지금 자리를 뜬다는 것은 금오를 포기한다는 뜻이 될 수도 있다. 하지만 그녀의 눈빛은 결코 포기를 말하지 않는 듯하다.

第七章

글쎄 됐다니까!!!

1

　"그러니까… 태극검성 영감탱이 나를 보호하라고 했다 이 거지……."

　금오가 끄느름한 눈길로 빙영을 쳐다보며 물었다.

　그녀는 무욕개에게 발각된 이후에 곧바로 모든 사실을 털 어놓았다. 무욕개의 장담대로 경공에 관한한 그를 이길 자신 도 없을뿐더러, 무리하게 도주할 경우 괜한 오해를 살 가능성 이 높았기 때문이다. 그래서 차라리 사실대로 털어놓고 금오 와 동행하는 길을 택하기로 한 것이다. 그런데,

　"여태껏 감시를 받았다고 생각하니까 갑자기 기분이 더러 워지려고 하네……."

금오는 그녀가 계속 뒤를 따랐다는 사실이 몹시도 마음에 안 드는 표정이다.

"감시가 아니라 보호였다."

"보호는 개뿔… 내가 혹시 제갈 영감탱 만나나 보라고 딸려 보낸 거잖아."

"제갈 노인이라면 혹시 혼원마성 제갈혁세를 말하는 거냐?"

"당연하잖아. 당신 주인은 내가 그 영감탱을 빼돌렸다고 생각하고 있으니까."

"그건 확실히 아니다. 주군께서는 감시가 아니라 보호를 명하셨으니까."

"이랬거나, 저랬거나 필요없으니까 가봐. 난 누군가의 보호를 받아야 할 만큼 허약하지 않으니까."

"그래서 초은 아가씨에게 그렇게 당한 거냐?"

"이봐. 뭔가 잘못 알고 있는 거 같은데, 만약 당신이 무슨 수를 써서 그 싸가지를 돌려보낸 거라면 나를 보호한 게 아니라 그 여자를 보호한 거야. 그때 만약 그 싸가지가 다시 공격해 왔다면 나도 어쩔 수 없이 극단적인 방법을 동원해서 대응했을 테고, 그러면 그 싸가지는 절대 살아 돌아갈 수 없었을 테니까."

금오의 대답을 들은 빙영은 머리가 갑자기 혼란스러워졌다. 금오라면 정말 담초은을 죽일 방법을 가지고 있을지도 모른다는 생각이 든 것이다. 하지만 무슨 방법으로?

"혹시 궁금할까 봐 알려주는 건데, 당신 주인이나 제갈 영감탱 정도라면 모를까, 날 이길 수 있는 인간은 강호에 그렇게 많지 않아. 꼭 무공만이 능력은 아니거든? 내가 죽이자고 마음만 먹으면 당신 정도는 간단히 처리할 수 있는 방법이 열다섯 가지쯤 되니까."

이렇게 말한 금오는 무욕개를 통해 확인시켜 주겠다는 듯, 그에게 시선을 돌리며 물었다.

"안 그렇소, 영감??"

순간,

빠악!

무욕개의 주먹이 그의 머리에 작렬하였다.

"아우, 샹… 왜 또 때려?!! 건듯하면 사람 치는 습관 좀 고치라고 했지!!!"

"네 녀석이야말로 그 못된 버릇 좀 고치라고 하지 않았더냐?"

"내가 뭘??"

"다른 사람 있을 때는 최소한 영감 뒤에 님 자 정도는 붙이라고 골백번은 얘기했을 거다, 이 녀석아!!"

"천성이 그런 걸 어쩌란 말이야?"

"내 주먹도 천성이다, 이 녀석아!!"

서로 잡아먹을 듯 고함을 치고 있는 두 사람을 보고 있자니 빙영은 머리가 더욱 혼란스럽다. 대체 금오라는 인간의 어디가 특별하기에 천하의 내로라하는 명숙들이 저런 버르장머리를 귀엽게 받아준단 말인가? 그녀는 도저히 이해할 수가 없다.

"어쨌든!!!"

금오가 갑자기 그녀를 쳐다보며 소리치는 바람에 빙영은 흠칫 놀라 바라보았다.

"보호 따위는 필요없으니까 다시는 따라다니지 마!!!"

빙영의 눈썹이 살짝 일그러졌다. 지금까지 그 누구에게도 이런 대접을 받아본 적이 없는 까닭이다.

"나는 주군의 명령을 따를 뿐이다."

"그 영감탱이 뭐라고 했든 나는 됐으니까 그렇게 알아."

"네 생각 따위는 중요치 않아!!"

은근히 심사가 뒤틀린 빙영이 차갑게 쏘아붙였다.

"나를 쫓아다니면서 내 생각은 필요없다니, 뭐 이렇게 개떡 같은 경우가 다 있어?"

금오가 따지고 들었지만, 빙영은 더 이상 대꾸하지 않았다. 주군의 명령은 협상의 대상이 아니니 더 이상 얘기할 필요가 없는 것이다.

장쾌는 금오의 흔적을 따라 뒤를 쫓고 있었다.

혈도를 제압당한 후유증으로 아직도 온몸이 욱신거렸지

만, 장쾌는 꾹 참으며 금오의 흔적을 따라가기에 여념이 없다. 무슨 이유 때문인지 몰라도 금오가 한 주점에 들러 독주를 서른 병이나 구입해 간 덕에 뒤를 쫓는 것은 어려움이 없었다. 간혹 떨어져 있는 술병을 따라가기만 하면 되는 일이었으니까. 다만 그 독사 같은 여자—다른 사람들은 어떤지 몰라도 장쾌의 기준으로 볼 때 빙영은 미녀가 아니었다—가 또 나타나서 방해하지 않을까 염려가 될 뿐이다.

'땅끝까지라도 쫓아가서 박살을 내고야 말 테다, 이 자식!!'

속으로 이를 갈며 뒤를 쫓던 장쾌는 어느덧 호숫가에 이르게 되었다. 그리 크다고 할 수는 없지만, 달빛이 찰랑이고 있는 호반이 무척이나 맑고 아름다웠다. 물론 장쾌는 그런 아름다움을 감상할 만한 마음 자세가 되어 있지 않았지만.

장쾌는 호숫가를 따라 걸어나갔고, 얼마 지나지 않아 무욕개의 오두막을 발견하였다. 주변에 다른 인가라고는 찾아볼 수 없었으므로 장쾌는 그곳에서 금오의 행방을 한번 알아보기로 하였다.

"계슈?!"

장쾌가 걸걸한 음성으로 소리치자 안에서 부스럭거리는 소리가 났다. 하지만 아무도 나와보지는 않았다. 당연히 대꾸도 없다.

"계슈?!"

장쾌가 다시 소리쳤지만, 이번에도 부스럭거리는 소리만
날 뿐 아무런 대꾸가 없다. 장쾌는 혹시 금오가 숨어 있는 것
이 아닌가 하는 의구심이 들었다. 그러고 그것은 곧 확신으로
이어졌다. 특별한 이유는 없다. 장쾌 같은 단순한 성격은 뭔
가 한 가지 생각에 몰입하면 다른 가능성은 모조리 무시해 버
리는 경향이 있기 때문이다.

"이 자식!! 너 잘 걸렸다!!"

와지끈!

금오가 숨어 있다고 확신한 장쾌는 문을 열 필요도 없이 오
두막을 그대로 부수며 안으로 뛰어들었다. 그런데 금오의 모
습은 어디에도 없고, 웬 웃기게 생긴 노인이 더 웃기게 생긴
자세로 자신을 쏘아보고 있지 않겠는가?

마치 차를 마시다가 놀라서 쳐다보는 듯한 자세였는데, 이
상한 것은 찻잔을 손과 발로 동시에 잡고 있다는 점이었다.
게다가 무슨 문제가 있는 것인지 문을 부수고 들어온 침입자
가 있는데도 찻잔을 입에서 뗄 생각을 하지 않고 있었다. 아
니, 어쩌면 찻잔을 뗄 수 없는 것인지도 몰랐다.

비록 웃기는 몰골에 웃기는 자세였지만, 장쾌가 조금만 신
경을 썼더라면 노인의 눈빛이 범상치 않다는 것을 알아챌 수
있었을 것이다. 하지만 지금 장쾌는 금오를 찾는 데만 혈안이
되어 노인의 범상치 않은 눈빛 따위는 알아볼 겨를이 없다.

"이봐, 늙은이. 여기 기생오라비 같은 자식 하나 들르지 않

았었나?"

장쾌의 싸라기 반 토막짜리 질문이 이어지자 무욕개의 두 눈에 불이 확 들어왔다.

'그렇지 않아도 성질나 죽겠는데, 저 버르장머리없는 녀석이나 녹신하게 두들겨 줄까?'

이런 생각이 저절로 떠올랐지만, 무욕개는 얼른 그 생각을 지워 버렸다.

'아냐, 아냐. 순간의 성질을 못 참아서 부모님의 유일한 유품인 찻잔을 깨버릴 수야 없지.'

대체 무슨 사연이 있는 것인지 무욕개는 끓어오르는 화를 꾹꾹 눌러가며 자세를 그대로 유지하였다. 그러고 보니 그의 입술은 물론 두 손과 한쪽 발 모두 찻잔에 찰싹 달라붙어 있는 상태였다.

'금오 이 우라질 놈의 자식!! 머리통 몇 대 때렸다고 늙은 이를 이 꼴로 만들어놓고 가버려?'

금오에게 당한 걸 생각하니 무욕개는 또 울화가 치밀었다. 녀석이 차를 손수 끓여줄 때 뭔가 이상하다는 생각을 했어야 하는데, 아무 생각 없이 찻잔에 입을 댔더니 철썩 들러붙고 만 것이다. 찻잔을 잡았던 손은 물론이고, 놀라서 엉겁결에 잡아버린 왼손과 마지막 수단으로 사용했던 오른쪽 엄지발가락까지 차례로 찻잔에 들러붙고 말았다.

그 모습을 보고 있던 금오가 키득거리며 귀에다 속삭였다.

"내가 후회할 거라고 했지?"

'이 우라질 녀석, 이거 당장 떼지 못하겠냐?'

입술이 들러붙어 말을 할 수 없었던 무욕개는 이런 감정을 실어서 녀석을 쏘아보았다. 그러자 금오가 알아들었다는 듯 대꾸했다.

"궁금할까 봐 알려주는 건데, 그거 찰나산(刹那散)이라고 하는 물건이거든? 들러붙은 살을 포기하거나 찻잔을 부수기 전에는 절대로 떨어지지 않을 거야. 하지만 너무 걱정은 하지 마. 한 나절만 지나면 저절로 떨어지게 될 테니까. 그럼 난 이만 사라져 줄게, 영감. 내상 치료해 줘서 고마웠어. 아, 그리고 아직 빚진 거 두 가지 남았다는 거 있지 마."

얄밉게 말을 한 금오는 생글생글 웃는 얼굴로 한 손을 살래살래 흔들어주고는 오두막을 떠나갔다.

'사흘간 똥물에 삶아서 나흘간 구정물에 데쳐 내도 시원치 않을 녀석……'

무욕개가 잠시 이런 생각을 하고 있는데, 커다란 얼굴이 눈앞에 불쑥 나타났다.

"내 말 못 들었나, 늙은이? 금오라는 기생오라비 녀석이 여기 들르지 않았느냔 말이다."

'네 녀석이 보기엔 이 자세가 대답하기에 적합하다고 생각하는 거냐……?

무욕개가 멀뚱한 눈으로 쳐다보자 장쾌가 그의 양 어깨를
잡고 번쩍 들어 올리며 소리쳤다.

"뭐라고 대답을 좀 하란 말이다!!!"

'요즘 어린것들은 다 이렇게 싸가지가 없는 건가… 금오
녀석에게 영감 소리 듣는 것도 지겨운데 이 녀석은 한술 더
뜨네…….'

무욕개는 부모님의 유일한 유품이 망가질까 봐 찻잔을 꼭
잡은 채 장쾌를 쏘아보기만 할 뿐이다.

"대답을 해, 대답을 하란 말이다!!! 귀가 먹은 거냐, 아니면
주둥이가 막힌 거냐? 왜 대답을 못해? 대답을 할 수 없으면 손
가락으로 글씨라도 써봐!!"

장쾌가 답답하다는 듯 마구 흔들어대기 시작했다.

'으그극!! 입술, 내 입술…….'

거센 흔들림으로 인해 찢어지려 하는 입술을 보호하기 위
해 무욕개는 필사적으로 찻잔에 매달려야 했다. 그런데 그때,

"이 까짓 찻잔이 뭐기에 손발로 움켜잡고 놓지 못하는 거
냐?!!"

장쾌가 찻잔을 와락 움켜쥐었다. 그 거대한 손이 복잡하게
얽힌 찻잔 사이로 파고들자 무욕개의 입술은 찢어져 떨어지
고 말았다. 그것만으로도 화가 뻗칠 일인데,

팍삭!

이 무식한 녀석이 부모님의 유일한 유품인 찻잔을 박살 내 버리지 않겠는가?

'끄으으… 한 시진만 더 버티는 되는 거였는데…….'

더 이상 지켜야 할 것이 없어져 버린 무욕개는 드디어 분노를 폭발하고 말았다.

"이. 버.르.장.머.리.없.는. 녀.석!!! 오늘 너 죽고 나 죽는 거다!!!"

무욕개의 고함이 천둥처럼 터져 나옴과 동시에,

"끄아아아아악!!!"

장쾌의 비명이 연이어 터져 나왔다. 칠성의 은산철벽공 따위는 아무런 도움도 되지 않는다는 듯 처절하기 그지없는 비명이다. 하지만 그것도 잠시.

"우켈켈켈!!! 그, 그것만은 제발… 우헤헥!!!"

장쾌의 진정한 비명(?)이 흘러나오기 시작했다. 장쾌를 처음 보는 무욕개가 그의 최대 약점을 어떻게 알았는지는 중요치 않다. 중요한 건 그가 제대로 마음먹고 간지럼을 태우고 있다는 사실이다. 아는 사람은 다 아는 일이지만, 무욕개는 한 번 작심하면 끝을 보는 성격이다. 하루, 혹은 사흘… 어쩌면 열흘쯤 장쾌는 지옥 구경을 하게 될지도 모른다.

무욕개는 말 그대로 '욕심이 없는 거지' 라는 뜻이다. 그러나 오직 한 가지 그가 집착을 갖고 있는 것이 있으니, 그게 바로 부모님이 남기고 가신 찻잔이었다. 그런데 그걸 깨버렸으니, 장쾌는 무욕개가 유일하게 지니고 있던 집착으로부터 자유로워질 때까지 그 대가를 지불해야 할 것이다.

"우히히힉!!! 흐헤헤헤헥!! 그만… 흐갸갸갹!!! 간지럼만은 제발… 우아아학!!! 거, 거기는… 겨드랑이는 정말 안 되는… 쿠헤헤헥!!!"

장쾌의 즐거운(?) 비명이 호수의 밤을 하얗게 밝힌다. 어쩌면 웃다 죽는 천하 최초의 인간이 탄생할지도 모를 일이다.

"얼굴이 예쁜 것도 몸뚱이 잘난 것도~ 세상을 살아가는 훌륭한 무기라며~ 예쁜 것들 언제나 얼굴값 하려들지~ 잘생긴 얼굴 팔고 쭉쭉 빠진 몸매 팔아~ 상대를 유혹하고 혼을 쏙쏙 빼놓는 짓~ 몸 파는 기녀들과 다를 바 없건마는~ 미모를 무기 삼아 이 세상 사는 것이~ 너무나 당연타고 큰소리들 탕탕 치네~"

무욕개의 오두막을 떠나온 지 어느덧 나흘째. 현음장의 내상을 치유하느라 허비한 시간을 만회하기 위해 금오는 최소한의 휴식 시간을 제외하곤 잠시도 쉬지 않고 달려왔고, 그 덕에 지금은 무산 인근에 거의 도달한 상태였다.

"하지만 이것들아, 생각 한번 다시 해봐~ 미모가 무기라면 돈과 힘과 명예 권세~ 이것 또한 무기라서 제멋대로 휘두르면~ 힘없는 놈 돈 없는 놈 명예 권세 없는 놈은~ 이리저리 얻어터져 피 터지고 개떡 돼도~ 찍소리하지 말고 죽은 듯이 살란 거냐~? 예쁜 얼굴 잘난 몸매 하늘 부모 주셨다고~ 좋은 가문 부귀영화 내 손에 쥐었다고~ 없는 사람 못난 사람 비웃으며 사는 것들~ 나중에 뒈져 봐라 눈 감으면 지옥이지~ 예쁜 얼굴 잘난 몸매 명예 권세 부귀영화~ 그곳에선 어느 것도 힘이 되지 못할 테니~ 기름에 튀겨지고 똥물에 빠져 가며~ 천년만년 억만 겁을 후회해도 소용없다~"

무욕개에게 치료를 받은 이후로 금오는 그전보다 더욱 힘이 솟는 듯—아무래도 무욕개가 내상만 치유해 준 것이 아니라 뭔가 다른 힘을 부여한 것이 아닌가 하는 의심이 들 정도로 펄펄 살아서—하루 두세 시간만 자고 온종일 움직이면서도 조금도 피곤한 기색을 보이지 않았다. 뿐만 아니라 틈만 나면 노래를 고래고래 불러대는데, 그 내용이 항상 미인과 힘있는 자들을 깎아내리는 것뿐이었다.

그 내용에 자신을 지칭하는 어떤 내용도 들어 있지 않음에도 불구하고 그를 뒤쫓고 있는 빙영은 노래를 들을 때마다 심기가 불편해졌다. 그가 말하는 '얼굴 예쁘고, 몸매 잘난 것들'이 왠지 자신을 지목하는 말 같았기 때문이다.

그래도 노래쯤은 얼마든지 들어줄 용의가 있는 빙영이었다. 하지만 틈만 나면 저질러대는 금오의 망나니 행동은 정말로 참아주기가 힘들었다.

"어이구, 한동안 달려왔더니 아래가 또 묵직한걸?"

앞서 가던 금오가 발길을 멈추며 큼직한 음성으로 중얼거렸다. 그와 동시에 미리 준비라도 하고 있었다는 듯 바지를 홀렁 벗어 내리지 않겠는가? 그 동작이 얼마나 빠르던지 미리 마음의 준비를 하고 있었음에도 불구하고 빙영은 그의 허여 멀건 엉덩이를 또 보고야 말았다. 벌써 열 번 이상 본 광경이 어서 오른쪽 엉덩이에 찍힌 반점의 위치까지 저절로 외우고 있을 지경이다.

'저 망할 자식!!'

빙영은 근처에 있던 나무 뒤로 얼른 몸을 숨겼다. 그런데 곧이어 흘러나와야 할 쉬 하는(?) 소리가 들리지 않았다. 이번 엔 또 무슨 짓을 하려는 것일까? 빙영은 갑자기 불안한 마음 이 들었다. 아니나 다를까?

"저 나무가 마음에 딱 드는걸? 기왕이면 될성부른 나무에 거름을 줘야지."

망할 녀석이 자신이 숨어 있는 나무를 향해 다가오지 않겠 는가? 빙영은 입술을 깨물며 신형을 날려 자리를 피하였다. 그러자 금오가 소리쳤다.

"어이, 아가씨! 나를 보호해야 한다며 어디를 급히 가시나? 내가 소변보다가 독사에게 고추라도 물리면 어쩌라고?"

한마디 대꾸를 해주면 열 마디, 스무 마디로 이어가는 금오 의 특성을 잘 알고 있었기에 빙영은 일절 대꾸를 하지 않았 다. 하지만 그렇다고 가만히 있을 금오이던가?

"이봐! 당신 혹시 나를 남자로 생각하고 있는 거야? 그래서 부끄러운 거야?"

금오는 그녀가 옮긴 곳으로 다시 걸어오며 말을 걸었다. 물론 바지는 홀렁 내린 그대로일 것이다.

정말이지 이런 녀석은 처음이다. 놈이 현음장에 당했을 때 잠시 가졌던 호감은 사라진 지 이미 오래다. 세상에 저런 망나니를 그 어떤 여자가 좋아할 수 있단 말인가?

빙영은 다시 자리를 옮기기 위해 두 발에 힘을 주었다. 그런데 그때,

좌아아아…….

시원스러운 그 소리(?)가 들려오기 시작했다. 금오가 다가오다 말고 일을 보기 시작한 모양이다. 이럴 때 움직이면 자기 걸 보고 싶어서 일부러 그랬다는 등 말도 안 되는 소리를 떠들어댈 것이 분명했기에 빙영은 그 자리에 가만히 있기로 하였다. 그런데,

촬, 촬, 촬…….

끊기듯 이어지는 묘한 물소리, 그리고 낙엽을 밟는 발자국 소리가 자신을 향해 천천히 다가오는 것이 느껴졌다.

'정말 상종 못할 망종이네.'

빙영은 어쩔 수 없이 왔던 길을 되돌아 십여 장이나 신형을 쏘아내야 했다. 그래야만 이 망나니의 장난—사실 이건 장난이라고 할 수 있는 수준이 아니지만—이 멈출 테니까.

마침 십여 장을 뒤쫌에 커다란 바위가 있었으므로 빙영은

그곳에 몸을 숨겼다. 그런데 어떻게 된 일인지 아무런 소리도 들리지 않았다. 한 번 시작하면 뭘 자랑이라도 하려는 듯 한참이나 쏟아내던 그이건만 이번에는 웬일로 빨리 끊겨 버린 것이다.

하지만 빙영은 섣불리 고개를 내밀지 않았다. 금오는 아마도 그러기를 바라며 이쪽을 보고 있을 것이 분명했기 때문이다. 그렇게 시간이 흘러갔다. 그런데도 아무런 기척이 들려오지 않았다.

'가만⋯⋯!!'

그제야 빙영은 소변보는 소리뿐 아니라 그의 호흡 소리도 감지되지 않는다는 사실을 깨달았다.

'속았다!'

생각과 동시에 그녀는 바위 위로 신형을 솟구쳐 올렸다. 바로 그 순간,

"푸하아!!! 숨 참느라 죽는 줄 알았네."

금오의 목소리가 들렸고, 빙영은 결국 그것을(?) 보고야 말았다. 금오가 보라는 듯 그녀의 정면에 척 버티고 선 채 당당하게 그것을 드러내고 있었던 까닭이다.

2

"이 망할 자식!!!"

빙영은 얼른 바위 뒤로 다시 숨었지만, 방금 본 그 흉측한 광경이 눈앞에서 지워지지를 않았다. 만약 다른 놈이 이런 짓을 저질렀다면 당장 목을 베고도 남았을 것이다. 하지만 그녀는 주군으로부터 금오를 보호하라는 명을 받은 사람이다. 저 망나니 녀석이 무슨 짓을 하더라도 그녀로서는 혼내줄 방법이 없는 것이다.

그런데 이놈의 심장은 왜 이리도 쿵쾅거린단 말인가? 귀는 왜 이렇게 윙윙 울리는 것이며, 머리는 왜 어질어질한 것인가?

어지간한 일로는 눈 하나 깜짝 않는 빙영이었지만, 세상에 태어나 처음 보는 사내의 그것은 확실히 충격이었던 모양이다.

빙영은 바위 뒤에 몸을 숨긴 채 한동안 움직이지 못하였다. 그렇게 가슴을 진정시키고 있던 그녀는 언제부터인가 금오의 인기척이 또다시 느껴지지 않는다는 사실을 깨달았다. 하지만 이번에는 쉽게 모습을 드러낼 수가 없었다. 고개를 내밀면 금오가 아까 모습 그대로 있을 것만 같은 생각이 들었기 때문이다.

그녀는 몸을 숨긴 채 청각을 한껏 끌어올려 그의 호흡이나 심장 박동을 감지해 보았다. 여전히 아무것도 감지되지 않았다.

'정말 사라진 건가?

문득 이런 생각이 들었음에도 불구하고 그녀는 쉽게 고개를 내밀지 못하였다. 또 속는 것은 아닐까 하는 생각으로 몇 번을 망설이던 빙영은 시간이 좀 더 흐르고 난 뒤에야 힘겹게 고개를 내밀 수 있었다. 그런데 정말 사라지고 없다.

그동안 수없이 엉덩이를 보여주었던 것도, 오늘따라 더욱 과감하게 그것을(?) 노출한 것도 이 순간을 위하여 철저하게 계산된 행동이라는 얘기다. 그의 계산에 자신은 깨끗이 놀아난 꼴이고 말이다.

하지만 빙영은 그다지 걱정하지 않는다. 자신이 숨어 있었던 것은 불과 일각도 안 되는 시간이었다. 그사이에 달아나 봐야 얼마나 갈 수 있단 말인가? 그의 목적지는 이미 알고 있으니 전력을 다해 쫓아간다면 반 시진 내에 따라잡을 수 있다는 것이 그녀의 생각이다.

파앗!

그녀는 두 발에 진기를 집중하여 금오가 사라진 방향으로 빠르게 쏘아나갔다. 그렇게 그녀가 까마득히 멀어지고 난 뒤였다.

"왜 내가 도망갔을 거라고 단정 짓지? 귀식대법을 펼치며 이렇게 숨어 있을 수도 있는데 말이야."

어디선가 금오의 음성이 흘러나오는가 싶더니 빙영이 몸을 숨기고 있던 바위에서 약 십여 장 떨어진 곳에 있는 고목의 껍질이 스르르 흘러내렸다. 아니, 그것은 나무껍질이 아니라 부드러운 천으로 만들어진 위장포였다.

"은자 쉰 냥이나 해서 조금 비싸다 싶었는데, 아주 요긴하게 써먹었네."

모습을 드러낸 금오는 위장포를 반듯하게 접기 시작했다. 그의 전신을 덮을 만큼 큰 천이었음에도 불구하고 착착 접으니 한 줌도 되지 않는 부피였다.

"이럴 줄 알았으면 좀 더 여러 색을 구입해 두는 거였는데. 위장포가 이거 하나여서 비슷한 색깔의 나무를 찾느라 애먹었잖아."

위장포를 갈무리한 금오는 등짐을 뒤져 작은 약병과 몇 가지 물건들을 꺼내기 시작했다.

"당신은 나를 다시 찾을 수 있을 거라 생각하겠지만, 꿈 깨는 게 좋을 거야. 당분간 금오는 이 세상에서 사라질 테니까."

작은 소리로 중얼거리며 금오는 약병을 열어 얼굴에 뭔가를 바르기 시작했다. 역용을 하려는 것이 분명했다.

만 이틀 만에 무욕개의 마수(?)에서 벗어난 장쾌는 금오를 다시 추적하고 있었다. 그동안 얼마나 모질게 당했는지 얼굴은 반쪽이고, 잘 걷다가도 가끔 한 번씩 몸을 움찔움찔 떨어댔다.

정말이지 지난 이틀은 지옥이었다. 금오에게 당한 것보다 열 배는 더 고통스러웠으니까. 하지만 나름대로 소득도 있었다.

"네 녀석이 부모님께 물려받은 유일한 유품을 깨버려서 화가 나기도 했지만, 그보다는 금오 녀석이 너를 이틀만 붙잡아두라고 부탁해서 한 일이니 나를 너무 원망 말아라. 녀석에게 빚이 있어서 거절할 수도 없는 형편이었으니까."

이틀 동안 당해서 축 늘어져 있는 장쾌에게 무욕개가 해준 말이다. 물론 금오는 장쾌에 대한 말만 했지 그를 잡고 있으라고 부탁한 적은 절대로 없다. 무욕개가 금오를 골탕 먹이기 위해 꾸며낸 말인 것이다. 그러나 중요한 건 장쾌가 무욕개의 말을 곧이곧대로 믿고 있다는 점이다.

'금오, 이 자식… 만나면 절대로 그냥 죽이지 않겠다. 최소한 보름은 짓이긴 뒤에 목을 꺾어버리고 말 테다.'

장쾌는 속으로 다짐하고 또 다짐했다. 문제는 금오를 어떻게 찾느냐 하는 것이었지만, 그것은 무욕개가 해결해 주었다.

"녀석에게 천리향을 묻혀놨으니 이걸 하루에 한 모금씩 복용하면 냄새로 찾아낼 수 있을 게다."

이렇게 말하며 그는 작은 호리병을 주었다. 그 안에는 천리화 뿌리를 달인 물이 들어 있었는데, 천리화의 꽃으로 만드는 천리향은 그것을 마신 사람의 후각으로만 느껴지는 특성이 있다고 하였다.

무욕개의 말대로 그 물을 마신 장쾌는 금오가 흘리고 간 천리향을 맡아가며 쉽게 뒤를 쫓고 있는 중이다. 천리향은 한 번 묻히면 효능이 한 달 이상 간다고 하였으니 제아무리 영악한 금오라도 이번에는 절대로 도망치지 못할 것이다.

뿐만 아니라 무욕개는 혹시라도 한 달 안에 결판이 나지 않으면 사용하라며 열 번 정도 사용 할 천리향과 그때 달여 먹을 천리화 뿌리까지 덤으로 주었다.

그것으로 이틀 동안 괴롭힌 대가는 충분했기에 무욕개에 대한 원한은 깨끗이 잊어주기로 장쾌는 결심하였다.

'금오… 네놈이 대단하다는 얘기는 들었지만, 나를 화나게 한 이상 천하 어디에도 네놈이 발 뻗고 잘 수 있는 곳은 없을 거다.'

장쾌는 이를 으드득, 으드득 갈아가며 천리화의 향을 따라 계속 달려나갔다. 천리향이 끝나는 곳에서 만나게 될 금오와의 재회를 고대하면서.

사천(四川) 땅을 도도하게 흘러내려 온 장강은 호광성(湖廣省)의 경계인 무산(巫山)에 이르러 좁고도 험한 계곡을 만들어내며 급류를 이루게 되니, 사람들은 그곳을 무산삼협이라

부른다.

쏴아아…….

무산삼협은 서쪽에서부터 구당협(瞿塘峽), 무협(巫峽), 서릉협(西陵峽)으로 불린다. 그중에서도 오 년 전에 궤멸된 흑랑채는 무협으로 흘러드는 지류 일대의 험준한 지형에 위치했던 것으로 알려져 있다.

바로 그 흑랑채가 있던 곳에서 십여 리 떨어진 곳에 도림촌(桃林村)이란 마을이 존재한다. 전부 해봐야 삼십여 호밖에 안 되는 마을이었지만, 객점이 무려 아홉 곳이나 된다. 세 집 걸러 하나는 객점이란 얘기다.

원래 이곳은 여행객이나 장사꾼이 많이 지나는 길목이 아니어서 그 일이 있기 전만 하여도 객점이라고는 한곳도 없었다. 그런데 흑랑채가 하루아침에 사라지는 사건이 일어나고, 비만 오면 목 없는 귀신이 돌아다닌다는 소문이 퍼진 뒤부터 호기심 많은 사람들의 방문이 꾸준히 늘어나는 바람에 객점도 따라 늘어나게 된 것이다.

강호십이괴사를 조사하는 자는 누구든 죽는다는 소문이 퍼져 있음에도 불구하고 호기심 많은 자들은 도림촌에 장기 투숙하면서 귀신을 직접 확인하려 하였다. 그런 사람들이 객점마다 대여섯 명씩은 항상 있었다.

아홉 곳의 객점 중에서도 원조임을 자랑하는 도림객점의 점소이 마삼(麻三)은 오늘따라 유난히 부지런을 떨고 있다.

평소 같으면 주인이 소리를 벅벅 지르고 나서야 마지못해 움직이던 녀석이 오늘은 틈만 나면 걸레를 들고 돌아다니며 이곳저곳 깔끔하게 닦아내느라 바쁘다.

그런데 걸레질을 하는 틈틈이 녀석은 식당 구석을 흘깃흘깃 돌아보았다.

여인. 그것도 얼음을 깎아놓은 듯한 여인이다. 세상에 저렇게 아름다운 여인도 존재한단 말인가? 언감생심 흑심까지 품을 처지는 아니지만 이렇게 훔쳐보는 것만으로도 마삼은 충분히 행복하다. 그런데 그때, 묵묵히 차를 마시고 있던 여인이 갑자기 시선을 돌렸고, 훔쳐보기에 열중하고 있던 마삼과 눈길이 딱 마주쳤다.

다른 때였다면 마삼은 눈길을 얼른 돌렸을 것이다. 하지만 움직일 수가 없다. 얼어붙은 듯, 굳어버린 듯 고개는커녕 눈까풀 하나도 꿈적할 수가 없다.

"이봐."

여인이 불렀다. 은쟁반에 옥구슬이 굴러다니는 듯한 음성은 아니다. 그보다는 연약한 여인의 입에서 흘러나왔다고는 도저히 믿을 수 없을 만큼 압도적인 위압감이 느껴지는 음성이다.

"네, 네……."

마삼은 떨어지지 않는 입을 열어 겨우 대답을 했다.

"내 얼굴에 뭐가 묻었나?"

"아, 아닙니다."

"그럼 두 번 다시 흘깃거리지 마라."

"아, 알겠습니다."

마삼은 얼른 고개를 돌렸다. 바짝 얼어 있던 목이 이번에는 잘도 움직였다.

얼음을 깎아놓은 듯한 미녀, 빙영. 그녀는 오늘 이래저래 심사가 뒤틀린다.

'금오……'

그녀가 그에게 속았다는 것은 알아차린 것은 무려 한 시진이나 정신없이 달려오고 난 뒤였다. 왜 그제야 금오가 그곳 어디엔가 숨어 있었을지도 모른다는 생각이 났단 말인가? 그러나 돌아가기엔 너무나 늦은 뒤였다. 자신을 감쪽같이 속인 금오가 아직 그곳에 남아 있다거나 자신과 같은 길로 올 턱이 없기 때문이다.

그래서 그녀는 이곳에 먼저 와서 기다리기로 한 것이다. 무산괴사를 조사하려면 아무래도 도림촌에 묵을 가능성이 컸기 때문이다.

이곳 도림객점은 마을 입구가 훤히 내려다보이는 언덕에 위치해 있어서 마을을 드나드는 사람들을 감시하기에 안성맞춤이었다.

'망할 녀석……'

빙영은 온갖 해괴한 짓을 한 끝에 자신을 떨쳐 내버린 금오

가 너무나도 얄밉다. 정말이지 태극검성의 명만 없었다면 팔
다리를 한두 군데쯤 부러뜨려 버리고 싶은 심정이다.

딸랑, 딸랑……

그때 새로운 손님이 들어오는 듯 객점 문에 달린 방울이 맑
은 소리를 울려냈다. 하지만 빙영은 입구를 쳐다보지도 않았
다. 마을 입구에 들어설 때부터 이미 확인한 사람이기 때문이
다.

"어서 옵쇼!!!"

빙영의 기세에 눌려 기가 팍 죽어 있던 점소이 마삼이 날
듯이 뛰어나가 손님을 맞이했다. 내가 언제 주눅이 들었느냐
는 태도다. 그럴 수밖에 없는 것이 새로 도착한 손님 또한 빙
영과 쌍벽을 이룰 만한 미녀였기 때문이다. 게다가 새로 온
손님은 빙영보다 어려 보였고, 얼음가루가 풀풀 날리지도 않
았다.

빨간 경장 차림의 그녀는 시원스러운 이목구비에 무척이
나 활달해 보이는 표정의 소유자였다.

"어머, 이 객점은 점소이가 무척이나 친절하네요?"

생긋!

그녀가 자신을 칭찬하며 미소까지 지어주자 마삼은 입이
귀밑까지 찢어질 지경이다.

"아휴, 무거워."

꽤 큼직한 짐 보따리를 들고 있던 그녀가 눈썹을 살짝 찌푸

리며 힘든 표정을 지어 보이자 마삼이 얼른 그녀의 짐을 받아
들며 말했다.

"제가 방까지 들어다 드리겠습니다."

"어머? 내가 언제 방을 빌리겠다고 했나요?"

"네??"

"호호호!!! 농담이에요. 근방 오십 리 내에는 마을이 여기
밖에 없는데, 내가 어딜 가겠어요? 기왕이면 깨끗하고 전망
좋은 방 부탁 드릴게요."

그녀는 아주 당연하다는 듯이 짐을 마삼에게 맡긴 채 객점
을 한차례 둘러보았다. 그러다가 창가에 앉은 빙영을 발견하
고는 잠시 눈길을 주었지만, 곧 아무 일 없다는 듯 시선을 돌
렸다.

"따라오십시오, 아가씨."

"아니, 저는 요기부터 해야겠어요."

"그럼, 이 짐은……."

"그냥 방에다 갖다 놔 주시겠어요?"

"알겠습니다. 우리 객점에서 가장 조용하고, 넓고, 깨끗하
며, 전망 좋은 이층 끝 방에 갖다 놓겠습니다."

"고마워요."

그녀는 인사말과 함께 다시 한 번 생긋 웃어주었고, 마삼은
다리에다 말 근육이라도 떼다 붙인 듯 이층으로 껑충껑충 뛰
어 올라갔다.

점소이 마삼이 알아서 북 치고 장구 치는 동안 계산대에 멀 거니 앉아 있던 객점 주인 오가력(伍加力)은 둘이 하는 짓이 마음에 안 든다는 듯 심드렁한 표정을 지었다.

"이 집에서 제일 잘하는 요리가 뭐죠?"

그녀가 살짝 고개를 돌리며 묻자 오가력이 퉁명스레 대답 했다.

"요리라면 다 잘하오."

"그럼 곰 발바닥 요리 부탁해요."

간단하게 주문하고 돌아서는 그녀. 뜨악한 표정의 오가력.

"이, 이보시오."

"왜요?"

"곰 발바닥 요리는 최소한 닷새 전에 주문해야⋯⋯."

"없어요? 그럼 원숭이 생골 요리 부탁해요."

다시 간단한 주문, 역시나 황당한 오가력.

"자, 잠깐만⋯⋯."

"왜요? 그것도 없어요?"

"이런 촌에서 그런 요리를 주문하면⋯⋯."

"그럼, 상어지느러미 요리 부탁해요."

또다시 간단한 주문. 오가력은 이제 화가 나려고 한다.

'지금 일부러 약 올리는 거요?' 라고 그가 쏘아붙이려는 순 간,

"그것도 없는 모양이군요? 요리는 다 잘한다고 하더니 되

는 게 하나도 없네. 할 수 없죠. 그럼 소면 한 그릇 줘요."

황제나 먹을 만한 음식을 줄줄이 나열하더니 결국은 소면 한 그릇이란다. 탕수육, 난자완스도 아니고 달랑 소면 한 그릇…….

부그르르…….

오가력은 머리 뚜껑이 열릴 지경이었지만, 비싼 요리 주문하다가 싼 음식 시켰다고 손님과 싸울 수는 없는 노릇이다.

"소면 한 그릇, 함지박에다 푸짐하게 말아드려라!!!"

약이 바짝 오른 오가력의 음성이 주방으로 날아드는 사이에 여인은 사뿐사뿐 걸어가 빙영 옆 탁자에 자리를 잡았다. 그러나 빙영은 줄곧 창밖만 내다볼 뿐 그녀에게 눈길조차 주지 않았다.

"누굴 기다리나 봐요, 언니?"

여인이 먼저 살갑게 말을 붙였다. 그러자 빙영도 흘깃 돌아보았다.

생긋!

그녀가 미소 지었다. 저런 미소를 어떻게 표현해야 할까? 같은 여자의 미소임에도 불구하고 빙영은 자기도 모르게 가슴이 찌릿해지는 듯한 느낌을 받았다.

'뭐지, 이 느낌은?

순간적으로 당황하고 있는 빙영에게 여인이 다시 말했다.

"누굴 기다리는 거예요? 애인?"

"애인은 무슨!!"

빙영은 자기도 모르게 다소 큰 소리를 냈다.

"당황하는 걸 보니까 맞는 모양이네."

"난 애인 따위 없어."

빙영이 다시 싸늘하게 말했다. 잠시 당황했던 마음을 그새 추슬렀다는 뜻이다. 어지간한 사내도 그녀의 이런 눈빛과 음성을 대하면 얼어붙게 마련이건만, 여인은 전혀 개의치 않는 표정이다.

"그럼 누굴 기다려요?"

"왜 그런 걸 꼬치꼬치 캐묻지?"

빙영이 귀찮다는 표정으로 되묻자, 여인이 다시 생긋 미소 지으며 대꾸했다.

"사실은 오던 중에 조금 이상한 사람을 봤거든요. 생긴 걸로만 봐서는 언니와 잘 어울릴 것 같은 남자던데……."

"남자?"

"관심있어요?"

"몇 살이나 돼 보였지?"

"글쎄요? 열일곱, 여덟 정도??"

"생김새는??"

어느덧 빙영은 그녀의 말에 빨려들어 갔다.

"잘생겼던데."

"다른 특징은 없고?"

"특징이라… 아!! 있었어요. 건듯하면 이상한 노래를 부르던데요? 잘생긴 여자는 다 죽어야 한다나 뭐라나… 특히 빙씨 성 가진 여자는 십 년쯤 고생하다 죽어야 한다고 하던데요?"

'금오, 이 자식이……'

여인의 얘기가 금오와 딱 맞아떨어진다고 생각되자 빙영은 금방 속이 끓어오르기 시작했다.

第八章　목 없는 귀신

下午
門 鴳

1

"언니가 기다리는 사람이 그 남자였나요?"

여인의 말에 빙영은 가만히 고개를 끄덕였다.

"그런 것 같군. 어디로 갔지?"

빙영이 물었지만 그녀는 대답을 하지 않은 채 다시 물었다.

"애인이에요?"

"애인은 무슨!! 그런 망나니는 십 리를 늘어놔도 관심없어."

어지간해서는 감정을 표출하지 않는 빙영이건만, 금오 이야기가 나오자 자기도 모르게 흥분해서 소리쳤다. 그런데 그런 그녀를 쳐다보는 여인의 눈빛이 왠지 이상했다. 어딘지 모르게 능글맞은 분위기가 느껴지는 그런 눈빛이다. 하지만 고개를 살짝 숙이고 있었기에 빙영은 전혀 눈치 채지 못하였다.

'뭐, 나도 댁한테 관심없기는 마찬가지지만 십 리를 늘어놔도 관심없다는 말은 존심이 조금 상하는구만.'

여인, 아니, 여자로 역용하고 있는 금오는 속으로 이렇게 생각했다. 그런데 이건 참으로 놀라운 일이다. 여자로 역용을 했는데 어쩌면 이리도 잘 어울린단 말인가?

'어이, 빙 씨 아줌마. 애타게 찾는 사람을 눈앞에 두고도 그렇게 못 알아보시나? 내가 역용에 워낙 소질이 뛰어나기는 하지만, 그래도 며칠을 함께했는데 얼굴과 목소리 좀 바꿨다고 그렇게 깜깜하면 안 되지.'

속으로 이런 생각을 하며, 금오는 생글생글 웃는 모습으로 빙영을 바라보았다. 이런 사실을 전혀 눈치 채지 못한 빙영은 그녀(?)에게 다시 다그쳐 물었다.

"그런데 그자는 어디로 갔지? 이 마을의 다른 객점에 들었나?"

"아뇨? 무산에 가면 재수없는 빙 씨가 기다리고 있을지도 모른다고 중얼거리더니 운남 먼저 다녀와야겠다고 하던데요?"

금오는 발랄한 여자 음성으로 대답하였고, '재수없는 빙 씨'라는 대목에서 빙영은 울컥한 표정을 지었지만, 괜한(?) 사람에게 화를 낼 수는 없었으므로 속으로 꾹 눌러 내렸다.

"그러면……?"

"물론 남쪽으로 갔죠. 운남은 그쪽에 있으니까."

"미꾸라지 같은 녀석!"

빙영은 자리를 박차고 일어났다.

'미꾸라지라서 무지하게 미안하구만?'

이런 생각과 달리 금오는 생긋 웃는 표정에 발랄한 음성으로 물었다.

"가시게요?"

"고마웠어. 덕분에 시간을 많이 절약할 수 있게 됐어."

"도움이 됐다니 다행이네요."

"그럼, 이만……."

빙영은 곧 바깥으로 향하였고.

"잘 가세요. 그 사람 꼭 잡기를 빌어드릴게요."

'안녕, 빙 씨 아줌마~!'

금오는 그녀의 등에 대고 겉과 속이 다른 인사를 하였다.

'그런데 왜 갑자기 귀가 이렇게 가렵지……??'

빙영은 객점을 나서며 귀를 자꾸 후볐다.

우르르…….

그녀가 멀어지고 얼마 지나지 않았을 때 먼 하늘에서 은은한 뇌성이 울려왔다.

'비가 오려나??'

금오는 창밖을 내다보았다. 남쪽하늘로부터 시커먼 구름

이 몰려오는 모습이다.

'고생 좀 하겠네.'

쏟아지는 빗속에서 자신을 찾기 위해 헤매고 다닐 빙영을 생각하니 조금 미안한 생각이 들기는 했지만, 그렇다고 빙영을 붙잡고 싶은 생각은 털끝만큼도 없다. 보호든, 감시든 자신의 의사와 관계없이 누군가 쫓아다니는 것은 용납할 수 없는 까닭이다.

그때 점소이 마삼이 소면을 내왔으므로 금오는 간단하게 요기를 한 뒤 이층 객방으로 올라갔다. 우선 한 숨 푹 자고 난 뒤에 무산괴사를 본격적으로 조사해 볼 작정이다.

꽈— 꽈르르릉!

하늘이 쪼개지는 듯한 뇌성벽력에 금오는 언뜻 잠에서 깨어났다. 창밖이 먹물을 뿌려놓은 듯 어두웠다. 밤이 깊었다는 얘기다.

자리에서 일어나 호롱불을 켠 금오는 창밖을 내다보았다.

쏴아아아…….

장대 같은 빗줄기가 쏟아져 내리고 있다.

"비가 이렇게 퍼부어 가지고는 귀신도 돌아다니기 힘들겠는걸?"

원래는 한숨 자고 일어나서 흑랑채 터를 둘러볼 계획이었는데, 이렇게 빗줄기가 험해가지고는 조사하기가 쉽지 않을 듯했다. 잠이나 한숨 더 잘까 하는 생각이 들었지만, 이런 유혹에 쉽게 지는 성격이었다면 오늘날의 금오는 있지도 않았을 것이다.

"좋아! 목 없는 귀신들이 오늘 같은 날엔 어떤 몰골을 하고 있는지 한번 봐주기로 하지 뭐."

금오는 마삼이 갖다놓은 보따리를 풀러 몇 가지 물건을 챙긴 다음 입구으로 향하였다. 객점에서 도롱이를 빌려 입고 흑랑채 터에 가볼 작정이다. 그런데 문 앞에 이른 금오는 고개를 갸웃하였다. 바깥에 누군가 서성이고 있음이 감지되었기 때문이다.

혹시 빙영이 돌아온 것 아닌가 하는 걱정이 잠시 일어났지만, 만약 그녀였다면 문을 박차고 뛰어들거나 아예 흔적도 없이 은신할 일이지 저렇게 서성일 이유가 없다는 생각이 들었다.

'그럼, 누구지?'

금오는 문을 열고 나가보았다. 그러자 점소이 마삼이 문 앞을 오가고 있다가 화닥 놀라 쳐다보았다. 손에는 음식 접시가 놓인 작은 쟁반이 들려 있었는데, 자신에게 주기 위해 특별히 만들어 온 것이 분명했다. 그런데,

"누, 누구세요?"

마삼은 못 볼 것을 보기라도 한 듯 크게 놀라 소리쳤다.

그제야 금오는 아차 싶었다. 잠들기 전에 역용을 지우고,

원래의 옷으로 갈아입었다는 사실을 깨달을 까닭이다. 하지만 이 정도로 당황할 금오는 아니다.

"뭘 그렇게 놀라?"

금오가 태연하게 되묻자, 마삼이 더듬거리는 음성으로 말하였다.

"그, 그 방은 여자 손님 혼자 묶고 계신 방인데……."

"걔 남편이야."

금오는 '이제 됐냐?' 하는 표정을 지어주고는 아무렇지 않다는 듯 일층으로 내려갔다.

'남편…….'

친구도 아니고, 오빠도 아니고, 남편이라는 말에 마삼의 순정이 와르르 무너져 내린다. 그 아름다운 여인을 어떻게 해볼 생각은 아니었지만, 그래도 가슴이 허전해지는 것은 어쩔 수 없다.

낯선 남자에게서 그녀의 향기가 난다…….

뭐, 이런 심정이라고 해야 할까? 순진한 청년 마삼에게는 너무나 큰 충격이어서 저 낯선 남자가 언제 이 객점에 투숙했는가 하는 의문 따위는 품을 겨를도 없다.

한편 일층으로 내려온 금오는 늦은 시각임에도 여러 명의 손님들이 술잔을 기울이고 있는 모습을 보게 되었다. 비가 너무 사납게 쏟아지고, 뇌성벽력이 몰아쳐서 잠들을 이루지 못하고 있는 게 분명했다.

금오는 입구의 계산대에 앉아 졸고 있는 주인에게 다가갔다.

"도롱이 하나 빌립시다."

"도, 도롱이……? 이 밤중에 어딜 가시려고……??"

객점 주인 오가력은 잠이 덜 깬 표정으로 되물었다.

"귀신 구경 좀 해볼 생각이오."

금오가 아무렇지도 않게 대꾸하는 순간, 객점의 분위기가 싸하게 가라앉았다. 술을 마시며 얘기를 주고받던 손님들은 물론이고 오가력도 잠이 싹 달아난 표정이다.

"이 시간에 흑랑채 터에 가시겠다는 말씀입니까?"

"왜? 그러면 안 될 이유라도 있소?"

"아이고, 거기 잘못 갔다간 영영 못 돌아오는 수가 있습니다요."

"그럼, 거기서 살지 뭐. 어쨌든 도롱이나 빌려주쇼."

"농담이 아닙니다요. 그 근처를 얼씬거렸다간 목 없는 시체가 되고 맙니다요."

"걱정 마쇼. 내가 귀신이 되더라도 주인장 근처엔 얼씬거리지 않을 테니까."

"안 되는데……."

오가력이 쉽게 말을 듣지 않자, 금오는 아주 비밀스러운 이야기라는 듯 주변을 한번 둘러보고는 그의 귀에 대고 작은 목소리로 속삭였다.

"나는 황명을 받은 조사관이오. 만약 계속 거부하면 황명을 거역한 죄인이 되는 수가 있소."

"화, 황명……??"

"쉿!! 괜히 떠들었다간 쥐도 새도 모르게 황천 가는 수가 있소. 근처에 동창 고수들이 와 있는 게 느껴지지 않소?"

동창이라는 말에 오가력의 안색이 하얗게 질려 들어갔다. 물론 금오는 도롱이를 빨리 빌리기 위하여 거짓말을 한 것이다. 하지만 그는 몰랐다. 실제로 엄청난 고수 몇 명이 객점 주변에 은신해 있다는 사실을 말이다. 그들이 누구인지는 알 수 없는 일이다.

황명과 동창이라는 말에 바짝 얼은 오가력은 재빨리 도롱이를 내다 주었고, 금오는 그것을 걸치고 밖으로 향하였다.

쩌저저적, 쾅, 콰르르르…….

하늘이 무너지는 듯한 천둥과 땅이 떠내려 갈 듯한 폭우가 휘몰아치고 있는 바깥은 칠흑처럼 어두웠다.

괜히 사서 고생하는 거 아닌가 하는 생각도 들었지만, 기왕 조사를 할 거면 이런 날 해야 그곳에서 무슨 일이 벌어지는지 확실히 알 것 같았기에 힘을 내어 빗속으로 뛰어들었다.

초립과 도롱이가 무척이나 촘촘하여 빗물은 잘 스며들지 않았지만, 워낙 비바람이 거센 날씨여서 도롱이 밖으로 드러난 팔다리는 금방 푹 젖고 말았다.

도림촌에서 흑랑채까지는 십여 리나 되는 험한 산길이다.

칠흑같이 어두운데다 비바람까지 몰아치니 그야말로 최악의 상태였지만, 금오는 어둠 속을 잘도 움직여 나갔다. 이런 상황이면 두려운 마음이 조금은 생길 법도 하건만, 금오는 태평하게 노래까지 불러댔다.

"어떤 놈은 귀신 있다 어떤 놈은 귀신 없다~ 알지도 못하면서 서로들 우긴다네~ 귀신 있다 우기는 놈 보았냐고 물어보면~ 아래 마을 김 서방과 산 너머 오 서방이~ 귀신을 보았다며 진짜처럼 얘기하지~ 얘기는 항상 뻔해 온갖 악행 저지른 놈~ 어느 날 원귀 만나 밤새도록 혼쭐나고~ 착한 이로 바뀌거나 처참하게 돼진다지~ 그런데 생각해 봐 귀신 정말 있다면은~ 백성 고혈 빨아먹는 더러운 탐관오리~ 없는 사람 등쳐가며 사기 재산 모은 놈들~ 돈 몇 푼 빼앗자고 사람 죽인 도적놈들~ 이 세상에 죄받을 놈 한둘이 아니건만~ 귀신은 다 어디 가서 그런 놈들 그냥 두나~?"

금오는 쩌렁쩌렁한 음성으로 노래를 불러가며 산길을 계속 걸어나갔다. 이런 경우 사람들은 보통 두려움을 이기기 위해 노래를 부르게 마련이다. 하지만 지금 금오의 표정은 두려움과는 전혀 상관이 없는 듯하다.

"귀신 없다 떠드는 놈 정말이냐 물어보면~ 귀신 따위 안 믿는다 큰소리들 땅땅 치지~ 그러다가 깊은 밤에 공동묘지 가보라면~ 갑자기 아프거나 급한 일이 생겼다며~ 우물쭈물 전전긍긍 줄행랑 놓고 마네~ 어디 한번 생각해 봐 정말 귀신

없다면은~ 걷고 뛰고 말을 하는 이 고깃덩어리는~ 어떤 놈
이 들어앉아 이리도 잘 움직이나~? 태어나서 어찌 살든 죽는
것이 끝이라면~ 착한 놈만 등신이고 악한 놈이 장땡이게~?
귀신 없다 장담하며 이리저리 죄짓는 놈~ 어디 한번 죽어봐
라 천년만년 지옥 길이~ 네놈 앞에 떡 버티고 삶아줄까 구워
줄까~ 저승사자 악귀나찰 창칼 들고 설칠 테니~"

도대체 귀신이 있다는 건지, 없다는 건지 금오는 헷갈리는
노래를 계속 불러가며 빗길을 뚫고 나간다. 그렇게 얼마나 걸
었을까? 어느 순간 숲이 끝나며 넓은 폐허가 펼쳐졌다. 오랫
동안 사람 손을 타지 않아 빈터에는 잡초가 무성하고, 수십
채의 통나무집들은 반쯤 허물어진 채 썩어 들어가는 모습이
다.

번쩍!

번개가 한줄기 지나가자 비에 젖어 을씨년스러운 폐허가
한눈에 들어왔다. 어디선가 귀신이 불쑥 튀어나와도 전혀 이
상하지 않을 만큼 귀기스러운 분위기임엔 확실하다. 그래서
일까?

흐어어어…….

어디선가 귀신의 호곡성이 정말로 들려오는 듯하다. 그러
거나 말거나 금오는 폐허 안으로 천천히 걸어 들어갔다. 그
때,

스르르…….

금오는 등 뒤로 뭔가 지나가는 듯한 느낌을 받고는 얼른 뒤를 돌아보았다. 하지만 아무것도 없었다.

'신경이 좀 예민해진 건가?'

고개를 갸웃거리며 다시 돌아서던 금오는 하마터면 비명을 지를 뻔하였다.

"뭐, 뭐야, 저게?!!"

열 명, 혹은 스무 명……

숫자는 정확히 알 수가 없다. 한 가지 분명하는 것은 그들 모두 머리가 없다는 사실이다. 그리고 또 한 가지 놀라운 것은 바닥에서 한두 자 정도 뜬 채 스르르, 미끄러져 다니고 있다는 점이다.

쩌저적!

마침 번개가 내리쳐 금오는 귀신들의 모습을 좀 더 자세히 볼 수 있었다. 분명히 허공에 떠 있는 모습이다. 그리고 그들의 상의는 온통 시뻘건 선혈로 물들어 있다.

아무리 보아도 목이 베인 당시의 모습 그대로 떠돌고 있는 원혼이라고밖에는 달리 설명할 도리가 없다.

'샹… 갑자기 오줌이 마려워지려고 하네…….'

이십여 장이나 떨어진 거리이기는 하였지만, 막상 귀신을 보고 나니 금오도 은근히 두려운 생각이 들었다. 하긴 이런 광경을 보고도 두려워하지 않을 사람이 세상천지 어디에 있겠는가? 그래도 금오는 까무러치거나 도망칠 생각은 하지 않왔다.

'좋아. 귀신이든 귀신 할아비든 일단 부딪쳐 보는 거야.'

이렇게 마음먹은 금오는 폐허의 건물들을 이용하여 그곳으로 은밀하게 접근해 가기 시작했다. 그렇게 십여 장 정도 접근해 갔을 때였다.

흐어어어…….

폐부를 쥐어짜는 듯한 호곡성이 사방에서 울려오기 시작했다.

'씨바, 음향까지 분위기 제대로 잡아주누만…….'

쓰러져 가는 집 뒤에 몸을 숨기고 있던 금오는 두근거리는 가슴을 억누르며 다시 움직이려 하였다. 그런데,

"어? 전부 어디로 사라졌지??"

그 많던 귀신이 삽시간에 사라져 버린 것이다. 그가 몸을 숨기고 있던 시간은 기껏해야 한두 호흡지간뿐이다. 정말이지 귀신이 아니고서는 이렇게 감쪽같이 사라져 버릴 수가 없는 일이다.

멍한 표정으로 귀신들이 배회하던 곳을 바라보고 있던 금오는 무슨 생각이 들었는지 얼른 그 자리로 달려가 보았다. 혹시라도 누가 장난을 친 것이라면 발자국이 분명히 남아 있을 것이기 때문이다. 그런데 현장 주변을 아무리 살펴보아도 발자국은 없었다.

"정말 귀신이 곡할 노릇이네."

이렇게 중얼거리고 있던 금오는 갑자기 무슨 생각이 떠오른 듯 품속을 뒤져 손바닥만 한 삽과 작은 자루 하나를 꺼내 들었다. 그리고는 주변을 돌아다니면 표면의 흙을 긁어 담기 시작했다.

대체 그것을 무엇에 쓰려고 모은단 말인가?

알 수 없는 일이었지만, 금오는 한동안 그렇게 표면의 흙을 긁어모으더니 자루를 잘 묶어서 도롱이 안쪽의 허리춤에 매달았다. 자루에서 흘러나온 물로 인해 의복이 푹 젖었지만, 금오는 조금도 개의치 않았다.

"이제 잠시 후면 정말 귀신이 나타났던 건지 누군가 장난을 치는 건지 알 수 있겠지."

의미심장한 표정으로 중얼거린 금오는 오늘 볼일은 끝났다는 듯 미련없이 흑랑채 터를 벗어나기 시작했다. 그는 대체 무엇을 알아낸 것일까?

2

금오가 도림객점에 다시 돌아온 것은 인시(寅時:새벽3시~5시 사이) 중엽쯤 되었을 때였다.

"비를 맞았더니 쌀랑한걸?"

금오가 안으로 들어서자 그때까지 계산대에 앉아 졸고 있던 오가력이 화다닥 놀라 일어났다.

"아이고, 무사히 돌아오셨군요, 손님!!"

금오는 도롱이를 벗어 문 앞에 내려두며 대꾸하였다.

"나를 기다렸던 거요?"

"그렇습죠. 하도 걱정이 돼서……."

"그럼 무사히 돌아온 기념으로 따끈한 국물에 소면 좀 말아주시겠소?"

"알겠습니다요. 그런데 주방을 보던 마누라가 잠자러 들어가서… 제가 하면 맛이 좀 덜할 겁니다요."

"상관없소."

"그러면 금방 말아 올리겠습니다요."

"죽엽청도 한 병!"

"네, 네."

오가력은 주방으로 달려들어 갔고, 금오는 가까운 탁자에 자리를 잡고 앉았다. 그때 구석자리에 앉아 있는 손님의 모습이 금오의 눈에 들어왔다. 긴 머리를 늘어뜨린 채 등을 지고 앉아 있는 여인이었는데, 그 모습이 왠지 낯에 익었다.

'누구지??'

금오가 고개를 갸웃하고 있는데,

"이 날씨에 거길 다녀오다니, 일처리가 확실하다는 거 하나는 인정해야겠군."

여인이 뒤를 돌아보지 않은 채 나직한 음성을 흘려냈다.

'갑자기 재수가…….'

금오의 눈빛이 끄느름하게 가라앉았다.

"내가 온 게 마음에 안 드는 모양이군?"

여인이 고개를 천천히 돌리며 물었다. 생각지 못한 방문객. 그녀는 바로 주은하였다.

"언제 왔어?"

금오는 여전히 황녀의 신분을 무시한 채 싸라기 말투로 응대했다.

"이틀 전에."

"그런데 왜 내가 처음 도착했을 때는 코빼기도 안 보였지?"

"다른 객점을 전세 내어 묵고 있었으니까."

"나를 감시하러 온 건가?"

"난 그렇게 할 일 없는 여자가 아니야."

"그럼, 직접 조사를 하려고??"

"물론이지. 내가 먼저 풀어내면 한 건당 오만 냥이 굳는데. 게다가 한 건이라도 내가 해결하면 십이괴사를 모두 해결했을 때 주기로 한 성공 축하금 십만 냥도 굳는 거니까, 첫 건을 해결하면 무려 십오만 냥이 굳는 셈이지."

"이봐, 이건 분명한 영업권 침해야."

"어째서? 강호십이괴사가 당신 전유물이야?"

"그야 물론… 아니지."

"그런데 뭐가 침해라는 거야?"

"나에게 의뢰한 사건이잖아."

"그랬지. 하지만 내가 뒷짐 지고 있겠다고 한 적은 없는 것 같은데. 아니던가?"

'좋아. 한번 해보겠다, 이거지?'

금오는 은근히 오기가 치솟기 시작했다.

"그래서 이틀 동안 뭘 좀 알아냈어?"

조롱기 어린 질문. 마치 '그 머리로 뭘 알아내기는 했겠어?'라고 놀리는 듯한 표정이다.

"아니? 아직은……."

주은하가 대답하자마자 금오는 키득거리며 웃기 시작했다. 비웃는 것이 분명했다.

"그러는 당신은 뭐라도 알아냈어?"

주은하가 날선 음성으로 물었다. 자존심이 상했다는 얘기다.

"이거."

금오가 허리춤에 달고 있던 흙 자루를 들어 보이며 대꾸했다.

흙에 스며 있던 물이 뚝뚝 떨어지고 있는 면포 자루 하나. 대체 저 안에 뭐가 들은 것일까?

"뭘 찾아낸 거야?"

주은하가 묻자 금오가 빙긋 웃으며 말했다.

"이 안에 든 것은 별 필요 없는 거야. 중요한 건 이 자루지."

"자루??"

주은하는 도무지 알 수가 없다는 표정이다. 금오가 들고 있는 것은 면포로 만든 흔한 자루일 뿐이다. 그게 어떻다는 말인가?

금오는 품속에서 똑같이 생긴 빈 자루 하나를 탁자 위에 꺼내 놓았다.

"이게 무슨 색으로 보여?"

"흰색이잖아."

"그럼 이건?"

금오가 다시 흙 자루를 내밀며 물었다.

"흙물이 든 것 같은데?"

"불빛이 약해서 분간이 안 되는 모양이군. 나는 어두운 곳에 있다가 들어와서 이 정도 불빛으로도 충분히 구별이 가는데……."

금오는 손에 쥔 자루를 빈 자루 위로 옮겨 물방울이 떨어지게 하였다.

똑, 똑, 똑!

하얀 면포 위에 물방울이 스며드는 모습을 바라보고 있던 주은하가 고개를 갸웃하며 대답했다.

"약간 붉은 기운이 도는 거 같은데? 피가 섞인 거야?"

"아마 물감일걸? 어쩌면 짐승의 피일지도 모르고."

"그래서 그게 어쨌다는 건데?"

주은하가 여전히 이해할 수 없다는 표정으로 묻자 금오는 자신이 그곳에서 목격했던 광경을 그대로 설명해 주었다.

"정말 귀신을 본 거야?"

주은하가 놀라서 물었다.

"그게 정말 귀신이었다면 이런 걸 흘릴 이유가 없지."

"그게 무슨……."

"쯧쯧… 저런 머리로 십이괴사를 풀겠다고 설치고 있으니, 원……."

발끈!

"잔소리 집어치우고 어서 대답이나 해!!"

주은하가 날카로운 음성으로 소리쳤다.

'그러게 왜 먼저 쓸데없는 말을 하셨어? 천하에서 제일 부잣집에 살면서 치사하게 하오문 출신의 밥그릇까지 넘보면 안 되지.'

금오가 이런 생각을 하며 능글능글 웃고만 있자 주은하가 다시 소리쳤다.

"금오!!!"

"나 아직 귀먹을 나이 아냐. 속삭여도 잘 들린다고."

"너 정말……."

"무산괴사를 직접 풀어보시겠다면서 왜 이렇게 안달을 하시나? 그 좋은 머리로 추리를 해보란 말이야, 추리를……."

"조금 전에 한 말 때문에 이러는 거야?"

"댁 같으면 누가 밥그릇 건드리는데 기분이 째지겠어? 난 다른 것도 용서 못하지만 내 밥그릇 건드리는 것은 더더욱 용서 못해."

"그래서??"

"당신이 십이괴사를 풀겠다고 덤비는 것까지는 말리지 못하겠지만, 내 성공 축하금까지 가로채려는 것은 용서할 수 없다는 거지."

"그러니까 내가 한두 건을 해결하더라도 성공 축하금은 건드리지 말라 이런 뜻이야?"

"바로 그거야. 한순간에 십만 냥이 날아가 버리면 갑자기 일을 하기 싫어지는 수가 있으니까 말이야."

"좀스러운 녀석."

"뭐야?"

"그렇게 똑똑하다고 자부하는 녀석이 농담과 진담도 구별할 줄 모르는 거냐?"

주은하의 대반격이다.

"내가 점쟁이냐? 그런 게 농담인지 진담인지 구별을 하게? 그리고 농담인 척했다가 나중에 '그거 진담이었어' 한마디 하면 끝인 거잖아. 그러니까 확실히 해두는 게 좋지."

"어쨌거나 너는 좀생이야. 여자가 한 농담에 부그르르 해서 설쳐 대는 녀석이니까."

"그래그래, 나는 좀생이라 치고, 어떻게 할 거야?"

"네 뜻대로 해주지. 그러니 이제 머리 나쁜 나를 위해 어떻게 된 건지 자세히 설명 좀 해보시지?"

한 방씩 주고받는 것으로 재회의 회포(?)를 푼 두 사람은 다시 진지하게 대화를 이어가기 시작했다. 금오가 물었다.

"귀신이 어떤 존재라고 생각해? 우리처럼 살과 피로 이루어져 있을 것 같아?"

"그야 물론 아니지."

"그럼, 귀신이 입고 있는 옷이 우리 것과 똑같을 거라고 생각해?"

"그것도 아니지."

"바로 그거야. 그놈들이 정말 귀신이었다면 비를 아무리 많이 맞아도 옷에 묻은 피가 흘러내리면 안 되지. 환상 같은 존재가 진짜 피를 흘리는 건 이상하잖아."

"그 말은……?"

"누가, 왜 그런 짓을 꾸몄는지는 몰라도 누군가 귀신 흉내를 내고 있다는 얘기지. 그런데 옷에 묻힌 가짜 피가 빗물에 흘러내릴 수도 있다는 점은 미처 생각하지 못했던 거야. 내가 거기서 색깔 구분만 할 수 있었다면 내친김에 좀 더 조사를 했겠지만, 너무 어두워서 판별할 수가 없었어."

"하지만 그래도 의문은 남아. 놈들이 전부 허공을 떠다녔다며?"

"맞아. 확실히 떠다녔지."

"사람이 그렇게 하려면 최소한 한 갑자 이상의 내공을 지녀야 가능해. 그런데 그런 능력을 가진 자들이 한둘도 아니고 스무 명이나 되었는데, 왜 아무도 당신을 발견하지 못한 거지? 그리고 그만한 능력을 가진 자들이 뭐 할 짓이 없어서 귀신 흉내를 내고 있겠어?"

"그건 이제부터 알아봐야지. 한꺼번에 너무 많은 걸 기대하지 말라고."

여기까지 말했을 때 오가력이 소면과 죽엽청을 가지고 나왔기에 두 사람은 대화를 멈추어야 했다.

"와!! 맛있게 생겼는걸??"

"많이 드십시오, 손님. 그런데……."

"……??"

"거기서 혹시 아무런 일 없었습니까?"

"봤지."

"모, 목 없는 귀신을 봤습니까??"

"귀신인지 아닌지는 모르겠지만, 목은 확실히 없더군."

"아이고, 그런데도 이렇게 무사히 돌아오셨다니, 정말 다행입니다요."

"고맙소. 그런데 졸리지 않소?"

"어이쿠!! 그러고 보니 조금 있으면 날 밝을 시간이군요? 저는 이제라도 눈을 좀 붙여야겠습니다요."

"들어가 보슈."

"네. 저는 그럼……."

오가력은 인사를 하고 종종걸음으로 객점 뒤편의 내원으로 향하였다. 그가 뒷문을 통해 식당을 빠져나가고 나자 주은하가 나직하게 물었다.

"다른 건 더 알아낸 거 없어?"

"한 가지 더 있기는 한데, 좀 더 확실해지면 얘기해 줄게."

"뭔데 그래?"

"아직은 가능성뿐이야. 그러니 조금 더 기다리라고."

금오는 대답을 하지 않은 채 국수를 후루룩, 후루룩 먹기 시작했다.

"술 한잔할 거야?"

금오가 술병을 들어 올리며 물었다.

"됐어."

"싫음 말고."

얄밉게 대꾸한 금오는 죽엽청을 따라서 혼자서 홀짝거리기 시작했다. 그런데 그의 표정이 조금 전과는 크게 달랐다. 어딘지 모르게 굳어 있는 듯한 얼굴. 뭔가 심상치 않은 일이 벌어지고 있음이 분명했다.

"안색이 왜 갑자기 그래?"

주은하가 물었다.

"갑자기 이상한 생각이 들어서."

"뭐가?"

"이 동네 좀 이상하다고 생각되지 않아?"

"어떤 점이?"

"그동안 십이괴사를 파헤치는 사람들은 누구를 막론하고 다 변을 당했어. 그런데 귀신 구경하겠다고 사람들이 모여드는 이 동네는 어째서 아무런 변고도 당하지 않았을까?"

금오의 말을 듣고 보니 주은하도 이상한 생각이 들었다.

"검혼은 데리고 왔나?"

"물론이지. 그는 내 그림자와도 같은 존재니까."

"그럼 함께 떠나. 여기 있는 건 왠지 위험할 것 같아."

"지금 나를 걱정해 주는 거야?"

주은하가 의외라는 듯 묻자 금오가 심각한 표정으로 대답했다.

"농담할 때가 아냐. 이 마을은 어쩌면 무산괴사의 비밀을 지키고 있는 수호세력일지도 몰라."

"그게 정말이야?"

주은하도 잔뜩 심각한 얼굴이 되어 물었다. 그런데,

"물론 농담이지. 큭큭… 그 말을 진짜로 믿은 거냐? 하여간 순진한 건 누구 닮아가지고……."

금오가 갑자기 키득거리며 놀리지 않겠는가?

그의 잔꾀에 또 당했다고 생각한 주은하는 울화가 치밀어 올랐다.

'이 망할 자식!!'

그때,

"절반은 진담이야. 아직 내 추측일 뿐이지만 이 마을이 이상한 것만은 분명해."

금오의 전음이 그녀의 고막을 파고들었다.

'뭐야……?'

주은하는 대체 어느 쪽이 진실인지 모르겠다는 표정으로 금오를 쳐다보았다.

"심각한 표정 짓지 마. 그냥 내게 놀림당한 것처럼 행동하라고. 누군가 우리를 엿보고 있을지도 모르니까. 그리고 내 말대로 검혼과 함께 빨리 이 마을을 벗어나는 게 좋아. 당신이 황녀라고 봐줄 놈들이 아닌 것 같으니까."

이어지는 금오의 전음을 듣고서야 주은하는 그의 말이 농담이 아님을 확신할 수 있었다.

"너는 어쩌려고?"

그녀도 전음으로 금오에게 물었다.

"나는 지옥에 던져 놔도 천당으로 기어올라 갈 자신이 있는 놈이니까 걱정 말고, 조용히 떠나기나 해. 그리고 혹시라도 내가 여기서 행방불명되면 황군을 끌고 와서 마을 놈들을 잡아 족쳐 봐. 분명히 뭔가 나올 테니까."

여기까지 말을 한 금오는 어디선가 보고 있을 누군가에게 주은하를 놀리고 있다는 걸 보여주기 위하여 일부러 자꾸만 키득거렸다.

어디선가 보고 있을 감시의 눈길. 그 눈길이 과연 이 연극에 속아 넘어갈지는 모를 일이다.

第九章

귀곡신수의 전인

下午
門鵑

1

어느덧 날이 밝아오기 시작했고, 굵은 빗줄기는 이제 가랑비로 변해 있는 상태였다. 하지만 빙영은 아직도 금오를 따라잡을 수가 없었다.

'혹시 다른 길로 간 건가?'

이런 생각이 들자 빙영은 마음이 조급해졌다. 만약 자신이 떨어져 있는 동안 그가 무슨 일이라도 당하면 주군을 무슨 면목으로 뵌단 말인가?

밤새 빗속을 뚫고 달린 탓에 온몸이 흠뻑 젖었고, 하의는 흙탕물로 잔뜩 얼룩져 있음에도 불구하고 빙영은 오직 금오 걱정뿐이다. 보호를 해주겠다는데 속임수를 써가면서까지 자신을 뿌리치는 금오가 야속한 생각도 들었다.

그렇게 한참을 더 달리던 빙영은 어느 순간 이상한 느낌을 받았다. 언제부터인지 모르지만 누군가 자신의 뒤를 쫓고 있다는 느낌이 든 것이다. 생각이 드는 순간 빙영은 신형을 멈추며 주변을 예리하게 훑어보았다. 하지만 아무것도 발견할 수가 없다. 뿐만 아니라 희미하게 전해오던 느낌마저 깨끗이 사라져 버리고 만 듯하다.

파앗!

빙영은 신형을 날려 주변에 있던 거목의 위로 올라갔다. 높은 곳에서 주변을 다시 한 번 살펴보려는 것이다. 그런데 그때,

"혹시 나를 찾는 겐가?"

거목 아래쪽에서 칼칼한 음성이 들려오지 않겠는가? 빙영은 소스라치게 놀라며 아래를 내려다보았다.

한 노인이 그곳에 서 있었다. 원래부터 그곳에 있었다는 듯 유유자적한 모습으로 나무 밑을 오가고 있다.

스아앗!

빙영은 몸을 날려 지면에 내려섰다.

"노선배는 누구십니까?"

그녀가 묻자 노인이 넉넉한 미소를 지으며 대꾸했다.

"그게 뭐 그리 중요한가? 그보다는 내가 왜 자네를 찾았는지가 더 궁금하지 않은가?"

단 한마디로 상황을 장악하는 능력. 예사로운 인물이 아님에 분명했다. 빙영이 얼른 대답을 하지 못하자 노인이 다시 말했다.

"자네는 지금 금오라는 녀석을 쫓고 있는 중이 아닌가?"

"그걸 어떻게……??"

빙영이 놀란 표정을 지었지만, 노인은 이번에도 그녀의 질문에는 대답하지 않은 채 자기의 말을 이어나갔다.

"자네가 객점에서 만났던 계집아이 말인데… 여자 아이치고는 어깨가 조금 넓다는 느낌이 들지 않던가?"

"그 말씀은……??"

잠시 고개를 갸웃하고 있던 빙영의 뇌리로 한 가지 생각이 섬전처럼 스쳐갔다.

'속았다.'

노인이 빙긋이 미소 지으며 다시 말했다.

"자네처럼 순진해 가지고는 도무지 녀석의 상대가 되지 않아. 하루에도 열두 번은 속아 넘어갈걸?"

금오를 너무나 잘 알고 있는 듯한 말투. 빙영은 이 노인의 정체가 다시 궁금해졌다.

"선배님은 대체 누구십니까? 그리고 이런 사실을 왜 제게 알려주십니까?"

"그게 그렇게 궁금한가?"

노인은 이렇게 말하며 한 손으로 얼굴을 쓱 문질렀다. 그러

자 주름투성이의 얼굴이 갑자기 팽팽하게 변하지 않겠는가? 그런데,

"금오!!!"

새로 드러난 얼굴을 확인한 빙영은 소스라치게 놀라며 소리쳤다. 순식간에 변해 버린 그의 얼굴은 분명 금오였기 때문이다.

"그렇게 순진해서는 금오 녀석을 상대하지 못할 거라고 금방 얘기했건만 쯧쯧……."

말을 하며 그는 다시 얼굴을 문질렀다. 그러자 이번에는 중년 남자의 모습으로 바뀌었다.

"이것은……?!!"

순식간에 얼굴을 바꿀 수 있으며, 약간의 내공을 운용하면 골격마저 늘리거나 줄일 수 있는 천하제일의 역용지술. 그것은 천신만안지공(千身萬顏之功)이었다.

하늘의 기예라 알려져 있음에도 불구하고 그 연마기법이 너무 기괴하고도 혹독하여 이를 완벽하게 습득한 사람은 천하에 단 한 명밖에 없다고 알려져 있다.

"혹시 귀곡신수 어른이십니까?"

빙영이 은은하게 떨리는 음성으로 물었다.

귀곡신수는 무욕개와 함께 강호 사대기인 중 한 자리를 차지하는 인물이다. 이들 사대기인은 어느 문파와 파벌에도 관여하지 않고 자유롭게 살아가는 사람들로 일신의 무공과 기

예가 하늘에 닿을 정도여서 강북제일 태극검성, 강남 제일 혼원마성과 거의 동급으로 여겨지는 고인들이다.

"사람들이 나를 그렇게 부르던가?"

귀곡신수는 별스러울 것도 없다는 표정이다.

"한데, 금오와는 대체 어떤 인연이시기에……?"

"녀석이 허무하게 죽지 않기를 바라는 사람 중 하나라고 생각해 두게. 그보다 어서 돌아가 봐. 녀석은 지금 범의 굴에 들어앉아 있는 형국이니까."

"도림객점이 범의 굴이란 말씀이십니까??"

"도림객점뿐 아니라 도림촌 자체가 범의 굴이지. 오 년의 비밀스러운 조사 끝에 겨우 실마리를 잡았다 싶었는데, 녀석이 불쑥 나타나는 바람에 다 틀어져 버렸어."

"어른께서도 십이괴사를 조사하고 계셨던 겁니까?"

"그럼, 그 기괴한 일들을 아무도 조사하지 않고 그냥 내버려 둘 것이라 생각했는가? 나뿐이 아니야. 아마 자네 주군도 이 일에 관심이 많은걸세. 겉으로 드러내지 않았을 뿐이지."

'태극검성께서도 강호십이괴사에 관심을 갖고 계셨다니……'

누구보다 태극검성에 대해 잘 알고 있다고 자부하고 있던 그녀였기에 이 말은 확실히 의외였다.

"뭐 하고 있는 게야? 자네가 녀석 곁에 있어도 쉽지 않은 상황인데, 계속 여기서 우물거리고 있을 텐가?"

재촉하는 귀곡신수의 말에 빙영은 또 다른 의문이 생겼다.

"왜 어른께서는 직접 도와주시지 않습니까?"

빙영의 질문에 귀곡신수는 빙긋이 미소만 짓고 있을 뿐 얼른 대답을 하지 않았다.

*   *   *

비는 정오 무렵이 되자 완전히 그쳤다.

마을 사람들이 의심스럽다고 제 입으로 말해놓고도 금오는 그때까지 늘어지게 자고 일어났다. 누군가 자신을 공격할 일은 절대로 없다고 믿는 것인지 아니면 공격당하더라도 문제없다는 것인지 너무나도 편히 자고 일어난 모습이다.

"비도 그친 것 같으니 이제 슬슬 귀신을 잡으러 가볼까?"

자리를 털고 일어난 금오는 자신의 짐 보따리를 챙겨 들고 방을 나섰다. 일층으로 내려오자 마삼이 조르르 다가오며 말을 걸었다.

"편히 주무셨습니까, 손님?"

어제의 아픔(?)을 많이 털어낸 듯 상당히 밝은 표정이다.

"나야 잘 잤지. 밥 좀 줘."

"뭐를……."

"제일 빨리 되는 걸로."

"알겠습니다. 그런데……."

"왜?"

"부인께서는 왜……?"

"몰랐어?"

"네?"

"아침 일찍 친정 다녀온다고 갔어."

"그럴 리가……."

'이 녀석은 멍청한 거야, 순진한 거야??'

"저는 아침 일찍부터 계속 여기 있었는데……."

반쯤 넋이 나간 듯 마삼이 금오는 문득 측은하게 느껴졌다.

'이 녀석 놀려먹으려고 변장했던 건 아니었는데……?? 가만…….'

무슨 생각이 든 것일까? 금오는 고개를 한번 갸웃하더니 마삼에게 물었다.

"너 원래 이 마을 사람이냐?"

"아뇨. 일찍 부모를 여의고 떠돌다가 작년 이맘때 이 마을로 흘러들어 왔습죠."

"그랬군."

뭘 알았다는 것인지 금오는 심각하게 고개를 끄덕이더니 마삼의 귀에 대고 나직하게 속삭였다.

"부탁이 하나 있는데, 들어줄 테냐?"

"한번 말씀해 보십시오."

"내 아내의 친정이 여기서 칠십 리 떨어진 하가촌이거든?

혹시 알아?"

"하가촌이라면 저도 압니다."

"혼자서 먼저 가겠다고 고집을 부리기에 그냥 보내 버렸더
니 영 마음이 편치 않아서 말이야. 네가 좀 쫓아가 볼 테냐?
내가 부탁했다고 하면 수고비는 집사람이 넉넉히 지불할 거
야."

"하지만 저는 객점 일을 해야 하는데……."

"점소이 해가지고 얼마나 번다고 그래? 하가촌에 가거든
정 부자 집에 가봐. 낙양의 금오가 보냈다고 하면 여기보다
훨씬 조건 좋은 일자리를 만들어줄 테니까."

"그게 정말입니까?"

마삼으로서는 구미가 당길 수밖에 없는 제안이다. 그 아름
다운—이미 남의 부인이 된 사람이기는 하지만—여인과 다시 만
날 수 있는데다가 그녀의 친정 마을에 눌러 살게 된다면 앞으
로도 또 볼 수 있는 기회가 생기지 않겠는가?

"알겠습니다. 당장 주인어른께 말씀드리고, 부인을 쫓아가
보겠습니다."

"그럴 필요 없어. 주인 몰래 그냥 가버리라고."

"하지만 이번 달 새경도 못 받았는데."

"집사람에게 말하면 그것도 알아서 줄 테니까 걱정 말고
가. 그 사람 혼자 가다가 불한당이라도 만날까 봐 걱정이 돼
서 그래. 네가 주인에게 말했다가 주인이 며칠만 더 일하라고

말면 다 소용없는 일이 돼버리잖아."

"그건 그렇네요."

"그러니까 그냥 어서 가라고. 마을 사람들을 보거든 주인 심부름 가는 중이라고 하고."

"네, 알겠습니다."

마삼은 자기가 왜 그런 거짓말까지 해야 되는지 이유를 알 수 없었지만, 일단 금오가 시키는 대로 하기로 하였다. 오직 그 아름다운 여인을 다시 한 번 보고 싶다는 일념 하나 때문에. 그러나 그는 지금 이 결정이 자신의 목숨을 살리게 될 것이라는 점을 알지 못했다.

사실 그가 꿈꾸고 있는 여인은 금오가 만들어낸 가상의 인물이니 두 번 다시 만날 일이 없을 것이다. 물론 금오가 약속한 보수도 받지 못할 테고 말이다. 하지만 하가촌의 정 부자는 확실한 실존 인물이다. 아주 오래전에 낙양에 놀러왔다가 노자 돈을 몽땅 소매치기 당하는 낭패를 당했을 때 금오가 그 일을 해결해 준 적이 있기 때문이다. 물론 그 대가로 되찾은 돈의 절반을 금오가 꿀꺽하기는 했지만, 그래도 그에게는 더없이 고마운 일이었다.

마침 주인도 늦잠을 자느라 아직 나오지 않은 터였기에 마삼은 금오에게 등이 떠밀려 그 길로 객점을 떠나 버렸다.

'부모도 없이 평생 고생만 하고 사는 것도 억울한데, 이런 곳에서 영문도 모른 채 죽기까지 하면 세상이 너무 불공평하

잖아. 정 부자는 사람이 좋은 것 같았으니까 거기서 새로 뿌리를 내려보라고.'

금오는 마삼이 마을 어귀를 무사히 벗어나는 것을 확인하고 나서야 발길을 돌려 흑랑채 터가 있는 곳으로 향하였다. 배가 다소 고팠지만, 괜히 지금 밥을 시켜서 마삼 녀석이 사라진 걸 광고하고 싶은 생각은 없었다. 밥 한 끼 굶는다고 당장 죽는 것도 아니니까.

금오가 이처럼 마을 사람들의 정체를 심각하게 의심하게 된 결정적인 이유는 도림객점 주인 오가력의 행동 때문이다.

지난밤, 그가 역용을 지우고 나왔을 때 마삼은 크게 놀란 표정을 지었지만, 오가력을 만났을 때는 별다른 반응이 없었다. 물론 성격이 무딘 사람들은 그런 일을 모르고 넘어갈 수도 있는 문제다. 하지만 자신이 빗속을 뚫고 흑랑채 터에 다녀왔을 때 그는 지나칠 정도로 관심을 보였었다. 그런 사람이 자신의 변화를 모르고 넘어갔다는 것은 말이 되지 않는다.

그 점이 너무 이상했던 금오는 '왜일까?' 스스로에게 질문을 던졌고, 그러다 보니 이런 마을이 존재한다는 자체에 의문이 들었던 것이다.

십이괴사를 철저히 비밀에 붙이려는 세력이 존재한다면 도림촌을 이대로 둘 리가 없다. 그러나 도림촌 자체가 무산괴사의 비밀을 보호하기 위해 존재하는 집단이라면 얘기가 다르다. 그들은 객점을 운영하면서 손님들을 염탐하여 단순한 호기심으로 구경하러 온 것인지 무산괴사를 본격적으로 조사하려는 사람인지 가려낼 수 있었을 것이다. 그리하여 일반 구경꾼들은 귀신을 보게 하여 쫓아버리고, 조사하려는 자들은 쥐도 새도 모르게 죽여 없앴을 것이다.

여기까지는 무리없이 유추가 가능했다. 하지만 그들이 왜 마을까지 만들어두면서 사람들의 접근을 막으려는 것인지는 금오도 여전히 알 수가 없다. 오늘 자신이 그랬듯 누군가 마을을 의심하게 되면 마을에 있던 모든 사람들이 사로잡힐 위험성이 있는데 말이다.

'그런 위험을 무릅쓰면서까지 여길 지킨다는 건, 무산괴사를 풀 열쇠가 어딘가에 남아 있기 때문일 테지. 그들이 없앨 수 없는 뭔가가…….'

이런저런 생각을 하는 사이 금오는 어느덧 흑랑채 터에 이르렀다. 금오는 먼저 목 없는 귀신이 나타났던 장소로 가보았다. 밤새 비가 그렇게 쏟아졌으니 뭔가 남아 있기를 바란 것은 아니다.

금오는 바닥을 살피는 대신, 귀신들이 지나갔던 자리에 서서 앞뒤 방향을 예리하게 살폈다.

'그랬던 모양이군.'

뭔가 감이 잡혔다는 듯 금오는 고개를 끄덕이며 빙긋이 미소 짓더니 두 발을 힘껏 차내며 흑랑채 뒷산을 향해 달려 올라가기 시작했다.

2

빙영은 지닌바 최대한의 능력을 끌어올려 도림촌을 향해
달려가고 있었다.

"강호십이괴사는 단지 괴이한 사건에 그치는 것이 아니다. 모
르긴 해도 그 뒤에는 어마어마한 음모가 도사리고 있을 게야."

헤어지기 전에 귀곡신수가 해주었던 말이다. 만약 그렇다
면 금오 혼자 도림촌에 있는 것은 너무나도 위험했다. 하지만
너무 멀리 와버린 상태여서 아무리 최선을 다한다 해도 석양
무렵에나 그곳에 도착할 수 있을 것 같았다.
'바보같이…….'
이제 그녀는 자신을 속인 금오를 원망하기보다, 순진하게
속아 넘어간 자신을 책망하고 있다. 만약 그가 잘못된다면 태
극검성께 뭐라고 말씀을 드린단 말인가?
그러나 그녀는 아직도 모르고 있었다. 자신이 금오를 걱정
하는 것이 태극검성의 명령 때문만은 아니라는 사실을 말이
다. 단지 그것뿐이었다면 그의 죽음을 떠올릴 때마다 가슴이
아릴 까닭이 무엇이겠는가?

"혹시 금오가 어른의 전인입니까?"

귀곡신수와 헤어지기 직전에 그녀는 이렇게 물었다.

"녀석의 역용술 때문에 그런 생각을 하는 게냐?"
"그렇습니다."
"그렇다면 전혀 아니라고 할 수는 없겠군. 잔기술 몇 가지를 가르쳐 준 적이 있으니까. 하지만 녀석은 누군가의 제자가 되는 것도 속박이라고 생각하고 있어서 평생 스승 따위는 얻지 못할 게야. 나도 당연히 녀석의 사부는 아니고."

귀곡신수는 비록 잔재주 몇 가지라고 하였지만, 금오가 그의 기예를 전수받았다면 단순한 손장난은 아닐 것이다. 지난밤에 경험했던 역용만 하여도 그녀는 감쪽같이 속아 넘어갔으니까.

귀곡신수가 다시 말했다.

"하지만 녀석이 누군가의 제자가 되기를 거부하는 진짜 이유는 아마도 따로 있을 게다."

"그게 뭔가요?"

"꿈이지. 녀석만의 꿈."

"꿈……???"

그녀가 알 수 없다는 표정을 지어 보였지만, 귀곡신수는 더이상 말해주지 않았다. 그게 알고 싶다면 금오에게 직접 물어보라면서 말이다.

"한 가지 말해줄 수 있는 건, 녀석에게 그 말을 들을 정도가 되면 너는 녀석의 정인이거나 친구로 인정받았다는 뜻이 될 게다. 조심하거라. 녀석의 친구가 되는 건 더없이 좋은 일이지만, 정인이 된다면 속깨나 썩을 테니까. 하하하!!"

그 웃음을 마지막으로 그녀는 귀곡신수와 헤어졌다.

'뭘까? 그 꿈이라는 게…….'

빙영은 금오의 꿈이 궁금해진다. 금오가 악착같이 돈을 모으는 이유도 왠지 그 꿈과 관련이 있을 것만 같았다.

＊　　　＊　　　＊

흑랑채 뒷산을 오르던 금오는 중간에 멈추어 서 있었다. 흑랑채 뒤편에 마련된 완만하면서도 거대한 무덤을 발견했기 때문이다. 그러나 무덤의 규모에 비해 비목은 참으로 초라했다.

여기에 목 없는 원혼 천오백 위가 묻히다.

작은 나무판자에 그냥 먹으로 써놓은 비문 한 줄. 초라하다 못해 불쌍하다는 생각마저 든다.

"당신들의 원한은 내가 풀어주지. 하지만 괜히 고맙다고 꿈속에 나타나거나 하는 짓은 사양이야. 난 귀신 꿈 별로 좋아하지 않거든."

무덤에 대고 괜히 너스레를 떤 금오는 산비탈을 다시 오르기 시작했다. 그렇게 중턱에 다다르자 주변의 나무들을 이리저리 살피며 돌아다녔다.

'아마 이쯤일 텐데… 어? 저거다!'

속으로 소리를 지른 금오는 중턱에 버티고 서 있는 거대한 삼나무로 달려갔다. 언뜻 보기엔 곧게 잘 자란 삼나무일 뿐이다. 하지만 금오가 찾는 것은 그 나무가 아니라, 나무 표피에 횡으로 새겨진 홈이었다. 뭔가 단단히 묶여 있었던 자국임에 분명한.

"이걸로 확실해졌군. 내가 어제 보았던 건 귀신이 아니었어. 저 반대편 나무와 이 나무 사이를 천잠사나 천년묵주사로 연결해 놓고 잔재주를 부렸던 거야. 중간에 갑자기 사라진 것은 내가 잠시 시선을 뗀 사이에 검은색 위장포로 전신을 가려 어둠과 동화된 뒤, 그 줄을 이용해 사라진 것뿐일 테고."

이것으로 지난밤의 귀신 소동은 규명이 된 셈이다. 하지만 무산괴사를 해결할 실마리는 여전히 오리무중이다.

"나 이전에도 수십, 수백 명이 이곳을 조사했을 거야. 그런데 아무것도 나오지 않았다는 건 저 무너져 가는 집들을 조사해 봐야 얻을 게 없다는 얘기가 되지. 그러면 나는 어디부터

조사하는 게 좋을까?'

마치 누군가와 대화를 나누듯 중얼거리던 금오는 손뼉을
딱 치며 소리쳤다.

"무덤!! 저건 아마 아무도 손대지 않았을 거야. 이미 썩어
버린 시신이라 찾을 게 없다고 생각했을 테지. 목 없는 시신
이 천오백 구나 묻혀 있으니 꺼림칙하기도 했을 테고."

금오는 지니고 있던 보따리를 풀었다. 산속에서 빙영을 떼
어버린 뒤, 잠시 큰 마을에 들러서 구입한 물건들이 그 안에
가득했다. 여러 개의 병과 몇 가지 도구들이 들어 있었는데,
그중에는 자루가 없는 삽날도 있었다. 금오는 삽날을 꺼내고
봇짐을 다시 챙긴 뒤에, 주변에서 반듯한 나무를 골라 삽자루
를 깎아 끼었다.

준비를 끝낸 금오는 무덤을 향해 천천히 내려갔다. 그런데
막상 무덤에 도착하고 나자 파헤치기가 꺼려지는지 삽을 바
닥에 꽂아놓은 채 거대한 무덤 주변을 이리저리 돌아다니기
만 했다. 그렇게 한참을 배회하던 금오는 드디어 결심을 한
듯 주먹을 불끈 쥐며 소리쳤다.

"좋아. 이제 시작해 보는 거야!!"

봇짐을 내려놓고 삽자루를 움켜쥔 금오는 내가 언제 망설
였냐는 듯 빠른 속도로 무덤을 파 들어갔다.

아직 해가 밝다고는 해도 목 없는 시신이 천오백 구나 묻혀
있는 무덤이니 조금은 겁이 날 만도 하건만, 한 번 결심을 한

금오는 중간에 조금도 머뭇거리지 않고 계속 흙을 파냈다.

"사지육신 멀쩡해서 숨 잘 쉬고 사는 놈들~ 나 죽을 일 없을 거라 장담하며 살지만은~ 저승길은 순서없어 아차하면 염부라네~ 숨 한 번 내뱉고서 들이쉬지 못하면은~ 그것이 죽음이지 별다른 게 있으련가~? 어떤 놈은 자빠져서 댓돌에 머리 찧고~ 어떤 놈은 여자 밝혀 오밤중에 복상사라~ 그 누군들 죽고 싶어 일부러 갔겠는가~? 아무렇지 않겠거니 마음 놓고 지내다가~ 저승사자 손짓하니 한순간에 엮인 거지~ 그러니 사람들아 내일을 장담 말라~ 사람 목숨 가는 것은 숨 한 번에 달렸다네~"

노래를 불러가며 흙을 팍팍, 퍼내던 금오는 삽끝에 뭔가 길쭉한 것이 걸리자, 얼른 삽질을 멈추고서 손으로 조심스럽게 흙을 긁어내기 시작했다. 그렇게 몇 번 하고 나자 예상했던 대로 길쭉한 인골이 하나 나타났다. 크기로 보아 어른의 대퇴골 같았다. 묻힌 지 오 년이나 흐른 상태여서 살점은 하나도 남아 있지 않았다.

금오는 유골을 꺼내 들고 이리저리 돌려가며 꼼꼼히 살펴보았다. 하지만 특이한 점은 발견할 수 없었다. 그 또한 유골에서 뭔가 발견하리라 기대했던 것은 아니어서 크게 실망하지는 않았다.

그는 대퇴골을 한쪽에 가만히 놓아두고 흙을 좀 더 긁어내기 시작했다. 특별히 뭔가 기대하고 있는 것은 없다. 다만 천오백 구나 되는 유골이 묻혀 있으니 무덤을 파내다 보면 무엇이든 실마리 될 만한 것이 나오지 않겠는가 하는 막연한 기대뿐이다.

그렇게 손으로 흙을 긁어내던 금오는 뭔가 뭉클한 것이 손끝에 닿는 느낌을 받았다. 다소 차갑고도 끈적거리는 느낌. 그 느낌이 얼마나 이상했는지 온몸에 소름이 돋아나고, 털이란 털은 다 곤두서는 것 같았다.

"뭔 느낌이 이러나… 꼭 썩은 송장을 맨손으로 만지는 것 같잖아……."

금오는 더 조심스럽게 그 부분의 흙을 걷어냈다. 그런데 서서히 드러나는 그것은 정말로 썩다 만 살점이었다.

"뭐야, 이거? 다른 부위는 다 썩었는데, 왜 목 부분만 살이 그대로 남아 있지?"

썩어 들어가는 살점을 맨손으로 만졌다는 사실만으로도 속이 메슥거리려고 하는데, 드러난 광경은 더욱 엽기였다.

매끈하게 잘린 목의 절단면은 살이 그대로 남아 있고, 그 아래쪽으로 썩어 들어가다 만 살점들이 너덜너덜하게 붙어 있는 모습. 만약 한밤중에 이 짓을 했더라면 금오가 아무리 강철심장이라 하더라도 비명을 오백 번쯤 질러댔을지도 모를 일이다.

누런 유골과 썩다 만 살점과 매끈한 절단면.

누가 봐도 이건 정상이 아니다.

"혹시 놈들이 지키고 싶었던 비밀이 이것이었나?"

금오는 다른 유골의 상태를 확인하기 위해 흙을 좀 더 긁어 냈다. 커다란 구덩이에 천오백 구나 되는 시신을 몰아넣고 묻은 무덤이어서 흙을 걷어내자 곧바로 다른 유골이 모습을 드러냈다.

뭉클!

"아우, 샹!!!"

한 번 경험을 했음에도 불구하고 썩어 들어가는 살점이 손에 닿는 촉감은 여전히 더러울 수밖에 없다. 두 번째 유골도 똑같은 상태임을 확인했지만, 그것만으로는 부족하다는 듯 금오는 계속해서 유골들을 발굴해 나갔다. 그렇게 두 시진쯤 작업을 계속한 그는 수십여 구의 유골을 확인하였고, 그들 모두가 같은 상태임을 알게 되었다.

이제 더 이상 무덤을 파헤칠 필요는 없을 것 같았다. 누군지 모를 그들이 지키고자 했던 비밀은 이것임에 분명했으니까. 하지만 이것으로 의문이 해결됐다고는 할 수 없다.

이들의 수급은 어디로 사라진 것일까? 절단면 부위는 왜 오 년이나 지나도록 썩지 않고 있는 것인가? 누군지 모를 그들은 어째서 이 비밀을 지키려고 하는 것일까?

의문은 여전하다. 그리고 의문이 남아 있는 한 무산괴사를 해결했다고 할 수 없다.

"수급이 없어진 것도 속상할 텐데, 목 부분 좀 빌려가야겠네. 죽은 시체 파내서 또 잘라간다고 너무 화는 내지 말라고. 나는 어디까지나 당신들 원한을 풀어주려고 이러는 거니까."

금오는 유골 앞에 쪼그리고 앉아 이렇게 말을 하고는 절단면이 붙어 있는 목뼈를 하나 분질렀다.

으득!

뼈 부러지는 소리가 다시 한 번 소름을 돋게 한다. 하지만 비밀을 풀기 위해서는 절단면의 연구가 필수적이었기에 금오는 그것을 자루에 담아 묶은 뒤에 무덤을 빠져나왔다. 그때,

"이래서 잘난 놈은 명이 짧다는 옛말이 있는 거다."

어디선가 음산한 음성이 들려왔다.

'드디어 나타난 건가?

금오는 주변을 천천히 둘러보았다. 멀리서 자신을 포위한 채 천천히 다가오고 있는 자들의 숫자는 모두 이십여 명. 전부 검은 옷을 차려 입었지만 복면은 하지 않았다. 모두 똑같은 종류의 검을 지닌 것으로 보아 합격술을 연마했을 가능성이 높아 보였다.

"적당히 하다 가버렸으면 좋았을 걸 너무 깊숙이 알아버렸으니 여기서 조용히 죽어줘야겠다."

놈들의 수장인 듯한 중년 사내가 말했다. 이마 한가운데 대가리를 곧추세우고 있는 검은색 뱀 문신이 새겨져 있는 자였다.

'인간아 문신을 새길 데가 없어서 마빡 한가운데 처발랐

냐…….'

한심하다는 눈길로 쳐다보고 있던 금오는 한순간 언뜻 놀란 표정을 지었다. 나머지 인물들의 손등에도 똑같은 문신이 새겨져 있는 걸 발견한 까닭이다. 이렇게 되면 뱀 문신이 저들의 고유 문양이라는 얘기가 된다.

'어느 문파가 뱀 문신을 증표로 삼지?'

언뜻 생각해도 뱀을 자신들의 고유 표상으로 삼는 문파가 서너 개쯤 떠올랐다. 모두 마도 방파다. 하지만 그 표상을 손등이나 이마에 문신하고 다니는 문파가 있다는 얘기는 들어본 적이 없다.

'아직 어딘지는 모르지만 조사하면 나오겠지.'

한눈에 보아도 범상치 않아 보이는 자들이 스무 명이나 둘러싸고 있음에도 불구하고 금오는 자신이 당할 염려가 전혀 없다는 듯 여유로웠다. 그러는 사이 놈들은 반경 삼 장여로 포위망을 좁혀왔다.

"금오, 네놈의 명줄도 여기까지다."

이마 문신의 중년인이 나직하게 뇌까렸다.

"어? 내 이름을 알고 있었어? 이거 영광이네."

겉으로는 태연한 척 말을 받았지만, 금오도 속으로는 다소 놀랄 수밖에 없다. 저들이 어찌 자신에 대해 알고 있다는 말인가? 그러나 이런 궁금증은 나중에 풀어도 될 일이다.

"그런데 말이야. 댁들이 정말로 나를 죽일 수 있다고 생각

하는 거야?'

"네놈의 능력은 이미 충분히 파악하고 있다. 절대로 여기를 살아서 빠져나가지는 못할 것!!"

"아, 아… 너무 그렇게 장담하지 말라고. 내 이름을 어떻게 알아냈는지 몰라도 나는 너희가 아는 것처럼 그렇게 시시한 나부랭이가 아니거든."

"네놈 주둥이가 대단하다는 건 이미 알고 있다."

"거, 말귀 더럽게 못 알아먹네. 이런 상황을 내가 말발로 모면할 수 있다고 생각할 것 같아?"

"그건 우리의 검을 받아보면 알겠지."

차앙!

중년인이 검을 뽑아 들자 나머지 흑의인들도 동시에 검을 뽑았다. 마치 한 사람이 움직이는 듯한 착각이 들 정도로 일체가 통일된 행동이다. 이 정도로 훈련된 자들이라면, 금오의 무공으로는 스무 명 아니라 다섯 명을 상대하기에도 벅찰 것이다. 하지만 금오는 어디까지나 여유다.

"좋아, 좋아. 댁들 무공이 대단하다는 건 인정하지. 그런데 말이야. 다리의 힘이 슬슬 풀리지 않아? 지금쯤 효과가 나타날 때가 된 것 같은데."

능글능글한 미소와 함께 던진 금오의 한마디에 중년인은 흠칫 놀란 표정을 지었다. 그가 말하는 것은 독을 사용했음을 의미하기 때문이다. 하지만 언제 독을 썼단 말인가? 그가 알

고 있는 금오는 자신이 눈치 채지 못하게 독을 쓸 만한 능력
이 되지 못한다.

"그런 허풍으로 심기를 흔들려 해도 소용없다."

중년인이 믿지 못하겠다는 듯 대꾸하자 금오가 다시 말했
다.

"그거 이상하네… 지금쯤이면 분명히 효과가 나타날 텐
데… 내가 아까 무덤 주위에다 독을 좀 뿌려두었는데, 왜 아
직 소식이 없지?"

금오는 여전히 빙글빙글 웃어가며 대꾸하였다. 너희가 믿
든 안 믿든 이미 걸려들었다고 자신하는 표정이다. 그가 무덤
을 파기 전에 주변을 돌아다닌 것은 괜히 그런 것이 아니라
은밀하게 독을 뿌리기 위함이었던 것이다.

그러나 그 모습을 보고 있던 중년인은 어이없다는 표정을
지었다.

"어리석은 놈. 땅에다 독을 뿌려놓고 우리가 중독되기를
바랐던 거냐?"

"당연히 중독돼야 하는 거 아냐? 그거 피부에 닿기만 해도
그냥 중독되는 독이거든."

"무슨 독인지 몰라도 가죽신을 뚫고 올라올 정도로 강력한
것이 아니라면 미안하지만 네놈이 죽어줘야겠다."

맞는 얘기다. 그들은 모두 신발을 신고 있으니 독이 무슨
재주로 신발을 뚫고 들어간단 말인가? 그런데 금오는 여전히

자신만만이다.

"어이구, 나야말로 미안해서 어떻게 하나? 내 머리로는 아무리 계산해도 당신들이 중독될 수밖에 없는 것 같은데 말이야."

"……??"

"바닥을 한번 봐. 어제부터 오늘 낮까지 퍼부은 비 때문에 무지하게 질퍽하지? 완벽방수를 자랑하는 특제 신발이 아닌 이상 물이 스며들어서 발이 축축할 텐데. 그렇지 않아?"

"이런……!!"

중년인은 그제야 자신의 실수를 깨달았다. 이렇게 젖은 땅에 독을 뿌려두었다면 물기와 함께 신발을 투과해 들어왔을 가능성이 충분하기 때문이다. 그는 급히 진기를 운용하여 중독 여부를 확인해 보았다.

"으음……."

중년인은 나직한 신음성을 흘려냈다. 뭔지 알 수 없는 독이 이미 전신으로 퍼진 것을 감지한 까닭이다. 그와 동시에,

휘청!

중년은 심한 현기증을 느끼며 몸을 비틀거렸다. 전신에 독이 퍼질 동안 아무런 중독 증상도 나타나지 않던 몸이 왜 갑자기 이런단 말인가? 더욱 이상한 것은 나머지 흑의인들까지 동시에 증상을 느끼기 시작했다는 점이다.

"왜 독이 전신에 퍼지도록 아무런 증상도 없었는지 궁금하

지 않아?"

금오가 약을 올리듯 말하며 중년인에게 천천히 다가왔다.

"그 독은 용천과 백회에 모두 닿은 상태에서 진기를 운용해야 비로소 효과를 나타내기 시작하는 독이거든."

용천은 발바닥 앞면의 가운데 부분, 백회는 정수리에 있는 혈이다. 그러니 온몸에 독이 퍼진 이후에, 그것도 진기를 운용해야 비로소 발현되는 독이라는 얘기다. 금오의 말이 이어졌다.

"이름은 근무력산이라고 하지. 그리 널리 알려지지 않은 독이라 잘 모를 거야. 하지만 효능 하나는 죽여주지. 증상을 느끼는 순간 현기증이 일고, 다섯 호흡을 넘기기 전에 온몸의 근육이 축축 늘어지기 시작하며, 다섯 호흡이 더 지나고 나면 도저히 서 있을 수도 없게 될 거야. 그렇다고 너무 걱정은 하지 마. 사흘 정도 누워 있으면 저절로 사라지는 독이니까."

"으으……."

금오의 설명이 끝날 즈음이 되자 흑의인들이 하나둘 쓰러지기 시작했다. 그러자 놈들의 수장인 중년인은 급히 입을 우물거렸다. 하지만 마음만 급할 뿐 근육이 제대로 말을 듣지 않아 우물거림은 무척이나 둔해 보였다.

"이런, 내가 깜빡했군. 너희처럼 비밀이 많은 놈들은 생포됐을 때를 대비해 입 안에 독단을 숨기고 다닌다는 사실을 말이야."

금오는 얼른 중년인의 입을 벌리고 이빨로 위장되어 박혀 있던 독단을 꺼내 버렸다. 그러자 중년인도 더 서 있지 못하고 풀썩 쓰러지고 말았다.

　무려 스무 명이나 되는 자들을 포로로 잡았으니 이제 그들의 입만 열게 하면 무산괴사의 비밀을 푸는 것은 시간문제였다. 그런데 금오는 왠지 개운치가 않다. 일이 너무 쉽게 풀리고 있다는 느낌이 드는 까닭이다.

　'겨우 바닥에 뿌려둔 독에 몽땅 당하는 녀석들이 전부였다면 무산괴사가 여태껏 비밀에 싸여 있을 리가 없는데……'

　이런 생각을 하고 있을 때였다.

　"네놈이 귀곡신수의 전인일지도 모른다는 보고가 있더니 사실이었던 모양이구나."

　어디선가 나직하면서도 귀기스러운 음성이 깔려 나왔다. 방향을 종잡을 수 없는 음성이다.

　'진짜배기가 나타난 건가?'

　음성에 실려 있는 기도가 중년인과는 비교도 되지 않을 만큼 강렬했기에 금오도 바짝 긴장하며 주변을 둘러보았다.

　목소리의 주인공은 산등성이 쪽에서 내려오고 있었다. 하나가 아니라 셋이었다. 모두 푸른 장포를 걸쳤으며, 얼굴에는 피가 뚝뚝 떨어질 듯 붉은 귀면탈을 쓰고 있는 모습이다. 나이는 정확히 가늠할 수 없으나 희끗한 머리가 제법 많은 것으로 보아 오십 중반에서 육십 사이의 초로인 같았다.

그런데 놀라운 것은 발이 땅에서 두 치가량 뜬 채 움직이고 있다는 사실이다. 허공에 떠 있음에도 불구하고 그들이 발을 옮길 때마다 땅에 족인이 선명하게 생겨났다. 진기를 운용해 몸을 띄우고 있다는 얘기다.

'젠장, 이렇게 되면 완전히 계산 초과잖아……'

한눈에 보아도 한 갑자에 가까운 내력을 지닌 인물이 셋이나 되니 이건 금오의 능력을 벗어나도 한참 벗어난 형국이다. 게다가 그들은 금오에게 천천히 다가오며 바닥에 쓰러져 있는 흑의인들을 간단히 죽여 버리는 냉혹함마저 보였다. 먼저 나타났던 흑의인들과는 차원이 다른 자들임에 분명했다.

第十章

입맞춤, 그 첫 느낌…

下午
門鶵

1

　"귀곡신수 영감탱에게 잔재주를 몇 가지 배운 건 사실이지만, 전인이라고 할 정도는 아니지. 사제지간은 더더욱 아니고. 그런데 댁들은 누구쇼? 날 잘 알고 있는 거 같은데 나는 그쪽을 모르니 각자 소개를 좀 해야 하는 거 아닌가?"

　감당하기 힘든 상대를 셋씩이나 맞이하고도 금오는 조금도 주눅 든 기색을 보이지 않았다.

　"무산을 지키고 있는 세 명의 귀신 정도라고 해두지."

　귀면탈 중 한 명이 나직한 음성으로 대꾸했다. 곧 죽을 놈이 우리 정체는 알아서 뭐 하냐는 듯한 태도다.

　"무산삼귀라… 명호가 좀 허접하구만?"

금오는 상대를 흥분시켜 틈을 만들기 위해 일부러 비아냥 거렸지만, 무산삼귀는 아무런 반응도 보이지 않았다. 그 정도로 흔들릴 조무래기가 아니라는 얘기다. 그렇다고 이 정도로 포기할 금오 또한 아니다.

"어? 그리고 보니 귀면탈에 찍힌 점 색깔이 모두 다르네?"

그들 삼인의 귀면탈 미간에는 청, 홍, 황색의 콩알만 한 점이 각각 찍혀 있었다.

"다 똑같아서 헷갈리니까 점 색깔에 따라 청땡, 홍땡, 황땡이라고 부르면 되겠네. 그런데 누가 대장이지? 홍땡 당신인가? 왜 대답이 없어? 홍땡이라는 호칭이 마음에 안 들어? 그럼 적땡으로 할까? 아니면 단(丹) 자도 붉다는 뜻이니 단땡으로 하던지."

상대의 생각 따위는 안중에도 없다는 듯 금오 혼자 신나게 떠들어댔지만, 삼 인의 귀면탈은 조금의 동요도 보이지 않았다.

"시끄러운 녀석이군."

금오의 노력에도 불구하고 돌아온 것은 차가운 대꾸 한마디였다. 말과 함께 붉은 점 귀면탈이 손짓을 하자, 청, 황점 귀면탈이 미끄러지듯 움직이며 금오를 에워쌌다. 곧 손을 쓰겠다는 얘기다.

"난 아직 할 얘기가 남았는데……."

"남은 말은 염부에 가서 떠들거라!!!"

금오의 말이 채 끝나기도 전에 홍점 귀면탈이 쌍장을 맹렬하게 떨쳐 냈다. 순간,

우우웅!

강렬한 공기울림과 함께 그의 장심에서 붉은색 장인이 쏘아져 나왔다.

"이런 젠장!! 나잇살이나 먹은 사람이 웬 성질이 이렇게 급해?"

금오는 환환무영보를 시전하며 급히 몸을 피했다.

"어린 녀석!! 여기도 있다."

이번엔 황점 귀면탈이 일장을 때려왔다. 붉은 기운이 아른거리는 저 손바닥에 맞았다가는 온몸의 뼈가 다 으스러지고 말 것 같았다.

"나도 무기를 꺼낼 시간 정도는 줘야 할 것 아냐, 인간들아!!!"

금오가 다급히 피하며 소리쳤다. 하지만 삼 인의 귀면탈은 그런 사정을 일일이 봐줄 의사가 전혀 없다는 듯 연이어 공격을 가해왔다.

우우웅!

화화확!

삼 인이 동시에 쌍장을 휘둘러내자 일대는 온통 그들의 장영으로 뒤덮이고 말았다. 그러던 한순간,

파앙!

"크윽!!!"

강렬한 격타음과 함께 금오가 바닥에 나동그라졌다. 바닥을 네다섯 바퀴나 굴러나간 금오는 울컥 피를 토해내더니 천천히 몸을 일으키며 말했다.

"치사하게 셋이 한꺼번에 덤비면서 무기 꺼낼 시간도 안 주다니… 인간들 정말 인정머리없네."

그 모습을 보고 있던 홍점 귀면탈이 믿을 수 없다는 표정으로 중얼거렸다.

"대체 어떻게……??"

자신의 전신 내력이 실린 일장을 맞은 금오가 다시 일어나고 있다는 사실을 그는 도저히 믿을 수가 없었다. 자신과 비슷한 내력을 지닌 자라 해도 이런 공격을 당했다면 절명 내지는 운신이 불가능할 정도의 내상을 당해야 맞는 일이기 때문이다.

"큭큭… 내가 다시 일어나서 이상해?"

키득거리며 일어난 금오가 오기로 똘똘 뭉친 눈빛을 쏘아내며 다시 말했다.

"내가 무공은 좀 약해도 맷집은 좀 있거든. 나를 죽이려면 장력을 백번 정도 더 날려야 할 거야."

"대체 무슨 수작을 부린 거냐?"

홍점 귀면탈이 물었다.

"수작은 무슨……? 둔둔구갑공이라는 말 들어봤어?"

"둔둔… 구갑공???"

그런 무공도 있단 말인가? 홍점 귀면탈은 금시초문이다.

"모르는 게 당연하지. 정사를 막론하고 무림 일파로 쳐주지도 않는 하찮은 하오문의 무공이니까."

하오문의 무공이라는 말에 홍점 귀면탈의 눈빛이 싸늘하게 가라앉았다. 자존심이 상했다는 얘기다.

"꼴에 자존심은… 회심의 일장이 하오문 무공에 막힌 게 그렇게 기분 나빠?"

말은 이렇게 하고 있지만, 금오는 내장이 온통 뒤틀려 당장이라도 쓰러질 것만 같았다.

'샹… 둔둔구갑공만 익히면 어떤 공격이라도 다 버텨낼 수 있다고 큰소리치더니, 내가기공에는 도무지 쓸모가 없잖아. 하여간 아빠라는 인간들이 하나밖에 없는 아들에게 겨우 이런 무공이나 가르쳐 주고 말이야.'

둔둔구갑공(鈍鈍龜甲功)은 넷째 아빠 왕구(王龜)의 독문무공으로 외부의 공격을 사방으로 분산시켜 체외로 배출시켜 버리는 호신기공이었다. 그러나 직접적인 타격에만 효과가 탁월할 뿐 내공에는 큰 힘을 발휘하지 못했다. 특히 지난번 담초은에게 당할 때처럼 음한장력에는 거의 속수무책이었다.

"좋다. 네가 그토록 자랑하는 둔둔구갑공이 얼마나 더 버틸 수 있는지 한번 보도록 하지."

홍점 귀면탈이 진기를 끌어 모으며 금오에게 다가왔다. 나머지 두 명은 금오의 퇴로를 막은 채 가만히 구경만 하였다.

둔둔구갑공이 전혀 먹히지 않은 것은 아니어서 한 번은 어떻게 버텨냈지만 그의 장력을 다시 한 번 맞는다면 금오는 피를 토하며 쓰러질 수밖에 없을 것이다. 하지만 목숨을 구걸할 생각은 없다. 그렇다고 '죽여줍쇼' 하고 고개를 조아릴 생각도 없다.

'좋아. 한번 해보자고. 싸움은 끝에 웃는 놈이 이기는 거니까.'

금오는 지니고 있던 봇짐을 빠르게 뒤져 뭔가를 꺼내 들었다. 언뜻 보기에는 철퇴처럼 생긴 물건이었지만, 일반적인 철퇴는 아니었다.

한 자가량의 손잡이에 가는 쇠사슬이 연결되어 있고, 그 끝에는 철구가 달려 있었는데, 묵직한 쇳덩이가 아니고 속이 비고, 구멍이 숭숭 뚫려 있었다. 다시 말해서 얇은 철판으로 만든 철구라는 얘기다.

철구 안에는 솜이 들어가 있었는데, 대체 솜을 넣은 철구로 뭘 어쩌겠다는 것인지 모를 일이다.

"네놈이 말했던 무기라는 게 겨우 그런 장난감이었던 거냐?"

"이것도 하오문 물건이라 우습게 보이는 모양이지? 하지만 두고 봐. 하오문 최고의 대장장이가 만든 불철퇴의 위력이 어떤 것인지 알게 될 테니까."

금오는 시간을 벌기 위해 일부러 느릿하게 말하며 부싯돌을 꺼내 철퇴의 솜에 불을 붙였다.

화르릉!

그의 장담을 증명이라도 하려는 듯 거센 불길이 일어났다. 철구 안에 들어 있는 솜에 기름을 미리 먹여두었을지 모른다는 점을 감안하더라도 불길이 너무 강렬하게 느껴졌다.

"불이 좀 크니까 이제 겁이 좀 나시나?"

금오는 불붙은 철퇴를 천천히 돌리기 시작하며, 말을 이었다.

"조심하라고. 이거 몸에 한 번 붙으면 온몸이 다 타서 재가 되기 전에는 절대로 꺼지지 않는 불이니까."

"불소화린산을 사용했단 말이냐?"

"이제 조금 걱정이 되시는 모양이지?"

불소화린산(不消火燐散)은 일단 불이 붙으면 물속으로 뛰어들어도 연소물질이 다 타고 나서야 꺼진다는 지옥의 불로 알려져 있는 물질이다. 그런 것이 나타났다면 아무리 일 갑자의 고수라 해도 긴장할 수밖에 없다. 불소화린산은 내력으로 어찌해 볼 수 있는 물질이 아닌 까닭이다.

"자, 기대들 하시라고. 불똥 하나라도 옷에 붙었다간 뼈 한 조각 남기지 않고 타 죽게 될 테니까 말이야."

금오는 불철퇴를 마구 휘둘러대며 홍점 귀면탈에게 돌진

해 들어갔다.

"헉!!!"

금오가 다가가기도 전에 홍점 귀면탈은 크게 놀라며 몸을 날려 피하였다. 철퇴의 공격보다도 그곳에서 마구 쏟아져 나오는 불똥들이 두려웠던 것이다.

"살 만큼 산 사람들이 삶에 웬 미련이 그렇게 많아? 너무 겁내지 말고 덤벼보라고."

금오는 살판났다는 듯 불 철퇴를 휘두르며 삼 인의 귀면탈을 쫓아 이리저리 뛰어다녔다. 그중에서도 금오의 주목표가 된 자는 홍점 귀면탈이었다. 그러던 어느 순간,

파아악!

기회를 엿보고 있던 황점 귀면탈이 철퇴를 쥐고 있던 금오의 팔목을 강타하였다.

"아윽!!!"

손목이 끊어질 듯한 고통으로 비명을 질렀지만 금오는 끝내 손잡이를 놓치지 않았다. 하지만 움직이던 손이 갑자기 멈추자 빠르게 돌고 있던 철퇴가 불규칙한 호선을 그리며 허공에서 요동쳤고, 그 바람에 수많은 불똥이 두 사람 주변에 마구 떨어졌다.

"조심해라, 이제(二弟)!!"

홍점 귀면탈이 다급히 소리쳤지만, 황점 귀면탈의 옷에는 이미 서너 개나 되는 불똥이 들러붙은 상태였다. 그러나 비명

을 먼저 지른 것은 금오였다. 그의 옷에는 더 많은 불똥이 떨어졌기 때문이다.

"으아악!!! 크, 큰일 났다!!"

금오는 길길이 날뛰며 두 손으로 옷을 마구 털어냈다. 그러는 사이 황점 귀면탈은 두 형제의 도움을 받아 재빨리 장포를 벗어 던졌다. 그러나 불길은 이미 장포를 뚫고 속안의 옷에도 붙어 있는 상태였다.

손으로 그 불길을 털려고 하다간 손에까지 옮겨 붙을 가능성이 컸기에 그는 재빨리 안에 있었던 옷까지 벗어 던졌다. 그렇게 고쟁이만 남기고 모두 벗어버리자 불길은 더 이상 몸에 남아 있지 않았다.

"휴우……."

황점 귀면탈은 안도의 한숨을 내쉬었다. 발 빠른 대응 덕에 목숨을 구한 것이다. 그들은 그렇게 생각했다. 그런데,

"큭큭큭……."

아주 듣기 거북한 금오의 웃음소리가 들려오지 않겠는가? 불길에 휩싸여 비명을 질러대고 있어야 할 녀석이 웃고 있다니.

무산삼귀는 설마 하는 표정으로 금오를 바라보았다. 그러자 금오는 아주 배꼽을 잡고 웃기 시작했다.

"크하하하!!! 아하하하하!!!"

무산삼귀의 표정이 썩은 사과처럼 누렇게 물들어갔다. 금

오의 의복에 붙었던 불이 다 꺼져 있음을 발견한 까닭이다. 불에 탄 구멍만 몇 개 있을 뿐 그의 의복은 너무나도 말짱했다.

"바보 같은 인간들. 셋이 나이를 합치면 이백 살은 될 것 같은데, 그런 잔꾀에 넘어가서 의복을 홀랑 벗어버리다니. 크크크, 크크크큭… 하하하하하!!!"

금오가 굳이 설명하지 않더라도 무산삼귀는 놈에게 깨끗이 속았다는 걸 알 수 있었다.

"버르장머리없는 놈!!! 죽어도 곱게 죽여주지 않겠다!!!"

금오에게 속아 옷을 홀랑 벗어버린 황점 귀면탈이 발을 구르며 소리쳤다. 그러자 금오는 더욱 배꼽을 잡으며 웃어댔다.

"크하하하하!!! 고쟁이만 입은 늙은이가 귀면탈을 걸치고 있으니 정말 볼만하구만. 으하하하하!!!"

이쯤 되면 아무리 참을성이 많은 사람이라도 분노가 폭발할 수밖에 없다.

"그 아가리부터 찢어주마!!!"

황점 귀면탈이 소리를 치며 금오에게 쇄도해 들어갔고, 곧이어 나머지 두 명도 신형을 쏘아냈다. 그러자 금오는 환환무영보를 이용해 얼른 몸을 날려 철구가 있는 곳으로 도망쳤다. 철구는 아직도 불이 타오르고 있는 중이다. 하지만 그것이 단순한 기름불이라는 사실이 밝혀진 이상 무산삼괴가 두려워할 이유가 없다.

그런데도 금오는 뭔가 믿는 구석이 있는 듯 크게 걱정하지 않는 표정이다. 뿐만 아니라 주머니에서 뭔가를 꺼내 입에 넣고 우물우물 씹는 여유까지 보였다.

"네놈을 잡아서 힘줄을 모조리 뽑아주마!!!"

쿠아아앗!

선두로 달려온 황점 귀면탈은 쌍장을 휘두르며 정면으로 달려들었고, 나머지 둘은 금오의 양옆을 돌아 퇴로를 차단하려 하였다. 바로 그때,

"멈춰라!!!"

싸늘한 외침과 함께 흐릿한 인영이 금오 앞에 떨어져 내리며 일검을 떨쳐 냈다.

콰아아앗!

어마어마한 경력이 실린 검초가 펼쳐지자 황점 귀면탈은 급히 장력을 회수하며 뒤로 물러났다.

나타난 인물은 다름 아닌 빙영이었다. 무산삼귀의 무공도 간단치는 않았지만, 태극검가에서 열 손가락 안에 들어가는 빙영의 검초를 단신으로 받아낼 만큼은 되지 못한다. 그러나 둘만 힘을 합치더라도 그녀의 발을 묶어두기에 충분하다. 그러는 사이에 나머지 하나가 금오를 처리하면 될 테고 말이다.

무산삼귀는 그렇게 생각했고, 그들의 무위를 가늠한 빙영도 쉽지 않은 싸움이 될 것임을 예견하였다. 하지만 그것은 그들의 생각일 뿐이다. 금오의 생각이 여기에 더해진다면 결

과가 어떻게 될지 아무도 모른다.

"겨우 이러려고 나를 떼어내지 못해서 안달한 거냐?"

빙영이 책망하는 투로 말했다. 그런데 금오는 자신을 죽음에서 구해준 은인에게 조금도 고마운 생각이 들지 않는다는 태도다.

"여긴 대체 어떻게 온 거야?"

말투도 뻣뻣하기 그지없다. 아니, 뻣뻣함을 넘어서 짜증이 실려 있는 말투다.

"고맙다는 소리까진 바라지 않을게. 하지만 쓸데없는 자존심은 접어둬. 지금은 놈들을 먼저 처리해야 할 때니까."

"내가 고마워해야 할 이유가 없는데, 뭔 헛소리야? 그리고 처리하긴 뭘 처리한다는 거야, 이 웬수야!!! 나타나려면 좀 일찍 나타나던지, 아니면 아예 늦게 나타나던지. 왜 하필이면 지금이냐고?"

금오가 소리를 버럭버럭 질렀다. 그런데 입 안에 찐득한 액체를 잔뜩 물고 있어서 말소리를 제대로 알아듣기가 힘들었다.

"뭘 잔뜩 물고 있는 거야?"

"해독제다, 왜?"

"뭐??"

"해.독.제!!!"

금오가 입에 물고 있던 것 중 절반가량을 삼킨 뒤 한마디씩

끊어서 다시 말해주고 나서야 빙영은 뭔가 잘못됐음을 알아
차릴 수 있었다. 그러나 누구보다 놀란 사람들은 바로 무산삼
귀였다.

"또 무슨 수작을 부린 거냐, 어린 녀석!!"

홍점 귀면탈이 소리치자 금오가 짜증스럽다는 듯 말을 받
았다.

"그만큼 나이를 먹고도 상황 파악이 안 돼? 내가 장난이나
치자고 불을 휘두르며 지랄을 했겠어? 다 이유가 있어서 그런
거라고."

"그럼, 저 철구 안에 독이 들어 있었다는 말이냐?"

"당연하지. 불소화린산이라고 속인 것은 당신들의 신경을
끌기 위해서였고."

"네놈이……"

"나도 지금 머리가 무지 복잡하거든? 그러니까 잡소릴랑
집어치워. 아무리 날 죽이고 싶어도 이젠 늦었으니까 괜히 용
쓰지 말고."

"죽어도 같이 죽어야 할… 커억!!!"

홍점 귀면탈은 말을 하다 말고 검붉은 피를 왈칵 토해냈다.

"그러게 괜히 용쓰지 말라니까."

금오는 더 볼 것도 없다는 듯 서서히 무너지고 있는 삼 인
의 귀면탈을 일견하고는 빙영에게 시선을 옮겼다.

"어쩔 거야?"

"뭐가?"

"바보냐?"

"뭐야??"

"저 인간들 피 토하며 뒈지는 거 안 보여?"

"그게 나와 무슨 상관……?? 지금 나도 중독됐다고 말하는 거야?"

"일찍도 알아듣는다. 여기 도착한 이후로 숨을 한 번이라도 쉬었으면 확실하게 중독됐으니까 그렇게 알아."

"독을 썼으면 해독약도 있을 거 아냐?"

"물론 있지."

"그런데 뭐가 문제야?"

"이게 전부거든."

금오는 이렇게 말하며 입을 쩍 벌려 보였다. 침과 뒤섞여서 찐득하게 변한 검은 액체. 결코 식욕이 동하게 생기지 않은 그것을 바라보고 있으려니 빙영은 한숨이 절로 나왔다.

"그거 말고 새로 제조는 못하는 거야?"

"나는 급할 때 마음 편한 소리 하는 인간들 보면 패주고 싶더라. 그럴 방법이 있으면 내가 이걸 안 삼키고 있었겠어? 지금 내가 쓴 독은 십보단혼산이야. 일반적인 해독제로도 해독이 가능하기는 하지만, 독이 워낙 빨리 퍼지는데다 진기로 몰아내지지 않는 성질이 있어서 해독약을 찾으러 돌아다닐 새도 없이 죽게 되는 독이라고."

"시간이 얼마나 남았는데?"

"숨 다섯 번만 쉬어봐. 그다음엔 폐장에서 피가 쏟아져 나올 테니까."

도무지 방법이 없다는 얘기다. 그렇다고 금오의 입 안에 고여 있는 저 찐득한 액체를 넙죽 받아먹을 수도 없는 일이다. 그녀가 쉽게 결정을 내리지 못하자 금오가 짜증스러운 표정으로 그녀에게 다가섰다.

"왜, 왜이래?"

"그럼, 그냥 죽을래? 귀신이 돼서 날 보호할 거야?"

"하지만……."

"하지만은 얼어 죽을……."

와락!

"흐읍!!!"

금오는 그녀를 확 끌어안으며 입을 맞췄고, 빙영은 얼떨결에 그의 입술을 받아들였다. 홉떠진 눈, 꽉 쥔 주먹. 금방이라도 멈춰 버릴 것만 같은 심장…….

'나쁜 자식…….'

왜 괜히 욕이 나오는 걸까?

'첫 입술인데…….'

이런 것도 입맞춤이라고 할 수 있을까? 금오는 아마 아닐지도 모른다. 하지만 사내의 첫 입술을 받아들이는 빙영에게는 입맞춤일 수밖에 없다.

사르르, 눈이 감기고, 움켜쥐었던 주먹이 느슨하게 풀린다.

운명……

그것은 간혹 인간의 삶을 바꿔놓기도 한다.

2

금오와 빙영은 땅바닥에 주저앉은 채 서로 등을 기대고 앉아 있었다.

"왜 미리 말을 안 했던 거야?"

빙영이 힘겨운 말투로 물었다.

"말을 안 하고도 억지로 먹였는데, 말을 했으면 당신이 받아먹었겠어?"

"그래도 그런 건 말을 했어야지!!"

빙영의 언성이 다소 높아졌다. 그녀가 이렇게 화를 내는 건 조금 전 금오와 나눠 먹은 해독제가 한 사람 분량이어서, 둘 모두 해독이 되지 않았기 때문이다. 금오의 말에 의하면 절반 분량의 해독제로는 반 시진을 버티기도 힘들다고 하였다. 게다가 이렇게 몸이 무거워 가지고는 해독제를 구할 만한 큰 마을까지 움직일 방법조차 없다. 그런데도 금오는 너무나 태평하다.

"건듯하면 소리 지르는 버릇 좀 고쳐. 여자가 나긋나긋한 맛이 있어야지, 아무 때나 소리 벅벅 지르면 시집 좋은 데로

못 가."

"걱정 마. 너에게 데려가라고 안 할 테니까."

"듣던 중 반가운 소리네. 입술 한 번 맞췄다고 책임지라고 하면 어쩌나 했더니."

"……."

빙영은 더 이상 대꾸가 없다.

"삐쳤어?"

"……."

"삐친 거 맞구나?"

"시끄러워!"

"얼마나 지났지?"

"향 두 자루 탈 시간은 충분히 지났을 거야."

이각 정도 흘렀다는 얘기다.

"남은 인생의 절반이 사라진 거군?"

"바보 같은 자식……."

"왜 자꾸 그래? 이미 지난 일 가지고."

"너 하나라도 살았어야 했잖아!"

"걱정 마. 둘 다 살게 될 테니까."

"무슨 재주로??"

"귀곡신수 영감탱 만났다고 했지? 그 영감탱이 관상 하나는 끝내주거든? 그런데 나를 보더니 요절할 상은 아니라고 하더라고."

겨우 한다는 말이 관상이라니… 빙영은 더 이상 맞장구 쳐
주고 싶은 생각이 없다.

"한 가지만 물어보자."

"시간 넉넉하니까 여러 가지 물어봐도 돼."

"혼자 먹었으면 살 수 있었는데, 왜 해약을 나눠준 거야?"

"성질 잘 부리는 여자 입술은 어떤가 알고 싶어서."

"금오!!!"

"알았어, 알았어. 소리 좀 지르지 마."

"말해봐."

"조금 전에 얘기했잖아. 둘 다 살 거라고."

"좀 진지하게 대답할 수 없어?"

"아주 진지하게 대답한 거야. 두고 봐. 살게 될 테니까."

진담인지, 농담인지 금오는 대답을 번복할 생각이 없는 듯
했다. 빙영은 왠지 가슴 한구석이 허전해진다. 아마도 그녀가
원하던 대답이 아니었기 때문일 것이다.

"귀곡신수 어른과는 어떻게 만났어?"

그녀가 나직하게 물었다. 금오에 대해 알고 싶다는 얘기
다.

"땅굴을 파고 있는데, 도무지 진도가 나가야 말이지. 아직
어릴 때라서 말이야."

"땅굴???"

"그런 게 있어. 너무 깊이 알려고 하지 마. 어쨌든 그때 그

영감탱이 나타난 거야. 땅굴을 쉽게 팔 수 있는 재주를 가르쳐 줄 테니 자기 제자가 되지 않겠냐며."

"하지만 제자는 아니라며?"

"당연하지. 내가 싫다고 했더니 거래를 하자고 하더군. 나중에 자기가 원할 때 사부님이라고 딱 한 번만 불러달라는 거였어. 진짜 제자가 되는 것도 아니고 그냥 말 한마디 하면 되는 거라서 그러자고 했지. 그때 그 꼬임에 넘어가지 말았어야 하는 건데……."

"왜?"

"그건 그 영감탱이의 기예를 배워보면 알아. 한 가지 배울 때마다 온몸의 뼈마디가 열 번은 부서져 나가는 것 같으니까. 내 성질이 더러워진 것도 다 그거 때문일 거야. 덕분에 웬만한 고통 따위는 웃으며 넘길 수 있게 되었지만."

"귀곡신수 어르신께 듣기로 뭔가 꿈이 있다고 하던데……."

"그 영감탱이가 그런 소리까지 했어?"

"뭔지 말해줄 수 있어?"

"그걸 아무렇지 않게 묻는 걸 보니, 그 영감탱이가 내 꿈 이야기를 듣는 여자는 내 마누라가 되어야 한다는 소리는 안 했나 보네?"

"그만둬. 듣고 싶은 생각 없어졌어."

"서로 입술도 나눈 사인데 그냥 말해줄까?"

"됐어!!"

"알았어. 나도 사실은 얘기하고 싶지 않으니까."

"……."

"……."

둘 사이에 어색한 침묵이 흘렀다. 아니, 그것은 고통의 침묵이었다. 서로 아무렇지 않은 듯 대화를 나누고는 있었지만, 그들은 지독한 고통과 싸우고 있는 중이었으니까.

약간의 시간이 더 흘렀다.

"쿨럭, 쿨럭!!"

금오가 갑자기 기침을 하며 피를 게워냈다.

"젠장 폐장에 피가 차기 시작하는 거 같은데… 당신은 괜찮아?"

"나도… 쿨럭!!"

대답을 하던 빙영도 피를 토해냈다.

"젠장, 다 죽고 난 다음에 오려는 건가?"

금오가 먼 산을 쳐다보며 중얼거렸다.

"누구 올 사람이 있어?"

"내 생각이 맞는다면 분명 나타날 거야."

"누구??"

"조금만 기다려 봐. 알게 될 테니까."

"쿨럭, 쿨럭!!!"

빙영이 다시 기침을 하기 시작했다.

"마음을 최대한 편히 가져. 그게 최악의 상황에서 할 수 있는 최상의 방책이야."

"금오……."

"왜??"

"꿈 얘기 좀 한번 해봐."

"그거 내 마누라가 되고 싶다는 뜻이야?"

"당장 죽게 생겼는데, 무슨……."

"죽지 않는다니까. 분명히 살아날 거야."

"만약 그렇다면……."

빙영이 뭔가 말을 하려는 순간이었다.

숲속 저만치에서 누군가 빠르게 달려오는 모습이 언뜻언뜻 보이기 시작했다.

"오나 보다!!"

금오가 소리쳤고, 덕분에 빙영은 하려던 말을 꿀꺽 삼켜야 했다.

"누가 오는 거야?"

"그야 물론……??? 뭐야, 저 인간이 어떻게……."

잠시 희망에 찼던 금오의 얼굴이 묘하게 일그러졌다. 무지막지한 속도로―콧김까지 팍팍 내뿜으며―달려오고 있는 인간이 엉뚱하게도 장쾌였던 까닭이다. 이건 절대로 금오가 바라고 있던 상황이 아니다.

"씨바, 이 중요한 순간에 왜 저 인간이 나타나냐고……."

금오는 정말이지 울고 싶은 심정이다.

쿵, 쿵, 쿵, 쿵!

발자국 소리도 요란하게 달려온 장쾌는 바닥에 주저앉아 있는 금오와 빙영을 발견하고는 눈이 시뻘게질 정도로 소리를 질렀다.

"이 미꾸라지 같은 자식!!! 오늘은 절대로 놓치지 않겠다!!!"

독이 단단히 올라 소리치는 기세로 보아 금오의 사정 따위를 봐줄 상태가 아닌 듯하다.

"제길, 오늘이야말로 금오 인생 최대의 위기로군."

금오는 될 대로 되라는 듯 그대로 앉아 있었다. 사실 움직일 힘 따위도 남아 있지 않다. 폐에 피가 자꾸 고여 숨 쉬는 것조차 힘든 상황이었으니까.

그런데 당장이라도 죽여 버릴 듯 달려오던 장쾌의 속도가 눈에 띄게 느려지는 듯하더니 삼 장 정도의 거리를 두고 완전히 멈추어지고 말았다. 그리고는 고개를 갸웃한 채 탐구의 눈길로 금오를 바라보았다.

"다친 거냐?"

"그럼… 장난으로 피를 게워내고 있는 것 같아?"

그의 물음에 금오가 힘겹게 대답하자 장쾌가 갑자기 발을 구르며 소리쳤다.

"이런 젠장!!!"

"조용히 좀 해. 큰 소리만 나도 온몸이 욱신거리니까."

그러나 장쾌는 더욱 분하다는 듯 발을 구르며 소리쳤다.

"이런 우라질, 우라질!!!"

"왜 소리는 지르고 난리야? 당신이 그렇게 잡고 싶어했던 내가 도망도 못 치고 있으니 잘된 일이잖아."

"나는 정정당당히 네놈을 찍어 누른 뒤에 사지를 꺾어버리고 싶었던 거지 이렇게 비실거리는 병아리의 목을 비틀고 싶었던 게 아니란 말이다."

"어쭈? 제법 마음에 드는 소리도 할 줄 아네?? 조금 바보 같기는 하지만."

금오가 살짝 약 올리는 말을 곁들였음에도 불구하고 장쾌는 전혀 신경 쓰지 않았다.

"어떻게 하면 네놈을 치료할 수 있는 거냐? 말해봐라. 의원에게 데려다 주면 되는 거냐?"

"눈물 나게 고맙기는 하지만, 가만히 있는 게 도와주는 길이야. 이제 곧 해독제를 가지고 나타날 사람이 있으니까."

"좋다. 그러면 나는 그 사람이 나타날 때까지 누구도 너를 해치지 못하게 옆에서 지키겠다."

장쾌는 정말로 그렇게 하겠다는 듯 금오 옆으로 바짝 다가와 버티고 섰다. 산만 한 녀석이 옆에 버티고 서니 든든하기는 했는데,

"이봐……."

"왜?"

"조금 떨어져서 서 있으면 안 되겠냐?"

"안 돼. 네가 기다리는 사람을 제외하곤 그 누구도 곁에 오지 못하게 할 거다."

"그게 아니고… 네가 거기 서 있으면……."

금오가 여기까지 말했을 때였다.

"억!!!"

장쾌가 갑자기 외마디 비명을 지르며 몸을 크게 비틀거렸다.

"그러게 떨어져 있으라고 했잖아, 인간아!!!"

금오가 더욱 다급하게 소리쳤다. 하지만 상황은 이미 늦어버린 뒤였다.

기우뚱!

장쾌의 그 거대한 몸뚱이가 두 사람을 향해 서서히 넘어져 오고 있는 상황이었으니까.

"으아압!!!"

"아윽!!!"

금오와 빙영은 장쾌의 거구에 깔리며 각자 비명을 질러냈다. 가만히 있어도 죽기 일보 직전인데, 보통 사람 몇 배나 되는 거구에게 깔렸으니 그 고통은 뭐라 말할 수가 없다.

"대체… 왜 이러는 거야??"

빙영이 겨우 고개만 내민 채 물었다.

"내가 아까 뿌려두었던 근무력산을 밟고 지나와서 그래.

이 인간, 정말 도움 안 되네……."

이건 정말 웃어야 할지 울어야 할지 헷갈리는 상황이다.

"쿨럭, 쿨럭, 쿨럭!!!"

장쾌에게 깔린 충격 때문인지 빙영이 더욱 심하게 기침을 해댔고, 그때마다 시커먼 피가 마구 쏟아져 나왔다.

"아무래도… 더 버티는 건… 무리인 것 같아……."

그녀가 끊어질 듯 이어지는 음성으로 말하였다.

"약한 소리… 하지 마… 우리는 반드시… 살 수… 있어……."

끝까지 희망을 포기하지 않는 금오였지만, 그 또한 의식이 가물거리는 것은 어쩔 수가 없다. 몸은 이제 고통조차 느껴지지 않는다. 한계에 다다랐다는 얘기다.

'젠장… 정말 끝나는 건가…….'

금오도 더 이상은 버틸 수 없는 듯 스르르 눈을 감았다. 바로 그때, 눈앞에 작은 발 하나가 나타났다. 알록달록 예쁜 신발을 신고 있는 발이다.

'씨바, 조금 일찍 올 것이지…….'

금오는 이 생각을 마지막으로 의식 저편의 까마득한 나락으로 떨어져 내리기 시작했다.

第十一章 죽은 자의 노랫소리

땅거미가 내려앉기 시작할 무렵.

주은하의 도움으로 십보단혼산을 해독한 금오와 빙영은 잠시 휴식을 취하고 있었다. 해독이 됐다고는 해도 몸이 이미 많이 상한 상태여서 완전히 회복되려면 보름은 족히 걸릴 것 같았다. 그렇다고 당장 움직이는 데 지장이 있을 정도는 아니다.

"왜 이렇게 늦은 거야?"

금오가 묻자 주은하가 언뜻 놀란 표정으로 대꾸했다.

"내가 올 줄 알고 있었다는 건가?"

"물론이지."

"어떻게?"

"당신은 황녀 신분으로 낙양 뒷골목을 싸돌아다닌다던가, 무산괴사를 파헤치겠다며 직접 설치고 다닐 만큼 겁이 없는 여자야. 게다가 당신은 절대로 남의 말을 쉽게 믿는 성격이 아니지. 그런데 어제는 마을이 위험할지도 모른다는 내 추측만 듣고 조용히 떠났잖아."

'싸돌아다닌다'와 '설친다'는 대목에서 주은하는 잠시 울컥하였지만, 금오의 말을 끊지는 않았다.

"그러니 어디선가 나를 지켜보고 있는 게 틀림없다고 생각했지. 그리고 당신들 정도면 해독약은 당연히 지니고 있을 테고 말이야. 그런데 왜 그렇게 늦게 나타났던 거야? 죽는 줄 알았잖아."

"머리가 아무리 좋아도 역시 생각지 못한 변수는 어쩔 수 없는 모양이군."

주은하가 대답했다.

"변수??"

"어제 나는 네 말이 아니더라도 도림촌을 잠시 떠나야 했던 상황이었어. 멀리서 급한 손님이 와서 말이야. 여기 돌아온 것은 진행 상황을 보기 위한 것도 있지만, 그 손님이 너를 만나고자 해서 데리러 왔던 것이고."

"손님?? 이 일과 관계있는 사람인가?"

"전혀. 하지만 아주 중요한 손님이야."

"누군데??"

"잠시 후면 너도 알게 될 테니 기다려. 그보다 무산괴사는 어떻게 됐어? 저기 널브러져 있는 자들로 보아서는 뭔가 알아 냈을 것 같은데……."

"아직. 하지만 꽤 쓸 만한 실마리를 잡았으니 조만간 비밀을 알게 될 거야."

"실마리???"

"때가 되면 알게 될 테니 궁금해도 좀 참아. 지금은 도림촌에 가보는 것이 급선무니까."

"마을이 정말 괴사와 관련이 있다고 생각하는 거야??"

"분명히."

"시간이 급한데……."

"뭐?"

"아냐. 어차피 여기를 벗어나려면 마을을 거쳐야 하니까, 그곳부터 가기로 하자."

뭔가 문제가 있는 듯했지만, 주은하는 더 이상 말을 하지 않았다.

금오는 자리를 털고 일어나 근무력산에 당해 누워 있는 장쾌에게 다가갔다. 바닥에 축 널브러져 있는 장쾌는 멀뚱한 눈으로 하늘을 올려다보고 있었다. 금오가 빙글빙글 웃으며 그에게 말하였다.

"위험에 빠진 상대를 건드리지 않는 당신의 정신은 높이 사주지. 하지만 말이야. 나를 그렇게 잡고 싶었으면 기회있을 때 손발을 묶어놓기라도 했어야 하는 거 아냐? 그렇게 말랑말 랑해 가지고 나를 언제 잡을 수 있겠어? 그래도 그 정신이 가 상해서 해독약을 주고 싶은데, 이거 어쩌지? 나는 모든 독에 대한 해독약을 딱 나 먹을 것만 갖고 다닌다는 주의거든. 해 독약 많이 가지고 다니다 빼앗겨 버리면 애써서 독을 쓴 효과 가 없어져 버릴 수도 있으니까. 조금 미안하긴 한데, 어쨌든 오늘 일은 잊지 않고 기억했다가 반드시 열 배로 돌려줄게. 좋은 것도 열 배, 나쁜 것도 열 배. 내가 받은 것은 반드시 열 배로 돌려준다. 이게 내 주의야."

뭔 주의가 그렇게 많은 것인지⋯ 금오의 말이 이어졌다.

"뭐, 껍질이 질겨서 호랑이가 와도 뜯어먹기는 힘들겠지 만, 그래도 짐승들이 자꾸 들러붙으면 귀찮을 테니까, 나무에 다 매달아줄게. 오늘은 칡넝쿨 몇 겹만 사용할 거니까 해독이 되면 충분히 끊을 만할 거야. 사흘 동안 배고파도 좀 참으라 고."

잠시 후.

대롱대롱⋯⋯.

약속대로 장쾌를 나무에 매달아놓은 뒤, 금오 일행은 도림 촌으로 향하였다. 금오의 예상대로 그들이 무산괴사와 관련 이 있는 자들이라면 쉽지 않은 싸움이 될 가능성이 컸기에 모 두들 긴장한 표정이다. 하지만 한 사람, 금오는 예외다. 천성이 걱정과는 거리가 먼 듯 그는 흥얼흥얼 노래까지 부르고 있다.

"밤하늘에 빛나는 별들이 그러하듯~ 애쓰지 않아도 스스로 아롱져 퍼지는 것~ 세속에 굳어진 손마디로 하늘을 움켜쥐듯~ 종국에는 허공으로 사라질 삶에 영원한 아름다움을 새기는 낙인~ 이런 게 사랑이라 어떤 이는 말한다네~"

그가 노래만 부르면 신경이 쓰이는 듯 빙영이 나직하게 말하였다.

"조용히 가자."

그러거나 말거나 금오의 노래는 계속되었다.

"하지만 세상에 그런 사랑 얼마나 될까~ 돈 많은 놈 잘생긴 년 조건따라 미모따라~ 요리 재고 저리 재며 저울질로 하는 거래~ 장삿속 짝짓기만 난무하는 세상이지~ 대가리에 똥 찬 것들 주둥이는 째졌다고~ 그런 것도 사랑이라 꿋꿋하게 우긴다네~ 그래놓고 시간 흘러 조건 미모 달라지면~ 사랑이 식었다며 그만두자 돌아서지~ 이런 것들 대가리엔 애초부터 사랑없어~ 돈 많은 놈 꼬드겨서 호의호식한다거나~ 쭉쭉 빵빵 후려 채서 방아질이 목적이지~"

가사 내용이 점점 이상한 쪽으로 흘러가자 빙영은 물론 주은하와 검혼도 인상을 찌푸렸다. 그러자 금오가 문득 노래를 멈추며 주변을 둘러봤다.

"공감 가는 노래 아냐?"

"……."

아무도 대답이 없다. 대꾸하고 싶지 않다는 얘기다.

"하긴 뭐… 사랑이란 걸 해봤어야들 알지?"

"그러는 너는 하늘의 별빛 같은 사랑을 해본 모양이지?"

주은하가 물었다. 금오는 갑자기 대답이 궁해졌다. 사실 자신도 그런 사랑을 해본 적이 없으니까. 그가 얼른 대답을 못하자 주은하가 이어 말했다.

"별빛 같은 사랑… 그런 건 없어. 당사자에겐 너무나도 절절한 사랑이 남의 눈에 비치면 별빛처럼 보일 뿐이지."

금오가 언뜻 놀란 눈길로 그녀를 바라보았다. 그냥 해보는 소리 같지가 않다. 그녀의 눈빛에서 커다란 아픔이 느껴지는 까닭이다. 저런 눈빛을 하고 있는 사람에게는 금오도 더 이상 말장난을 할 수가 없다. 침묵. 그렇게 네 사람은 아무 말 없이 마을로 향하였다.

얼마 지나지 않아 일행은 마을에 도착했다. 아직 초저녁이건만 마을은 불빛 한 점 없는 어둠에 잠겨 있었다. 주은하와 검혼이 지나올 때만 하더라도 평온한 모습이었는데, 뭔가 커다란 일이 벌어진 게 분명했다.

"모두 사라진 건가? 아니면 우리가 오길 숨어서 기다리고 있는 건가?"

금오가 나직이 중얼거리는데, 검혼이 나직이 말했다.

"피 냄새가 나는 듯하다."

그 말은 마을 전체가 죽음의 침묵에 빠져 있음을 의미했다. 급히 마을로 달려들어 간 일행은 가장 먼저 도림객점을 살펴보았다.

"이런 젠장!!"

앞서 달려들어 간 금오가 소리쳤다. 일층 식당이 온통 피바다였기 때문이다.

죽어 있는 자는 단지 세 명뿐. 그럼에도 불구하고 워낙 많은 피가 쏟아져 나와 사방이 온통 붉게 물들어 있다. 그들 모두는 저녁밥을 먹던 중에 당한 듯 음식이 놓여 있는 탁자 앞에 앉은 상태 그대로였으며, 하나같이 수급은 달려 있지 않다.

밥상을 앞에 둔 채 앉아 있는 목이 잘린 시신들… 오 년 전의 괴사가 다시 재현될 것일까?

금오 일행은 바짝 긴장한 채 다른 곳을 살펴보기 시작했다. 이층 객방에서 손님 네 명이 똑같이 죽어 있는 모습을 발견했을 뿐 주인 부부는 보이지 않았다.

일행은 도림객점을 빠져나와 마을 전체를 살펴보았다. 다른 객점에 들었던 손님들도 모두 살해된 상태였다. 살해 방법은 같았다. 하지만 그 어디에도 마을 사람들의 모습은 보이지 않았다. 모두 어디로 사라진 것일까?

이제 남은 곳은 마을과 약간 떨어진 장소에 있는 한 채의 장원뿐이었다. 완만한 산기슭의 제법 넓은 터에 자리 잡고 있는 그 장원도 불빛 한 점 보이지 않았지만, 그곳은 다른 집들과 달리 음산한 기운이 어려 있었다.

"무슨 소리 들리는 것 같지 않아?"

장원을 바라보고 있던 금오가 고개를 갸웃하며 말하자 주은하가 대답했다.

"그래. 무슨 소리인지는 모르겠지만, 저 장원에서 흘러나오는 게 분명한 것 같군."

수십 수백 명이 무슨 주문을 외우는 소리 같았는데, 거리가 멀기 때문인지 소리가 웅웅거려 내용은 알아들을 수가 없다. 또한 장원과의 거리를 감안하더라도 너무 멀게 느껴졌다.

"가보자고."

금오가 앞장서 달려나가자 모두 함께 움직이기 시작했다.

장원의 규모는 그리 크지 않았다. 중앙에 대전이 자리하고 좌우로 몇 채의 전각이 있으며, 소박하게 꾸며진 마당 정원에는 몇 개의 석등이 놓여 있는 구조였다. 석등에는 모두 불이 켜져 있었지만, 대전과 전각에선 한 점의 빛도 흘러나오지 않았다.

일행이 장원에 진입했음에도 불구하고 웅웅, 울려 나오는 소리는 여전히 작게 들렸다. 하지만 이곳 어디에선가 들려오는 것임에는 분명했다.

"대전에서 흘러나오는 것 같은데??"

가만히 귀를 기울이고 있던 빙영이 말했다. 나머지 일행도 그렇게 생각하고 있었다는 듯 모두 고개를 끄덕였다.

일행이 대전으로 접근해 가려 하자, 금오가 말했다.

"잠시만 준비 좀 하고."

일행에게 말한 금오는 봇짐을 뒤져 두 가지 물건을 꺼냈다. 하나는 길이 한 자에 직경 한 치쯤 되는 철관 네 개가 나란히 붙어 있는 형태였는데, 금오는 그것을 왼팔에 장착하였다. 자신의 부족한 무공을 보완하기 위한 무기임이 분명했다.

나머지 하나는 길이 두 자쯤 되는 철봉으로, 끝에 굵은 심지가 붙어 있고 손잡이 쪽에는 어지간한 크기의 통이 달려 있었다. 금오가 그것의 심지 쪽을 석등에 가져가자 불이 옮겨붙으며 아주 훌륭한 횃불이 만들어졌다.

"자, 이제 들어가 보자고."

금오가 봇짐을 다시 짊어지며 말하자 일행의 눈길이 동시에 그의 봇짐으로 향하였다.

저 안에 무엇이 더 들어 있는지 궁금하다는 표정이다.

삐걱!

금오가 대전 문을 열자 퀴퀴한 냄새와 함께 음산한 기운이 확 밀려 나왔다. 웅웅거리는 소리 또한 약간 크게 들리기 시작했다. 하지만 무슨 소리인지는 여전히 알 수가 없다.

조심스럽게 들어 선 금오는 횃불을 이리저리 비추며 실내를 살펴보았다.

'살벌하네⋯⋯.'

사방의 벽면이 온통 악귀나찰의 그림으로 가득했다. 또한 좌우 벽면에는 무시무시하게 생긴 악귀나찰의 동상까지 놓여 있었다. 그림과 동상 모두 금방이라도 살아 움직일 듯 생생한 모습이다.

맞은편 벽 중앙에는 높은 단이 만들어져 있고, 그 위에 여덟 개의 팔에 각기 다른 무기를 쥐고 있는 거대한 뱀 신의 동상이 모셔져 있다. 동상임에도 불구하고 날카로운 눈빛을 뿜어내고 있는 뱀 머리의 형상이 섬뜩한 느낌을 자아낸다.

'뱀 신을 모시는 사당이라…….'

금오는 흑랑채 터에서 만났던 자들이 하고 있던 뱀 문신이 문득 떠올랐다. 어쩌면 이곳이 그들의 본거지인지도 모른다는 생각이 들었다.

"혹시 뱀 신을 모시는 종교에 대해서 아는 사람 있어?"

금오가 낮은 음성으로 묻자 주은하가 대답했다.

"사신교(蛇神敎) 같아. 오래전에 사천과 운남 일대에서 번성했던 사교 집단이지. 하지만 이백 년 전에 이미 사라진 것으로 알고 있는데……."

"지금 우리 눈앞에 있으니 사라진 건 분명 아니군. 그런데 놈들은 모두 어디 숨어 있는 거지?"

금오와 일행은 대전을 샅샅이 뒤져 보았다. 그러나 소리가 어디서 들려오는 것인지 도무지 갈피를 잡을 수 없다. 마치 건물 전체에서 웅웅, 울려 나오는 듯했다.

'지하인가?'

문득 이런 생각이 든 금오는 바닥을 유심히 살펴 나갔다. 그러던 중 향로가 놓여 있는 바닥 부분에서 미세한 틈을 발견하였다.

금오는 손짓으로 일행을 불러 모은 뒤, 향로를 천천히 밀어 보았다. 그러자 향로와 함께 바닥이 부드럽게 밀려 나가며 아래로 향하는 계단이 드러났다. 동시에,

"모루이카 살라만다 호루사바 이타카!"

주문 외는 소리가 더욱 선명하고 커다랗게 들리기 시작했다. 붉은 불빛과 함께 음산한 느낌의 향내도 풍겨 나왔다.

과연 저 아래에선 무슨 일이 벌어지고 있는 것일까?

금오는 만약에 대비하여 주은하와 검혼에게 입구를 지키라고 말한 뒤, 빙영과 함께 지하로 내려가기 시작했다.

"모루이카 살라만다 호루사바 이타카!"

낮게 깔려나오는 소리가 음산함을 더해주고 있는 지하 공간. 기이한 향내를 머금은 채 은은히 흘러나오는 붉은 불빛이 두 사람을 삼켜 버리는 듯하다.

2

계단은 생각보다 깊숙한 곳까지 이어져 있었다.

"모루이카 살라만다 호루사바 이타카!"

지하로 내려갈수록 주문은 더욱 크고 선명하게 들렸다.

계단을 이백 개쯤 내려갔을까? 드디어 바닥이 나타났다. 계단 끝에는 문이 달리지 않은 통로가 하나 존재했다. 다행히 지키는 자들이 없었기에 금오와 빙영은 아무런 저지 없이 통로에 이르렀다.

통로의 길이는 약 삼 장 정도 되었고, 그 저편에는 거대한 석실이 존재하는 듯했다. 두 사람은 조심스럽고도 은밀하게 통로를 지나 석실로 들어섰다. 석실의 입구에도 지키는 자는 없었다. 게다가 입구 주변에 악귀나찰 동상이 십여 개나 놓여 있어서 몸을 은신하기에도 용이했다.

재빨리 몸을 숨기고 석실을 살피던 금오는 경악과 의문이 교차하는 시선으로 한곳을 바라보았다.

금오가 놀란 것은 사방 이십여 자에 이르는 거대한 석실의 한쪽 벽면 전체에 드리워져 있는 붉은색 천이었다. 그 천에는 거대한 뱀의 형상이 그려져 있었는데, 그것은 그가 보았던 문신과 똑같은 모양이었다. 주민들은 그 앞에 열을 맞추어 정좌한 채 주문을 외우고 있었다.

그 모습을 보며 금오는 의구심을 지울 수가 없다. 왜 이곳에 모여서 주문 따위를 외우고 있단 말인가?

객점에 들었던 손님들을 모두 죽였다는 것은 자신들의 정체가 들통났음을 알고 있다는 얘기다. 그렇다면 이곳을 조사하리라는 것도 충분히 예측했을 텐데, 어째서 싸우거나 도망

가는 길을 택하지 않았는지 도무지 알 수가 없다.

'저건 뭐지?'

생각에 잠겨 있던 금오의 눈길에 잡혀 든 것은 뱀 문양의 천이 드리워진 벽 앞에 놓여 있는 돌 침상이었다. 선혈처럼 붉은빛으로 채색된 돌 침상이었는데, 그 위에 누워 있는 자는 없었다.

'제물로 쓸 인간을 올려놓는 제단인가?'

금오가 이런 생각을 하고 있을 때였다.

그그극, 쿠웅!

통로 쪽에서 묵직한 마찰음이 울려왔다. 흠칫 놀라 돌아보니 중간 부분의 천장이 통째로 내려와 통로를 막아버린 상태였다.

"젠장, 들킨 모양인데?"

금오가 나직하게 말하는 순간, 그토록 웅웅거리던 주문 소리가 갑자기 뚝 끊겼다. 그러자 석실은 안은 숨소리 하나 들리지 않는 절대 정적에 휩싸여 버렸다.

대전에 남아 있던 주은하와 검혼은 지하에서 울려 나온 묵직한 진동음에 흠칫 놀라며 입구를 쳐다보았다.

"무슨 소리지??"

주은하가 걱정스러운 표정으로 물었다.

"기관이 작동하는 소리 같았습니다."

"갇힌 건가?"

"그럴 가능성이 큽니다."

"그렇다면 우리가 구해줘야 하잖아?"

"그건 안 됩니다, 황녀님!"

"그럼, 저대로 두고 우리만 도망치잔 말이야?"

"저는 황녀님의 안위를 책임지고 있는 호위무관입니다. 일단 황녀님을 안전한 곳으로 모신 후에 저 혼자 들어가 보겠습니다."

"그럴 시간이 어디 있어? 무슨 일이 벌어지고 있는지 모르는데, 당장 들어가 봐야지."

"고집을 부리신다면 저는 강압적인 방법을 사용해서라도 황녀님을 안전한 곳으로 먼저 모실 겁니다."

"검혼!!"

주은하가 답답하다는 듯 소리를 칠 때였다.

그그그극!

마당 쪽에서 기이한 마찰음이 들려오기 시작했다.

"뭐지??"

동시에 고개를 돌린 두 사람은 수십 개의 석탑이 마당을 뚫고 올라오는 모습을 발견하였다. 그와 동시에 주변이 자욱한 안개로 뒤덮이기 시작했다. 습기가 가득한 욕실에 찬바람이 들어오듯 급격히 형성되기 시작한 안개는 순식간에 주변을 뒤덮고 말았다. 한 치 앞도 내다볼 수 없을 만큼 짙은 안개였다. 하지만 안개는 보이지 않는 벽에 가로막히기라도 한 듯 대전 안으로는 한 줌도 흘러들어 오지 않았다. 오직 마당에서 만 일렁이고 있는 것이다.

"진식까지 설치되어 있었던 모양이네."

주은하가 낙담한 음성으로 중얼거리고 있는데,

철컹, 철컹, 철컹!

이번에는 금오가 들어간 지하 입구에서 또 다른 소리가 울려왔다. 계단 양쪽 벽에서 두 치는 족히 될 굵은 철봉이 솟아나와 통로를 열 겹으로 막아버리는 소리였다.

이제 금오와 빙영은 물론 주은하와 검혼까지도 독 안에 든 쥐 신세나 마찬가지였다.

"큰일이네. 이래 가지고는 금오와 빙영을 구해낼 방법이 없잖아."

발을 동동 구르고 있는 주은하에게 검혼이 심각한 음성으로 말했다.

"지금 그들을 걱정할 때가 아닙니다."

이번엔 또 뭔가 하는 표정으로 주변을 살피던 주은하는 입을 쩍 벌린 채 할 말을 잃고 말았다.

끼드드득!

좌우 벽면에 세워져 있던 십여 기의 악귀나찰 조각상이 움직이고 있었던 것이다. 뱀처럼 구불구불한 검과 송곳처럼 날카로운 창 등을 움켜쥐고 있는 조각상들은 실제 살아 있는 악귀나찰이라도 되는 듯 두 눈으로 붉은 광채까지 쏟아내고 있었다. 그러나 문제는 여기서 끝나지 않았다.

쿠그그극!

묵직한 마찰음과 함께 제단 위의 사신상(蛇神象)마저 움직이기 시작했던 것이다.

"동상이 움직이다니 이건 말이 안 되잖아!!"

주은하가 반발하듯 소리쳤다. 하지만 아무리 믿기 힘들어도 현실에서 일어나는 일은 부정할 수가 없는 법이다.

"최선을 다해 막아보기는 하겠습니다만, 만약을 대비해 황녀님도 준비를 하시는 것이 좋겠습니다."

검혼이 검을 빼 들며 말하자 주은하도 허리에 차고 있던 보검을 빼 들었다.

츠으으…….

검혼이 진기를 주입하자 검신에 푸르스름한 검기가 감돌기 시작했다.

타앗!

검혼은 놈들이 거리를 좁혀오기 전에 처리하겠다는 듯 우측에서 다가오는 동상을 향해 신형을 쏘아냈다. 그리고,

콰아아앗!

그는 혼신의 힘을 다하여 놈들 중 하나를 사선으로 양단해 들어갔다.

콰가각!

새파란 검기로 일렁이는 검이 청동으로 만들어진 악귀나찰을 쓸고 지나가자 엄청난 불꽃이 일어났다.

크극!

청동으로 만들어졌음에도 불구하고 공격을 당한 놈의 가슴에는 사선으로 길게 베어진 자국이 생겨났다. 하지만 단번에 베어지지는 않았다. 뿐만 아니라.

쾌애액!

쓰아아악!

놈의 좌우에 있던 네 기의 악귀나찰이 동시에 검과 창을 휘둘러 검혼을 공격해 들어왔다. 동상의 움직임이라고는 믿을 수 없을 만큼 쾌속한 공격이다.

신형을 두세 차례 휘돌려 놈들의 공격에서 벗어난 검혼은 처음에 공격했던 놈을 향해 다시 쇄도해 들어갔다. 놈이 아직 움직이고 있었기 때문이다.

쾅가가각!

같은 곳을 다시 한 번 베자, 처음보다 더욱 많은 불꽃이 일어나며 놈의 가슴이 깨끗하게 양단되었다.

쿠우웅!

청동으로 이루어진 놈의 상체 일부가 떨어져 내리자 바닥에서 먼지가 풀썩 일어났다. 이로써 힘들기는 하지만 놈들을 벨 수 있다는 사실은 알게 된 셈이다. 그러나 몸이 두 동강 났음에도 불구하고 놈은 여전히 움직이고 있었다. 게다가 좌대에 앉아 있던 사신상이 바닥으로 내려왔고 아홉 기의 악귀나 찰도 포위망을 잔뜩 좁혀온 상태다.

이대로 포위되면 당할 수도 있다고 판단한 검혼은 주은하와 함께 포위망을 빠져나왔다. 다행히 보법에서는 놈들보다 우위여서 어렵지 않게 포위망을 빠져나올 수 있었다.

"놈들의 포위망에 갇히면 위험할 수 있으니 항상 일정한 거리를 유지하십시오. 놈들은 제가 모조리 처치하겠습니다."

검혼은 주은하를 비교적 안전한 곳에 데려다 놓은 뒤 다시 악귀나찰 동상을 베기 위해 놈들에게 쇄도해 들어갔다.

콰아아앗!

푸르스름한 검기로 뒤덮인 그의 검이 다시 휘둘러지고, 악귀나찰 동상 중 한 놈의 가슴이 사선으로 베어졌다. 청동을 베어버릴 수 있을 만큼 검혼의 능력이 뛰어나기는 하지만, 과연 사신상도 벨 수 있을지는 아직 알 수가 없다. 게다가 베어진 놈도 계속 움직이는 상황이니 앞으로 어떤 변수가 생길지도 알 수 없다.

어쨌든 검혼은 혼신의 힘을 다하여 동상들을 베어나간다. 자신의 책임을 다하기 위하여. 황녀 주은하를 지키기 위하여.

숨 막히는 정적이 지배하고 있는 지하 석실.

금오와 빙영은 마른침을 삼키며 주민들을 바라보았다. 모두 등을 돌리고 앉아 있는 상태였다. 그런데,

스으윽!

정좌하고 있던 백여 명의 주민이 동시에 고개를 돌리기 시작했다. 아주 천천히.

"이런 말도 안 되는⋯⋯."

금오는 자신의 처지도 잊은 채 숨기고 있던 몸을 드러내며 나직하게 중얼거렸다. 그럼에도 불구하고 그의 음성은 석실 전체를 울려 나갔다. 하지만 지금 그런 건 문제가 되지 않았다. 절대 일어날 수 없는 일이 눈앞에서 벌어지고 있는 까닭이다.

스으으⋯⋯.

고개를 돌리고 있는 주민들. 하지만 누구 하나 몸을 움직이는 사람은 없다. 오직 머리만 돌아가고 있는 것이다. 목에는 한 줄기 붉은 선이 그어져 있고, 그것을 중심으로 머리와 몸통이 분리되어 머리만 회전하고 있다는 얘기이며, 이것은 그들 모두 목이 베인 시신이라는 의미이기도 하다.

죽은 자들이 움직이다니⋯ 어떻게 이런 일이 가능하단 말인가?!

이윽고 주민들은 모두 등을 돌리고 앉은 채 머리만 뒤를 돌아보는 형상이 되었다. 빙영도 더 이상 숨어 있을 까닭이 없다고 판단한 듯 금오와 함께 모습을 드러냈다. 그러자 얼굴만 뒤를 돌아보고 있는 주민들이 다시 주문을 외우기 시작했다.

"모루이카 살라만다 호루사바 이타카!"

이미 목이 잘린 사람들이 외워대는 주문 소리. 눈으로 보고도 믿을 수 없는 이 기괴한 모습에 금오는 소리라도 지르고 싶은 심정이다. 그때,

휘르르…….

벽을 가리고 있던 천이 아래로 흘러내리며 또 한 번 놀라운 광경을 연출해 냈다. 가로 오십 개, 세로 삼십 개. 모두 천오백여 개에 이르는 정방형 구멍이 벽면을 가득 메우고 있는 모습. 더욱 경악할 일은 구멍마다 수급이 하나씩 들어 있다는 사실이다. 숫자로 보아 흑랑채에서 사라진 수급임에 틀림없다.

"저들은 죽은 지 이미 오 년이나 되었는데……."

그런데 믿을 수 없게도 구멍 속의 수급들은 아직도 살아 있는 듯한 모습이다. 아니, 그들은 정말로 살아 있는 것인지도 몰랐다.

번쩍!

천오백 개의 수급이 동시에 눈을 떴으니 말이다. 게다가,

"모루이카 살라만다 호루사바 이타카!"

놀랍게도 수급들이 입을 벌려 주문을 함께 외우기 시작했다.

이게 현실인가? 아니면 환각을 보고 있는 것인가?

금오와 빙영은 너무나 혼란스럽다. 그때 다시 한 번 경악스러운 일이 일어났다.

둥실~!

일백여 주민의 수급이 몸에서 분리되어 허공으로 떠오른 것이다. 뿐만 아니라 석벽 구멍에 들어 있던 천오백 개의 수급도 떠올라 밖으로 천천히 빠져나오기 시작했다.

주민의 것까지 합쳐 모두 천육백 개나 되는 수급은 천천히 허공을 움직여 금오와 빙영이 있는 곳으로 다가왔다.

허공을 둥실둥실 떠오는 수급. 끊임없이 이어지는 주문 외는 소리. 지하 석실은 지금 죽은 자의 노랫소리로 가득하다.

모루이카 살라만다 호루사바 이타카!

『하오문 금오』제1권 끝

입소문을 통해 아는 분은 다 알고 계십니다!
올 한해 공인중개사 최고의 화제작!

1-2권 합본 | 이용훈 지음
3-4권 합본 | 이용훈 지음
5-6권 합본 | 이용훈 지음
용어해설 | 이용훈 지음

수험생 기본 필독서
만화 공인중개사

제목 : 만화공인중개사 쓰신 분에게 감사드립니다.

학원을 두 달 다녔어요 근데 과연 그 숫자 외우기 그런 게 몇 문제나 나올까 생각을 했어요
아니라는 생각이 드네요 학원강의를 뒤로하고 서점을 갔어요 내 머리에 가장 이해될 수 있는
책이 없나 하구요 거기서 만화를 발견했어요 무조건 세 번 봤어요 3개월 걸렸어요 문제집을 보라고
했는데 그건 시행을 못했어요 근데 합격을 했네요
어떻게 감사의 말을 해야 될지……
도서관에서 만화책 들고 다니니까 사람들이 비웃더라구요 만화책으로 공인중개사를 공부한다고
미친 사람처럼 보더라구요 근데 그거 다 감수하고 했던 내가 자랑스럽습니다.
어떻게 감사의 말을 해야 할지… 정말 감사합니다.
부디 행복하세요 제 나이 41살에 좋은 스승을 만난 것 같습니다.
엎드려 감사드립니다.

−본사 홈페이지에 독자분이 올린 메일 中 에서 발췌−

세상을 보는 또 하나의 창!
열린세상, 열린지식

INTB
인더북
www.INTHEBOOK.net

당당하게 글을 쓰는 사람, 멋있게 포장하는 사람,
감동적으로 읽어주는 사람이 있다면
언제든 어디든 인더북이 함께 하겠습니다.

2008년 봄 그들이 온다!!

권왕무적의 초우, 궁귀검신의 조돈형, 삼류무사의 김석진, 태극검해의
한성수, 프라우슈 폰 진의 김광수, 흑사자의 김운영, 송백의 백준 등

총 20여 명에 이르는 호화군단의 인더북 이북 연재 확정!!
그 외에도 많은 정상급 작가들의 이북 연재 런칭 예정!!

포도밭 그 사나이, 새빨간 여우 등의 로맨스 정상급 작가
김랑의 작품을 이북 연재로 만나다!!

오직 인더북에서만 독점 연재!!

아쉬움을 남기고 1부에서 막을 내린 **권왕무적 시리즈의 2부** 등 인기 작가들의 수준 높은
미공개 작품들이 시중에 책으로 출간되지 않고, 오직 인더북에서만 연재됩니다.

COMING SOON! INTHEBOOK.NET

1. 인더북의 이북 유료연재는 2008년 1월 말 ~ 2월 중순경 오픈
2. 인더북에 연재되는 작품들은 시중에 출판되지 않은 작품들로 엄선

이북 유료연재의 새로운 도전! 그리고 새로운 시작! 인더북!!
곧 새로운 모습의 이북 연재 사이트로 여러분께 다가가겠습니다.